YANAN WENXUE PIPING YANJIU
延安文学批评研究
(1937—1977)

卢美丹 著

河南大学出版社
HENAN UNIVERSITY PRESS
郑州

图书在版编目(CIP)数据

延安文学批评研究:1937－1977 / 卢美丹著. --郑州:河南大学出版社,2022.6

ISBN 978-7-5649-5221-1

Ⅰ.①延… Ⅱ.①卢… Ⅲ.①中国文学－现代文学－文学研究－1937－1977 Ⅳ.①I206.6

中国版本图书馆 CIP 数据核字(2022)第 108175 号

责任编辑　薛建立
责任校对　柴桂玲
封面设计　马　龙

出　版	河南大学出版社
	地址:郑州市郑东新区商务外环中华大厦 2401 号　邮编:450046
	电话:0371－86059701(营销部)　网址:hupress.henu.edu.cn
排　版	郑州市今日文教印制有限公司
印　刷	广东虎彩云印刷有限公司
版　次	2022 年 6 月第 1 版　印次　2022 年 6 月第 1 次印刷
开　本	787mm×1092mm　1/16　印张　17.25
字　数	210 千字　定价　58.00 元

(本书如有印装质量问题,请与河南大学出版社营销部联系调换)

序

在回忆和思考中为已毕业的博士生著作写序，对于眼看着学生不断努力追求且其确实逐渐有所进步的导师而言，其实也是一件相当重要和幸福的事情。

我招收的硕士生、博士生从第一届到现在，其中河南学生比例最大。一般情况下我比较倾向于招收来自河南的考生，是因为总觉得人口超大省的考生出于生活与高考的磨练已经练就了特别能吃苦、特别能战斗的精神，自觉地刻苦学习且格外珍惜机遇是河南考生相当突出的特点。而这种精神和特点在卢美丹身上也体现了出来。她从读硕士时就来到了西安，由于比较努力，得以进入硕博连读序列。期间经过反复讨论，围绕延安文艺研究之研究选定其博士学位论文题目，又克服了各种各样的困难，终于完成了论文的撰写和答辩。这本身就是值得肯定和祝贺的事情。尤其面对的是一个历史性、理论性较强的学术史方面的博士学位论文选题，最终能够较好地完成并成功出版，多少甘苦和汗水都表明：确实非常不容易！

通常言之，文学研究依托于文学作品的价值判断，这个任务一般由理论家和批评家承担。文学理论家和批评家不仅要面对过去的作家和作品，也要面对同代的作家和作品，在学者们的实践中,两者大多是交织并行的,判断"历史"往往和判断"当代"是一个问题的两个方面,它都事关我们对文学传统和时代潮流的把握。在社会文化大变革的时期,对"当代"文学的价值判断,则会上升为重点。中国现代文学史上的早期延安文学批评就是这样。早期延安文学批评是与延安文学同步发生,文学家、理论家、批评家和普通读者共同参与,不断推进新文化运动和马克思文艺理论中国化进程的成果。在今天看来,尽管有些成果也许"偏离"了纯粹的文学批评的轨道,但它们都有特定的时代文化情境的规约,其难以避免的"偏离"或"误读"恰恰是彼时文艺理论家和批评家接近时代、积极介入现实的表现。并且,不可否认,其中的一些核心成果仍然在深刻影响中国当代文学的发展和理论研究。近些年来,学者们深入挖掘、整理早期延安文学批评史料,并尝试从不同角度进行阐释,随着视野开拓、方法更新,诞生了一批重要著作,引发了不少青年学者的研究兴趣。

卢美丹的这本书,是在其博士学位论文基础上进一步修改、补充而成的,关注的便是前人虽有涉及但有待深入的早期延安文学批评(1937—1977)。本着客观、平实、精确的研究态度,作者以各时期相关的报刊、文集、文学史著述及回忆录等为主要文献史料,在20世纪中国文学批评史、学术史视野下,分四个时期,较为系统地梳理了延安前期文学研究的情境、论题、方法、特征与主要成果。为尽可能地切近和还原历史原貌,体味文学发生发展的丰富历史气息,作者翻阅、核查了很多第一手文献,熟悉文献史料的原初"舞台",故该书引人注目之处首推相关史料的搜集整理。整体看,全书史料丰富翔实,史料来源权威可靠,考订阐释科学严谨,为观点阐述和价值探寻奠定了坚实的基础;同时,也使本书在平静的叙述中具备厚重的历史文化气息,彰显了延安文学从发轫期到兴盛期的艰苦而光辉的史脉,引人入胜且发人深省。其次,基于对史料的把握,全书把早期延安文学批评分为四个时期,形成统摄全书的骨干架构,合乎历史实情,也对前人研究做了推进。此外,围绕"中国问题"和"中国经验",立足于 20 世纪中国马克思主义文艺研究的进程,作者将延安文学研究看作革命现实主义到新中国文艺建设发展进程中,吸取马克思、恩格斯和苏联文艺理论,但又结合中国国情而开展的马克思主义文艺研究的重要阶段,可以说,对这一经典案例或文论重大现象的探析,也是对当代马克思主义文艺理论研究的必要补充。

我和作者也都意识到,该书没有在比较研究视域中探讨延安作家群以外的案例,还存在视域集中但开阔度、精深度不够的问题,但这些问题的解决还需要相当时日。因此,我把本书视为作者专业研究的一次阶段性的总结,以此为起点,对其今后的相关研究也是一种基础且有增强"学术自信"的作用。作为卢美丹的硕博导师,我希望她能秉承踏实、严谨的治学态度,克服各种困难,在未来的学术研究中更上一层楼。

是为序。

李继凯
己亥初冬,写于西安

(李继凯,陕西师范大学教授、博士生导师、人文社会科学高等研究院院长)

目 录

绪言 …………………………………………………（1）

一、研究现状述评 ………………………………………（1）

(一) 国内研究现状 ……………………………………（1）

(二) 国外研究现状 ……………………………………（11）

二、研究对象、思路和方法 ……………………………（14）

三、研究意义 ……………………………………………（17）

第一章 文学批评的理论导向：1937—1949 年的延安文学研究 ……………………………………（19）

第一节 延安文艺座谈会召开之前的文学研究 ……（20）

一、对文艺工作的回顾和反思 …………………………（24）

二、对"另类作品"的批评 ……………………………（32）

第二节 延安文艺座谈会《讲话》与文艺批评理论导向 ………………………………………………（37）

一、延安文艺座谈会与文艺方向的确认 ………………（38）

二、《讲话》确立的文艺创作观和批评观 ……………（41）

三、《讲话》的刊印、传播与理论共识 ………………（44）

第三节　延安文艺座谈会召开以后的文学研究 …… （46）
　一、赵树理小说研究和经典的确立………………（46）
　二、另类作品批评与思想、形式问题 ……………（51）
　三、《讲话》及文艺路线的理论研究………………（55）
　四、戏剧研究与文艺大众化讨论…………………（68）
　五、文化下乡与文艺改造的理论认同……………（75）
　六、诗歌研究与民族语言形式讨论………………（82）

第四节　新中国成立前夜的文艺之声：第一次文代会
　　　　的继往开来 ……………………………（87）
　一、国家意志与文艺路线的确定…………………（88）
　二、群体认同与文艺发展共识的达成……………（92）
　三、延安文学学术范式的确立：以研究文集和作品
　　　选本为例 ………………………………（102）

第二章　文艺发展与评论中的破和立：1949—1957年的延安文学研究 …………………………（108）

第一节　毛泽东著作的学习与文艺家思想改造 ……（108）
　一、文艺家思想改造与《讲话》研究 ………………（109）
　二、毛泽东文艺思想的再阐释……………………（113）

第二节　文学史著作的学术体认………………………（116）
　一、"延安文艺"的文学史命名……………………（116）
　二、对象甄选逻辑与历史叙述变迁………………（118）
　三、文学史阐释的个性差异………………………（121）

第三节　主要时评的新经典阐述………………………（124）
　一、丁玲与周立波及其作品研究…………………（124）
　二、袁静、孔厥与《新儿女英雄传》…………………（132）
　三、《王贵与李香香》和《白毛女》…………………（134）

四、赵树理与人民的文学 …………………………………（138）
第四节　另类批评与旧象革除 ……………………………………（148）
　　一、另类作品批评与工农兵文学批评标准 ………………（148）
　　二、新歌剧与旧文艺改造问题 ……………………………（150）

第三章　无产阶级文艺特征的强化：1957—1966年的延安文学研究 …………………………………（157）

第一节　围绕《讲话》研究看理论争鸣 …………………………（158）
　　一、现实主义、文学与政治关系之争议 …………………（158）
　　二、新文艺的群众路线问题 ………………………………（164）
　　三、重温《讲话》与思想体认 ……………………………（166）
第二节　集体写作与成果简编 ……………………………………（169）
　　一、"文学史"的形状与作者 ……………………………（169）
　　二、集体声音中的"延安文艺"诸题 ……………………（176）
　　三、文学史的学术考量 ……………………………………（183）
第三节　"再批判"活动：质疑作家与取证作品 ………………（186）
　　一、丁玲："爱羽毛的人"及其"名作"的浮沉 ………（187）
　　二、萧军："才子加流氓"及其思想的批判 ……………（198）
　　三、艾青：1958年再批判中的反转 ……………………（204）
　　四、《再批判》专辑 ………………………………………（205）
第四节　革命现实主义和革命浪漫主义的经典阐释
　　………………………………………………………………（207）
　　一、赵树理研究的推进 ……………………………………（208）
　　二、围绕农村题材和群众路线的小说、诗歌研究 ………（213）
　　三、革命浪漫主义与《白毛女》的修订与研究 …………（217）

第四章　文学研究的停滞与反思：1966—1977 年的延安文学研究 ………………………………… (219)

第一节　《讲话》文艺观的政治曲解与推演 ………… (220)
一、文艺标准的片面化与创作的样板化 …………… (220)
二、"普及与提高"的曲解及文艺的业余化导向…… (222)
三、群众路线的推演与集体创作模式 ……………… (224)
四、对赵树理及其作品的"质疑" ………………… (225)

第二节　旧题新论：延安文学研究的历史与当代取向 ……………………………………………… (229)
一、马克思主义文艺源流观与评判标准观的传承与再释 …………………………………………… (230)
二、中国马克思主义文艺理论的继承与升华 ……… (233)

结语 ………………………………………………………… (236)

参考文献 …………………………………………………… (242)
一、专著 ………………………………………………… (242)
二、文章 ………………………………………………… (247)

后记 ………………………………………………………… (262)

绪　　言

一、研究现状述评

（一）国内研究现状

延安文学研究与延安文学几乎同步产生。1937年5月11日《解放》周刊第1卷第3期发表了丁玲的《文艺在苏区》，这篇文章对中国共产党由苏区转战陕北的文艺活动进行了概述，揭开了延安文学研究的帷幕。其后，尤其是1942年延安文艺座谈会召开以后，丁玲、周扬、陈涌等一大批文艺家密切关注并参与延安文学研究，在《解放》周刊、《解放日报》、《群众文艺》等报刊上，发表了大量评论文章，其中，周扬的《表现新的群众的时代》（太岳新华书店，1946年版）和李春兰的《文艺的群众路线》（冀鲁豫书店，1947年版）是新中国成立前对延安文学研究的代表性成果。可以说，至新中国成立前第一次文代会，延安文学研究和延安文学创作均以延安文艺家为主体，以延安为阵地，以革命文艺为导向，并驱前行。这一时期的研究成果又综合呈现于中华全国文学艺术工作者代表大会宣传处汇编的《中华全国文学艺术工作者代表大会纪念文集》（新华书店出版，1950年）中，集中展现了延安文学研究具有代表性的成果，为以后学术界的延安文学研究提供了资料基础。

1951年，根据教育部的要求，李何林、蔡仪、老舍、王瑶主编了《〈中国新文学史〉教学大纲》（初稿），提出以马列主义文艺理论和毛泽东文艺思想为基础的学习方法，定位了新文学的新民主主义性质，总结了新文学无产阶级领导、大众化方向、新现实主义的发展特点，在此基础上对新文学发展阶段做了划分。《〈中国新文学史〉教学大纲》（初稿）提出的理论研究方法、对新文学的阶段划分、对延安文艺座谈会历史意义的定位都为20世纪50年代的文学史写作初步定下了基调。1953年新文艺出版社出版了王瑶的《中国新文学史稿》，1955年作家出版社出版了丁易的《中国现代文学史略》和张毕来的《新文学史纲》，1956年作家出版社出版了刘绶松的《中国新文学史初稿》，沿袭和强化的政治文学史色彩代表着20世纪50年代延安文学研究的主流认知，并一直持续到改革开放前。

经过"文化大革命"，1980年以后，延安文学研究重回学术研究视野。大体而言，相关成果主要有以下四个方面。

1. 对延安文学进行的综合性、整体性研究

具有代表性的研究是：艾克恩著《延安文艺运动纪盛》（文化艺术出版社，1987年版），对1937年到1948年间的延安文艺运动、文艺创作、文艺研究等文艺概况进行具体到某月某日的史料性整理。在为这本书所做的序言中，丁玲将其看作有助于延安文艺研究的有意义、有价值的资料辑录与研究成果。其后，刘增杰先生所著的《中国解放区文学史》（河南大学出版社，1988年版）分十章和两大主题（文学运动和文学创作）叙述解放区文学发展脉络。其中,文学运动篇从延安文学的源流、发生、发展的角度,对《在延安文艺座谈会上的讲话》(以下简称《讲话》)的基本内容、历史背景和意义进行了概述。在此基础上,该书又重点论述了实践《讲话》的"赵树理方向"和对问题作家作品的批判。文学运动篇从苏区文艺论起到新中国成立、第一次文代会召开结束,对新中国成立前延安文艺研究的代表性成果进行了较为具体的梳理。文学创作篇分为"成长中的短篇小说"、"中、长篇小说的丰收"、"活跃的诗歌创作"、"多样的戏剧创作"、"报告文学、散文与杂文创作"五章,对丁玲、赵树理、刘白羽等重要的延安作家作品以及文学创作的题材、形式和艺术方法等给予了学理性的评价和研究。其他的成果还有:许怀中著《中国解放区文学史》(海峡文艺出版社,1992年版),汪应果著《解放区文学史》(漓江出版社,1992年版),贺志强著《延安文艺概论》(陕西人民出版社,1992年版),刘建勋著《延安文艺史论稿》(陕西人民出版社,1992年版)等。

新时期以来,艾克恩主编的《延安文艺史》(上下)(河北教育出版社,2009年版)是第一部以延安文艺命名的文学史著作。在这本文学史中,艾克恩对延安文艺的分期做了有益的尝试。对于延安文艺的分期,研究者所持标准不一,所得结果也便不同。大多数的研究者以1942年5月延安文艺座谈会的召开为界限,把延安文艺分为"前"、"后"两个时期。他们认为,延安文艺座谈会召开之前,延安文艺是在来自全国各地的知识分子的参与下,呈现出"五四新文学"、"30年代左翼文学"、"苏区红色文学"、"民间文学"等多种文学形态并存、交融的丰富状态;延安文艺座谈会召开后,为了更好地为抗战、革命等具体的历史任务服务,这种多元的文艺生态逐渐走向一体化的党的文学和国家文艺。这种分期主要是以延安文艺座谈会的召开和毛泽东的《在延安文艺座谈会上的讲话》的发表为依据的,也在一定程度上反映了文艺发展的转变环节。艾克恩在《延安文艺研究史》中则把延安文艺分为四个时期:第一个时期是1935年10月到1939年底,他称之为延安文艺的"开创时期"。他认为这一时期的延安文艺突出地表现为对苏区文艺的继承和发扬,整体是健康的,为延安文艺的进一步发展奠定了良好的基础。第二个时期是1940年至1942年4月,他称之为"发展时期"。他这样划分的依据是,这一阶段延安文艺既在党的正确领导下健康发展,又出现了各种各样问题的偏向,整体呈现出文艺的多元发展状态。第三个时期是1942年5月到1945年8月,他称之为"新文艺方向的确立时期"。对这一时期的划分仍然是从《在延安文艺座谈会上的讲话》提出的文艺的工农兵方向出发的。第四个时期是1945年8月到1949年9月——"迎接全国胜利时期",抗日战争的胜利是他划分这一时期的主要依据。艾克恩对延安文艺分期的这种更为具体的划分为历史地了解延安文艺及其研究的嬗变过程提供了线索和思路。

2. 对延安作家作品研究的再阐释

20世纪80年代以前,对延安文学具体作家作品的研究具有即时性和指导性的特点,在体制化的叙述内,表现出被"歌颂"或被"批判"的二元对立的批评模式。20世纪80年代之后,在已有研究基础上和新的文艺思潮的影响下,学界对延安时期具有代表性的重要作家作品进行了新的解读。

丁玲研究出现的新的成果是对延安作家进行多元研究的代表。20世纪80年代之后,丁玲研究冲破一直以来对丁玲及其作品的政治化阐释,性/政治的理论视角扮演了重要的角色。首先运用性别理论解读丁玲的当属孟悦、戴锦华的《浮出历史地表：现代妇女文学研究》，她们认为丁玲在延安时期完成了根本的转变，"此后的作品不再残留过去自我的影子，不仅她的主题选择乃是为农村大众利益服务的意识形态的选择，她的人物关系冲突是阶级斗争模式的细致形象复现，她的叙述也变得冷静、客观因而是中性的"①。而贺桂梅对延安时期丁玲的研究则更为复杂化，她通过对丁玲的《在医院中》、《我们需要杂文》、《三八节有感》等具体作品研究的梳理和再解读，细致解剖了丁玲的女性话语和延安主流话语之间的冲突以及丁玲缝合这一冲突的努力。

其次是对延安时期"另类作品"研究的重新认识。刘增杰在《一个被遮蔽的文学世界——解放区另类作品考察》一文中提出："期待着在新的心理机构基础上用新的话语形式对被遮蔽的作品做新的阐释和展示，揭示另类作品的无限可待开发性、文本解读的多种可能性。"②对王实味及其作品研究重新梳理和认识是这方面的显著成果。朱鸿召编辑的《王实味文存》（上海三联书店，1998年版）搜集了与这一事件相关的大部分史料，为这一事件的研究提供了坚实的资料基础。而黎辛先生作为事中人也详细回忆了《野百合花》发表前后的种种，复活了《野百合花》有关的历史细节（《〈野百合花〉·延安整风·〈再批判〉——捎带说点〈王实味冤案平反纪实〉读后感》，《新文学史料》，1995年第4期）。黄擎则解析了王实味批判所开启的"大批判"的文艺模式所具有的特点："以政治定性为思维基点，以抽象推论和空洞说教为主要论证方法；以上纲上线的批判为

---

① 孟悦、戴锦华：《浮出历史地表：现代妇女文学研究》，第138页，河南人民出版社，1989年版。

② 刘增杰：《一个被遮蔽的文学世界——解放区另类作品考察》，《文学评论》，2003年第6期。

基本构架,罔顾事实,曲解作品原意;以人身攻击代替学术批评。"①

最后是从延安的体制与知识分子的关系对延安作家的整体性研究。朱鸿召的《延安文人》初步涉及了此问题,它勾勒了一代知识分子走向延安之后经历的思想和精神上的裂变(朱鸿召:《延安文人》,广东人民出版社,2001年版)。而2010年出版的两本重要著作也在二者的张力中展开论述,吴敏的《延安文人研究》(香港文汇出版社,2010年版)关注整风前后知识分子思想感情的变化,用周扬、丁玲、何其芳等具体个案深入论析政治、文化语境的变化对知识分子性格特征和心灵历程的影响;李洁非、杨劼的《解读延安——文学、知识分子和文化》(当代中国出版社,2010年版)也同样关注延安视野中的知识分子问题,认为延安在文化(文学)方面取得成果中最重要的是:建立了文化领导权,改造知识分子,使其抛弃固有的旧的伦理,纳入党的有机机构之中。

3. 对《讲话》的研究的梳理

对以往《讲话》研究的梳理,是对《讲话》真理性探究的重要基础。20世纪90年代以来,学界对《讲话》的研究方法趋于客观公允,研究的学术性才显现出来。首先是史实的修复与史料的考辨。黎辛先生作为亲历《讲话》发表过程的《解放日报》的编辑,他发表的两篇文章厘清了座谈会召开的原因以及参加座谈会的人员(《关于"延安文艺座谈会"的召开〈讲话〉的写作、发表和参加会议的人》、《延安文艺座谈会相关的人与事》,《新

---

① 黄擎则:《"大批判"文艺批评模式与对王实味的两次批判》,《中国现代文学研究丛刊》,2011年第7期。

文学史料》,1995年第2期、2012年第3期)。艾克恩勾勒了延安文艺座谈会召开前后延安文艺界的文学活动,也具有重要的史料价值(《延安文艺运动纪实——毛主席〈在延安文艺座谈会上的讲话〉的前前后后》,《新文学史料》,1992年第3期)。尽管已有不少当事人的回忆和研究,但延安文艺座谈会还有许多未被探明的问题。高浦棠的论文就发现了以往学术界没有注意到的问题:1942年4月10日中共中央书记处工作会议所拟定的延安文艺座谈会讨论议题与毛泽东在5月2日正式座谈会上提交的讨论议题是有明显区别的。他认为:"认真勾勒、考察座谈会议题的置换,可以发现一个重要的历史转折,这就是文艺问题被自觉纳入到无产阶级革命工作的语境中,纳入到延安政治文化语境中,文艺从而归属于政治的、党的和无产阶级的革命事业。"①这种研究无疑是很见功力的。刘忠则细致考察了延安文艺座谈会召开的原因,他认为是革命战线、整风运动、文艺界争论、文化建设等多个因素的合力使然(《"延安文艺座谈会"召开原因考辨》,《社会科学战线》,2008年第9期)。金宏宇从版本学的角度考察了《讲话》的版本和修改(《〈在延安文艺座谈会上的讲话〉的版本与修改》,《中国现代文学研究丛刊》,2005年第6期),也具有填补空白的意义。其次是《讲话》的理论来源的研究。周俊的博士论文《毛泽东〈在延安文艺座谈会上的讲话〉研究》(山东大学博士论文,2009年5月)分为四章,从《讲话》文本的理论解析、《讲话》与苏俄文学的关系等角度,对《讲话》的研究得失做了整体性的梳理。作者将毛泽东"党的文学"观看作抗战时期党的领导地位确立以后,列宁出版

---

① 高浦棠:《延安文艺座谈会讨论议题形成过程考察》,《中国现代文学研究丛刊》,第1卷,2007年。

物所述党性原则的一次中国化,其中,列宁的国家理论和政党学说是其最重要的思想资源。该理论将文艺看作意识形态的重要组成部分与载体,看作革命活动的重要一环,进而参照苏联模式,以建立一套适用于文艺实践和组织管理的规范性体系;作者将"人民的文学"和"党的文学"观看作毛泽东对左翼文艺和鲁迅文艺思想的继承与发展,进而将文艺的阶级性、文艺的人民性、知识分子思想改造、社会主义现实主义等问题统摄在"党的文学"、"人民的文学"两个核心命题中,归结于文艺的阶级性,依托于文艺的实践性,形成一种丰富而独特的张力结构。田韶峻的博士论文则专门做《讲话》的理论溯源的工作,他的切入点是《讲话》中的核心术语和范畴:前者分述"工农兵"、"文艺工作者"、"武器"、"形式"四个概念,后者分述"改造与结合"、"普及与提高"、"歌颂与暴露"、"政治标准和艺术标准"四对范畴。作者从历史语境上来阐述其意义:将所选关键词与核心范畴的提出、阐述与变迁放在文艺发展脉络中加以梳理。作者认为,从中国古代文艺传统到"五四"新文学和左翼文艺的观念,再到马克思主义文论与政治话语,这些关键词语的衍变蕴含着时代变迁中各种话语间的内在冲突,各种复杂、多元的因素构成《讲话》生成的话语情境和文本理念。总体上,《讲话》是在继承中国古代文艺思想基础上,对左翼文艺理论创造性地补充和发展,它是革命时期共产党人的集体智慧的体现(《〈在延安文艺座谈会上的讲话〉理论溯源》,福建师范大学博士论文,2015年4月)。卢燕娟的论文《〈在延安文艺座谈会上的讲话〉与人民文化权力的兴起》(《中国现代文学研究丛刊》,2012年第6期)从人民文化权力的角度讨论《在延安文艺座谈会上的讲话》对中国现代文化的意义。周维山则从《讲话》对增强文化领导权的建构的启迪的角度对其意义进行了探讨(《大众审美经验与文化领导权的建构——论〈在延安文艺座谈会上的讲话〉的当代价值》,《文艺理论与批评》,2012年第2期)。

4. 对各时期延安文学研究成果的辑录和整理

1983年山西人民出版社出版了刘增杰、赵明等人编著的《抗日战争时期延安及各抗日民主根据地文学运动资料汇编》。这部书包括上、中、下三编,按六个地区[(1)延安和陕甘宁地区;(2)晋察冀地区;(3)晋冀鲁豫地区;(4)晋绥地区;(5)山东地区;(6)华中地区]对1937年7月到1945年9月各抗日民主根据地较有影响、较有代表性的文学运动资料进行编选。其中,"延安和陕甘宁地区"的部分精选了一批与文学运动相关的重要批评研究文章,简明扼要介绍了陕甘宁边区的文学社团和文学期刊,虽未必全面,却极具代表性,具有重要的史料价值。

1984—1988年由湖南文艺出版社陆续出版的"延安文艺丛书"包括《小说卷》(上下)、《诗歌卷》、《散文卷》、《歌剧卷》《报告文学卷》、《话剧卷》、《秧歌剧卷》、《美术卷》、《戏曲卷》、《音乐卷》、《电影、摄影卷》、《民间文艺卷》、《舞蹈、曲艺、杂技卷》、《文艺理论卷》和《文艺史料卷》15卷16册,其中《文艺理论卷》和《文艺史料卷》是对延安文学研究重要资料的集中整理汇编,代表了延安文学研究的重要成果,为以后学术界对延安文学研究提供了扎实的资料基础。

1992年,重庆出版社出版了林默涵等主编的"解放区文学书系",此书系收录范围在"延安文艺丛书"的基础上扩展到整个解放区,搜集了各个解放区的代表性成果,包括小说4册、散文杂文2册、报告文学3册、文学运动理论2册、诗歌3册、戏剧4册、说唱文学1册、民间文艺1册、外国人士作品2册,共计22册,可谓皇皇巨著。有以上的文献整理做基础,现代文学对延安文艺的研究才能不断走向深入。

新世纪以来,历史学界和现代文学研究界对原始文献史料的重视已成共识,现代文学研究界在延安文艺研究热中开始重新触摸史料的边界,一批试图更全面更多元呈现延安文艺的文献整理成果开始出现。2012—2013年,太白文艺出版社出版了《延安文艺档案》,它包括《延安文学档案》、《延安音乐档案》、《延安美术档案》、《延安影像档案》、《延安戏剧档案》五个部分,共31卷38册。该"档案"兼顾史料的历史价值和文学价值,收入了不少稀见的档案史料,其中《延安文学档案》对延安时期的作家作品、文学社团等研究资料进行了全面的梳理。2014年,朱鸿召主编的《红色档案——延安时期文献档案汇编》由陕西人民出版社出版。这套书在资料搜集上涉及延安时期出版的期刊、图书以及个人笔记、日记、档案等,比较全面地展示了当时延安政治、经济、文化、教育、军事等各方面建设的历史面貌。这套书收录了许多之前被忽视的期刊、档案,其中特别值得提出的是,《谷雨》、《草叶》等延安时期的稀见期刊得以重见天日。同年,陕西师范大学出版社出版了共计17种、21册的"'红色延安·口述历史'丛书"(两册本的《我所亲历的延安整风》、《延安文艺座谈会的台前幕后》、《永远的鲁艺》、《抗战中的延安》,单册本的《会师陕北》、《陕北闹红》、《东征·西征》、《我要去延安》、《转战陕北》、《窑洞轶事》、《延安时期的大事件》、《陕甘宁边区大生产运动》、《第三只眼看延安》、《国际友人在延安》、《延安时期的日常生活》、《在西北局的日子里》、《延安时期的社团活动》)。那些延安革命文艺活动的当事人和亲历者及其后代的口述为我们还原历史真相、廓清延安文艺研究的历史文化背景提供了重要的参考资料。

2015年,湖南文艺出版社在此前出版的"延安文艺丛书"

的基础上进行扩充、增容,出版了《延安文艺大系》。全套书编为17卷27个分册,卷次包括《延安文艺史卷》(上下)、《文艺理论卷》(上下)、《小说卷》(上下)、《散文卷·包括议论文》、《诗歌卷·包括古体诗词》、《报告文学卷》、《秧歌剧卷》(上下)、《歌剧卷》(上下)、《话剧卷》(上下)、《戏曲卷·包括平剧、地方剧》(上下)、《音乐卷》(上下)、《美术卷·包括工艺美术》、《电影、摄影卷》、《舞蹈、曲艺、杂技卷》、《民间文艺卷》、《译文卷》(上下)、《文艺史料卷》(上下)。应该说,这是目前为止涉及面最宽、收录作品最多的延安文艺文献集成。

(二)国外研究现状

1. 出于意识形态的同质性,苏俄对延安文学的研究最早在20世纪三四十年代就翻译了丁玲、周立波等人的作品

苏俄对延安作家与作品的研究以1951年获得斯大林文学奖的《太阳照在桑干河上》、《白毛女》、《暴风骤雨》为主,出于对作品主题的关注,亦兼及其他延安作家,如以描写中国农村生活见长的赵树理、以描写军事题材为主的刘白羽等。在《太阳照在桑干河上》俄译本序言中,译者、汉学家Л.波兹德涅耶娃说,"这部小说全面地而非简单化地反映了土改这一复杂进程",作品既关注了解放区的新生事物(新的人、新的组织),也描写了农村的反动势力(《太阳照在桑干河上》俄译本,第二版"序言",莫斯科,1952年版)。对此,汉学家H.费德林也指出,作品的成功固然得益于长篇史诗性内容及题材的宏大,更重要的是丁玲客观真实地反映了真实、复杂、多样的生活,而在描写暴风雨降临时,作者的才华也显露出来,令人难忘(H.费德林:《中国文学》,莫斯科,1955年版)。对周立波的《暴风骤雨》,

H.艾德林同样也做了精彩研究。他指出,周立波启用了中国传统小说"链条"式的结构布局,各部分的结构环环相扣,尽管每个单环中人物的描写和刻画自成一章,但人物的命运总是与总链条和其他环节紧密连接;同时,他还分析了周立波"个性化与形象化"的人物形象以及人物刻画和情景描写中"生动而鲜活的语言"[H.艾德林的《周立波及其长篇小说〈暴风骤雨〉》、《民主国家的作家》(俄文版,莫斯科艺术文学出版社,1955年版)]。

2. 20 世纪 50 年代,日本学者对赵树理的研究从数量和质量上都具有代表性

竹内好的《新颖的赵树理文学》从现代文学与人民文学的关系出发对赵树理小说中人物形象的塑造、赵树理小说的人民性进行了讨论。简要地说,竹氏认为作为现代社会的产物,现代文学意味着对传统束缚的破除,意味着形式的自由。但实际上,正是现代社会的局限,使得现代文学的作者和读者隔离开来,而陷入另一种影响创作方法和接受效应的桎梏。而正是基于他深刻理解了作为作家自身与当时当地的读者的关系,他认为赵树理的小说具有文体的革新意义[竹内好:《赵树理文学的新思想》,晓浩译,严绍熙校订,《文学》,1953(21)卷 9 期]。

洲之内彻的《赵树理文学的特色》分析了赵树理的作品世界,他注意到,赵树理的世界,是一元化价值、没有人与社会对立价值的世界,由于人物站在正确的历史立场上,因此,作品世界及赵树理本人的意义便因此得以成立。据此,他认为朴素明朗的乐观主义是赵树理作品成功的重要因素(黄修己:《中国文学史资料全编·现代卷·29 赵树理研究资料》,知识产权出版社,2010 年版)。

今村与志雄的《赵树理文学札记》从比较文学的角度出发，将《李有才板话》与莎士比亚的悲剧进行了结构形式的对比，将《李有才板话》中写村子现状的快板与莎士比亚悲剧的合唱团讽刺诗相联系，找到了两者之间的共同点。（黄修己：《中国文学史资料全编·现代卷·29 赵树理研究资料》，知识产权出版社，2010年版）

3. 新时期以来英美学者对丁玲的研究

研究的代表成果有从意识形态着手的梅仪慈（Yi-tsi Mei Feuerwerker）的《丁玲的小说——现代中国文学的意识形态与叙事》（*DING LING'S FICTION：Ideology and Narrative in Modern Chinese Literature*，Harvard University Press，1982）和查尔斯·J. 艾勃的《忍受革命：丁玲与国民党中国的文学政策》（Charles J. Alber, *Enduring the Revolution：Ding Ling and the Politics of Literature in Guomindang China*，Westport：Praeger Publisher，2002）、从女性主义视角出发的刘剑梅的《革命与情爱：二十世纪中国小说史中的女性身体与主题重述》（*Revolution Plus Love：Literary History, Women's Bodies, and Thematic Repetition in Twentieth-Century Chinese Fiction*，University of Hawai'i Press，2003）和《中国现代女性作家与中国革命（1905—1948）》（*Chinese Women Writers and the Feminist Imagination：1905—1948*，New York：Routledge，2006）、从审美心理学角度出发的丁淑芳的《丁玲和她的母亲：文化心理学研究》（Dora Shu-Fang Dien，*Ding Ling and Her Mother：A Cultural Psychological Study*. New York：Nova Science Publishers，2001）等。

二、研究对象、思路和方法

通常,我们把文学研究视为一门知识、学问或一门学科。①依此,延安文学研究就是对延安文学的思潮、现象、作家、作品、著述等的描述、阐释、判断等的知识或学科。同时,我们对"研究"的理解往往暗含两层认识:一方面,某种研究与研究对象有特定的学术观察距离;另一方面,研究者大多为专业出身,研究成果也是系统和成熟的,有明确的理论观点及内在逻辑。然而,就本书所论"延安文学研究"而言,又有其特殊性:

一是延安文学研究与延安文学创作几乎同步产生,因此,新中国成立以前延安文艺研究的学术观察距离很小,带有"即时性评论"(下文不再加引号)的特征,评论和研究之间没有泾渭分明的界限,且呈现出相生相融的状态。而延安文艺研究的出现与中国现代文学学科的建立有着紧密的关系,或者说,中国现代文学学科的建立又是以此期各类即时性文学评论和批评为基础的。因此,即时性评论便不能略而不谈。

二是延安文学研究的主体包含文学史家、政治文化领导人、专门的文学批评家、研究学者、作家和读者等,他们从不同角度出发,参与了延安文学的形塑和阐释,延安文学在中国革命史、中国现当代文学史、中国文化史中的地位和价值的确立也都有他们的身影,尤其是在倡导群众参与的延安时期,非专业群体的阅读感知、批评意见不仅在当时备受重视,即便今天也难以忽视。

---

① [美]勒内·韦勒克、奥斯汀·沃伦:《文学理论》,第3页,刘象愚等译,浙江人民出版社,2017年版。

绪 言

因此,本书所说的"延安文学研究"既包括专业的学术研究,也必须兼顾专业和非专业的即时性评论,从而将"文学接受"的一部分论题涵括进来。概言之,本书所用"延安文学研究"指各类接受群体,以1936—1949年延安文学为主要对象,所做的文学批评和研究的范围又以国内和中国大陆为主。

为了更好地在现当代文学批评史视野中还原这一时间段内的理论资源、作家、作品以及研究模式、研究特点等问题,本书以历史时间为经,以延安文学的分期和文学研究的延续性为纬,将1937—1977年的延安文学研究分为四个阶段、四个章节进行梳理。

第一章,即第一个阶段(1937—1949年)。作为延安文艺的一个重要组成部分,延安文学研究尽管还带有即时性评论、零碎化研究等特征,专门性著作相对较少,但有关文学创作的观念、方法、形式、语言等问题已经被初步勾勒。以延安文艺座谈会的召开为标志,笔者又把这一时期的延安文学研究分为前后两个时期。笔者通过史料梳理发现:前期的延安文学研究主要集中在对文艺大众化、文艺的民族化形式、文艺改造等文艺观念的讨论;后期的延安文学研究则主要表现在以周扬、赵树理等为代表的文艺工作者对《讲话》的阐释和实践。1937—1949年间的延安文学研究通过《中国人民文艺丛书》的选编、第一次文代会的召开,确立了以延安文艺传统为规范的国家文艺路线。

第二章,即第二阶段(1949—1955年)。以中华人民共和国的建立为基础,这一时期的延安文学研究集中体现"国家"与"时代"的文学新貌。本章分为三个小节:第一节,对新中国成立初期来自全国各地的文艺工作者对《讲话》的学习及其思想改造情况进行了梳理;第二节,以20世纪50年代几部重要的文学史著为案例,对延安文艺的文学史命名、延安作家作品在文学史中的呈现等问题进行了简要概述;第三、四节,新的历史、文化条件下,对丁玲、周立波、赵树理等作家及其代表作品进行了认同性研究,并对另类作品进行了批判。总之,这一时期马克思主义文艺理论的引介逐渐增多和系统,相关著述逐渐增多,对延安文艺思想的整理和讨论也有所推进

第三章,即第三阶段(1956—1966年)。这一阶段,延安文学研究在"双百方针"、"反右派斗争"、"大跃进"等历史情境里沉浮波动,除了延续对有关文学创作、作家思想、作品主题、作品形式等问题的讨论,对《讲话》的阐释及毛泽东文艺思想和方法的研究也进入新的局面。整体上,这一阶段的延安文学研究在"再批判"等文艺运动中,无论理论资源,还是研究成果,都由学术研究层面逐渐转向政治层面。

第四章,即第四阶段(1967—1977年)。这一阶段,专业人员的延安文学研究受到干扰,甚至一度中断,业余群众或大学生群体转而成为历史的合法叙述者和阐释者,对《讲话》为代表的延安文艺思想的"误读或曲解",对周扬、赵树理等延安作家的非学术的批判,以及对此前延安文学研究的理论、方法和成果的政治审查,都将延安文学研究推向简单化、脸谱化的境地。1967—1977年作为延安文学研究史上最独特的一个阶段,它也是20世纪80年代以后,学界重检论题、重阅经典、重构历史时不可回绕的十年。

本书对以上四个阶段的延安文学研究进行论述的思路和方法是:以"实证主义"论由史出的方法,从"马列"原典、西方的马克思主义理论入手,结合文学传播学、文学社会学、新历史主义等理论,在查阅史料、访问相关学者等基础上,力图在现当代文学批评史视野中进行,既关照各时期之间内在的连续性,

更注重其变动因素,从而体现各时期文艺研究的情境、问题、倾向和特点差异。

三、研究意义

第一,旨在填补延安文学研究的学术空白。经查,迄今尚无系统的延安文学研究史专著问世,把1937—1977年延安文艺研究作为整体进行系统研究的著作也还是空白。有鉴于此,本书努力客观还原20世纪80年代以前延安文学研究的历史面貌。1937—1977年从延安时期到"文化大革命"结束,不论是中国社会、文化历史发展进程,还是延安文学研究本身,都具有相对完整的逻辑形态。对此进行深入研究很有必要。由于课题研究分工的缘故,20世纪80年代以来的延安文学研究史论将由另一位作者(在读博士生)完成。鉴于1937—1977年延安文学研究的薄弱,本书对这一时期关于《讲话》、延安文艺运动、延安作家作品等具有代表性的研究资料加强了梳理和分析,旨在以扎实的史料还原改革开放以前延安文艺研究本身的复杂性、多元性。

第二,补充和丰富现当代文学史的研究面。1937—1977年是中国社会、文化发展进程经历重大转折的时期。这一时期,延安文学在中国现代文学史中的地位得到确认,中国现代文学完成了向当代文学的转变。因此,对这一时期延安文学研究史的梳理是学术史整理和研究的一个重要部分,对于认识和理解十七年文学与延安文学的关系有着重要意义,并可以从中总结现当代文学学术史中的经验与问题。

第三,建基于历史情境,尝试艺术批评主体与本体的结合,推进延安文学研究学术体系的完善。本书在现当代文学批评史视野下,结合文学创作和研究的历史文化情境,将个案与群体相结合,从作者自述、文学批评、文学史著述、作品选录与出版等角度出发,分析1937—1977年的延安文学研究的分期、特征、倾向、观点及重要成果,探讨此期延安文学研究在中国现当代文学批评史上的价值与意义,具有完整的断代史论特征,对建立延安文学研究的学术体系有着重要的价值意义。

第四,立足于20世纪中国马克思文艺研究的进程,将延安文学研究看作革命现实主义到新中国文艺建设发展进程中,吸取马克思、恩格斯和苏联文艺理论,但又结合中国国情而开展的马克思主义文艺研究的重要成果,力图将马克思文艺理论的中国化历程进行案例性探析,为当代马克思文艺理论的研究提供材料和论点。

第一章 文学批评的理论导向：1937—1949年的延安文学研究

任何一种文学现象无不在其所处时空结构中获得价值和意义，只因它不可或缺于时空结构，又与时空结构交相濡染、辉映，便往往在艺术特色以外饱含特有的历史文化意蕴，而分外引人。中国文学史上的延安文学就是一个典型。延安文学是在"五四"文学和左翼文学的理论建设基础上发生、发展的文学运动，它不仅更深入地探讨了文艺的大众化、民族化，并从文学理论和文学创作层面解决了"五四"以来的"文艺为大众"的问题。延安文学立足于红色根据地，与物资贫乏、局势紧张、媒介受限，但革命情绪饱满、生活丰富多彩的抗战救亡运动同谱共构，不仅在当时产生了广泛的政治文化影响，也是新中国成立后文艺发展的重要基石，其模式及指导思想深刻影响了中国当代文学的思想取向和艺术品格，乃至新时期以来中国文学的部分思潮亦可见其余响回波。概言之，民族战争、解放战争的时代背景使延安文艺从发生就裹挟着复杂性和阐释的多元可能性。对此，丁玲曾有过这样的概括：延安文艺"不是天上掉下来的，也不是少数英雄天才创造出来的。这是在中国共产党的正确领导下，在毛泽东思想的哺育下，文艺工作者与广大人民密切联系，从苏区文艺、红军文艺以及'五四'以后新文艺与左联提倡的大众文艺等优良传统发展起来的"①。可以说，延安文学和延安文学研究是特定历史情境下无数文艺志士对国家和民族危难的积极回应。

延安文学研究是在延安红色革命根据地蓬勃发展的基础上，出于革命性、时代性、民族性的文艺意识和需求，由几代作家、批评家、政治家和群众共同参与，经过新闻报道、专业评论、读者反馈、文学史著述、电影改编、作品选编等不同形式，逐渐丰富和确立起来的中国现当代文学批评中至关重要的一个分支。自20世纪30年代以来，对这一历史文化意蕴深远的艺术运动的关注，便陆续以报道、回忆录、书评、文学史等形式，获得文艺家、政治家和群众的普遍关注，成为现当代文学史研究不可回绕的课题。

以延安文艺座谈会的召开为标志，前后两个时期的延安文学在形态和性质上都有着明显的变化。因此，本书也把这一阶段延安文学研究分为两个时期进行梳理和研究。

第一节 延安文艺座谈会召开之前的文学研究

1935年10月，中央红军历经艰难险阻，完成长征和伟大的战略转移，到达陕北。从此，延安成为一个新的政治军事中心，在当时被誉为"革命圣地"、"红色首都"。随着政治、军事

---

① 丁玲：《延安文艺丛书·总序》，湖南人民出版社，1984年版。

第一章 文学批评的理论导向：1937—1949年的延安文学研究

力量在以延安为中心的陕北地区的形成，延安文艺的发生也逐渐拉开了帷幕。

随着长征完成和延安红色根据地的确立，先后有很多作家满怀革命激情到达并扎根延安。贺志强和杨立民主编的《延安文艺概论》把延安文艺家分为四种（"五四"文艺家、左联文艺家、来延安之前已经开始创作又未正式加入左联的左翼文艺家、来延安之后才真正开始文学创作的文艺家），并选取了100位具有重要影响的文艺家进行分析，其来源比例大体如下（如图1-1所示）：

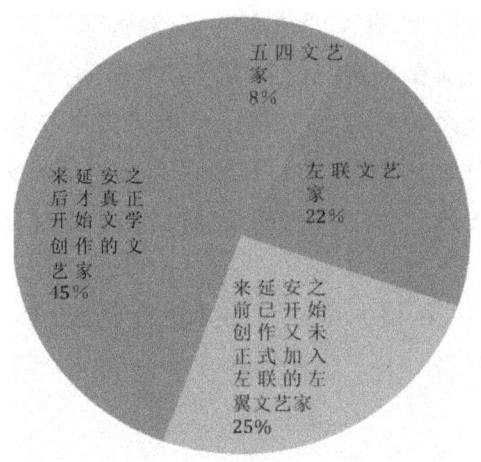

图1-1 延安文艺家群体来源比例

"五四"文艺家有茅盾、成仿吾、陈学昭、柯仲平、萧三、张闻天、李初黎、魏传统，占8%。

左联文艺家有丁玲、公木、田间、艾青、师田手、王若望、周立波、张季纯、周扬、欧阳山、草明、沙汀、陈荒煤、马加、庄启东、舒群、于黑丁、周文、余修、吴奚如、罗烽、方纪，占22%。

来延安之前已开始创作又未正式加入左联的左翼文艺家有卞之琳、严辰、严文井、绍之南、何其芳、林山、曹葆华、鲁藜、刘白羽、孙犁、周而复、吴伯箫、刘岚山、白朗、曾克、海棱、王朝闻、晋驼、萧军、李伯钊、林默涵、陈企霞、梁彦、秦兆阳、杨朔，占25％。

来延安之后才真正开始文学创作的文艺家有冯牧、安危、安波、李季、李立方、贺敬之、穆青、魏巍、柯蓝、闻捷、柯岗、郭小川、贾芝、莎蕻、韦君宜、思基、华山、陆地、马烽、马健翎、丁毅、袁静、王汶石、洪林、雷加、黄钢、崔璇、柳青、孙谦、李又然、潘之汀、胡正、孔厥、董均伦、罗丹、刘知侠、葛洛、苗延秀、李古北、康濯、李纳、方冰、束为、井岩盾、戈壁舟，占45％。①

据他们的统计，这100位文艺家，超过一半以上来自农村，而且绝大多数都在来延安前后加入了中国共产党，农村生活经历和政治信仰无疑对他们的创作产生了深刻的影响。而从延安文艺家来源比例来看，来延安之后才真正开始文学创作的文艺家占最大的比重，这也从一个层面表现了当时延安文艺发展的盛况。

聚集在延安的文艺家一方面要配合党政、军政和群众，完成抗敌图存任务；另一方面要围绕革命战争，投身文艺创作，

---

① 贺志强、杨立民：《延安文艺概论》，第99—100页，陕西人民出版社，1992年版。

第一章 文学批评的理论导向:1937—1949年的延安文学研究

同时,创办文艺学校①,发展文艺协会和社团②,创办文艺刊

---

① 据统计,新中国成立前,各解放区产生较大影响力的学校有十多所:1938年4月10日,鲁迅艺术文学院在延安成立,它是创建最早、时间最长、规模最大、培养人才最多、影响最大的一所专业的正规的艺术学校;1938年,延安创立了最早的艺术专科学校——鲁迅艺术学院;1939年,晋察冀根据地成立了华北联合大学;1939年,晋东南成立了鲁迅文学艺术院,紧接着华中地区成立了鲁迅文学艺术分院;1941年4月1日,延安部队艺术学校成立,全称是八路军留守兵团政治部部队艺术学校,简称"部艺",1943年冬与"青艺"合并,改名为"联政宣传队";1941年,延安成立了青年艺术剧院;1942年5月1日,陕甘宁边区艺术干部学校成立,1943年并入西北文工团;1945年,东北成立东北大学;1946年,冀东地区成立了冀东艺术学校;1945年,冀察热辽地区成立承德艺术学校,并于1947年成立冀察热辽联合大学;1946年,晋冀鲁豫根据地成立了北方大学;1948年,华北联合大学和北方大学联合,成立了华北大学。

② 主要文艺协会:中国文艺协会1936年11月22日在陕北保安县成立,是陕北苏区成立的第一个文艺领导机构,发起人有丁玲、伍修权、徐特立、李克农、成仿吾、李伯钊、陆定一、徐梦秋、洪水、危拱之等34人。边区文协,即陕甘宁边区文化界救亡协会,是全国文协的一个分会,1937年11月24日成立,包含社会科学研究会、国防教育研究会、国防科学社、战歌社、海燕社、音乐界救亡协会、世界语者协会、新文字研究会、民众娱乐改进会、抗战文艺工作团、文艺界抗战联合会、文艺突击社、诗歌总会、戏剧界抗战联合总会、文艺顾问委员会等众多文艺团体。延安文抗即中华全国文艺界抗敌协会延安分会,1939年5月14成立;这个文艺团体集中了如周扬、丁玲、艾思奇、柯仲平、艾青、马健翎、罗烽、张庚、何其芳等当时已经成名或后来成为延安文艺运动中重要的文艺工作者的作家、理论家等,成为领导并直接参与延安文艺运动的重要的文艺组织。主要社团:1937年3月7日,人民抗日剧社与抗战剧团联合在工农剧社的基础上成立人民抗日总剧社,并于同年8月更名为"抗战剧团",1942年3月边区文协在此基础上创办边区地方艺术干部学校,简称"边艺"。西北战地服务团1938年8月12日在延安成立,主要领导者是丁玲,是一支活跃在前线和敌后的重要的文艺团体。延安平剧研究院1942年10月10日成立,是进行平剧改革的重要阵地;1947年迁移到张家口后改名为华北平剧研究院,新中国成立后,成为北京京剧剧团。延安青年艺术剧院1941年9月成立,1943年12月与部队艺术学校合并,组成联政宣传队。参见艾克恩:《延安文艺运动纪盛》,第395—407页,文化艺术出版社,1987年版。

物①,以不同方式参与文学批评,早期延安文艺研究也便由此发生。

一、对文艺工作的回顾和反思

1935年1月召开的遵义会议结束了对知识分子问题的"左"倾错误倾向。中共中央进驻陕北后就发布了一系列改良知识分子待遇、吸收知识分子的政策性文件。其中,最具有代表性的就是1939年12月1日中共中央发布的《大量吸收知识分子》。早在1936年8月15日,《中央组织部关于党的组织上几个问题给陕甘宁省委的信》中就提出了要吸收积极知识分子入党的问题。同年9月,中央政治局会议通过的《中央关于抗日救亡运动的新形势与民主共和国的决议》对这一问题给予了进一步明确的说明。1939年6月,毛泽东在《反投降提纲》一文中进一步肯定了知识分子在革命中的重要性,为《大量吸收

---

① 据艾恩克统计,延安时期文艺期刊有24种:周扬主编的《文艺战线》和《中国文艺》,萧三主编、方纪编辑的《大众文艺》,艾青主编的《诗刊》,萧三、高敏先后主编的《新诗歌》,奚定怀、徐明等编辑的《山脉诗歌》,刘白羽主编的《文艺突击》,艾思奇主编、林默涵编辑的《中国文化》,丁玲、艾青、舒群、萧军合编的《谷雨》,萧军、舒群、刘雪苇主编的《文艺月报》,周立波、何其芳、陈荒煤、严文井合编的《草叶》,周文、胡采主编的《大众习作》和《群众文艺》,公木主编的《部队文艺》。还有《歌曲月刊》、《歌曲旬刊》、《歌曲半月刊》、《民族音乐》、《部队歌曲》、《音乐工作》、《边区戏剧》、《戏剧工作》、《前线画报》、《美术工作》等。其中三分之一的刊名是由毛泽东题签的,他还就如何办好刊物发表过具体意见。此外还有《红色中华报》、《新中华报》、《解放日报》、《边区群众报》以及《解放》周刊、《共产党人》、《八路军军政杂志》、《中国青年》、《中国妇女》、《中国工人》等报刊。参见艾克恩:《延安文艺运动纪盛》,第420页,文化艺术出版社,1987年版。

第一章 文学批评的理论导向:1937—1949年的延安文学研究

知识分子》决定的出台奠定了理论基础。在《大量吸收知识分子》中,毛泽东提出"没有知识分子的参加,革命的胜利是不可能的"①,充分强调了知识分子的重要性。另一方面,毛泽东在分析和总结经验的基础上,提出了大量吸收知识分子的具体办法和措施,为之后有关知识分子方针的实践提供了可靠的政策保证。

在中共中央这一系列的举措之下,延安一时之间成为爱国知识分子和热血青年的向往之地,大量的青年知识分子涌入延安。把这些知识分子大致可以分为经历长征来自苏区的、来自国统区或沦陷区的、在延安教育下成长的新的知识分子三大类。这三大类知识分子来自全国各地,囊括了各行各业,其中从事文艺活动的知识分子占了较大比重。针对从事文艺活动的知识分子,他们又被后来的研究者大致分为"五四"文艺家、"左翼"文艺家和来到延安后才开始从事文艺活动的文艺家(见本章第一节)。这些是形成早期延安文学及其研究丰富多元形态的主体因素。

各种来源的知识分子齐聚一堂,有对党的文艺政策和方针的讨论,有对文艺思想和文学观念的争辩,有对新文化和新文艺运动的总结和反思,也有对文艺形式的探讨等等。这些也是延安文艺座谈会召开之前延安文学研究的主要内容。

1937年5月11日,丁玲在《解放》周刊上发表《文艺在苏区》②,从作家作品、文艺团体等角度对陕北省苏区文艺运动的发展进行了概述,从文艺批评上正式拉开了延安文学研究的帷

---

① 毛泽东:《毛泽东选集》,第二卷,第281页,人民出版社,1967年版。
② 丁玲:《文艺在苏区》,《解放》周刊,1937年第7期。

幕。

对延安初期文艺工作的总结和反思,有雷铁鸣的《戏剧运动在陕北》。该文从对苏区文艺运动的优良传统的继承和发扬的角度分为剧团的成立、演出剧目、演出剧目的特点三个部分,对中共中央到达陕北后戏剧工作的开展情况做了概括性的总结。① 雷烨的《谈延安(文化)工作的发展和现状》主要对延安初期的文艺组织进行了相对全面的梳理,从文艺组织的负责人、成立时间、主要的职能和活动等几个方面,对包括战歌社、工厂文艺小组、文艺突击社、路社、抗大文艺社、战地社、文艺工作团等文艺组织进行了简要的介绍。同时,在这篇文章里,他还对当时延安文艺教育的开展提出了积极的建议。② 类似的文章还有艾思奇的《两年来延安的文艺运动》③、可夫的《延安文艺上的进步》④等。他们在对延安初期文艺运动总结的基础上,对文艺的任务和文艺的形式进行了有益的讨论。

对文艺思想和文艺工作的讨论和研究是这一时期延安文艺研究的一个重点。在这些问题上,又表现为正反两方面的争论。

早期的延安文学研究大多是短小的文艺批评,艾思奇的《抗战文艺的动向》却以相对较长的篇幅,对早期延安文艺在文学发展上表现出的"新"的情况给予了发现性的论述。他的论述分为四个小节,在第一个小节里,他谈到了文艺工作者和知

---

① 雷铁鸣:《戏剧运动在陕北》,《解放》周刊,第1卷第8期,1937年6月28日。
② 雷烨:《谈延安(文化)工作的发展和现状》,《抗敌报》,1939年1月16、18日。
③ 艾思奇:《两年来延安的文艺运动》,《群众》,第3卷第8、9期,1939年7月16日。
④ 可夫:《延安在文艺上的进步》,《解放》杂志,1938年8月1日。

识分子身份的转变和任务的变化。艾思奇认为,在抗战的大环境中,文艺工作者不仅仅是一个纯文艺工作者,而是自觉的民族成员,文艺工作者要积极地把文艺的特殊性和抗战时期文艺所应具备的任务职能结合起来;知识分子也不是单纯的知识分子,应该是抗战工作中的知识分子,也即是文艺战士。在第二、三小节中,他谈到对新的文艺发展的有促进作用的积极因素和存在的主要问题,并对早期文艺研究工作中存在的问题做了说明。他谈到由于知识分子来源地的复杂性,文艺工作者的团结工作产生了一些障碍,如"文坛上旧时的商业性质的壁垒和派别的恶习"等,这些也正是当时延安文艺工作者之间存在种种问题的关键。另外,他认为早期的延安文艺理论工作呈现着碎片化,缺乏整体的把握和展望。第四小节是艾思奇对新的文艺,即他所定义的抗战文艺的展望,在这个小节中,他谈到了文艺的形式和内容以及文艺创作方法问题。他对延安文艺这些核心内容的论述已经非常接近后来毛泽东的《在延安文艺座谈会上的讲话》(下文简称《讲话》)中的文艺思想。例如,他认为:"抗战文艺首先是民族的东西,所谓民族的,并不只是着重在形式,并不只是在于民族旧艺术的形式的发展,而主要是在它的内容,在于它能够用适当的形式(每一个作家自己能运用的适当的形式)表现民族抗战的生动的力量,发扬民族的自信心,坚决心,写出一切抗战中最优秀的民族的典型人物。"[①]他的这种论述和《讲话》中毛泽东提出的文艺形式和内容的统一几乎是一致的。

谈到延安文艺研究现状的时候,有学者就提出延安文艺不

---

① 艾思奇:《抗战文艺的动向》,《文艺战线》,第1卷创刊号,1939年2月16日。

仅仅是中国文学发展史上的一个特殊阶段,更是世界性左翼文艺运动思潮的一部分,应该把它放在世界文学的大范畴中进行审视和研究,然而,目前学界在这个层面上的努力还是有限的。① 在1939年的延安,鲁藜在谈到抗战时期的文艺与战争的关系时就提出:"由于这个战争是进步的战争——是中华民族在特定的历史基础上突跃的战争,因而规划了中国文艺的必然的跃进,而说明了中国文艺成为世界文学最有意义的组成部分,也将是最灿烂的一部分。"②虽然鲁藜对这个问题的论述只是点到为止,但这种世界性学术批评态度是弥足珍贵的。

此外,陈荒煤的《鲁艺文艺工作团在前方》③和梅行的《论部队文艺工作》④在艾思奇所论及的抗战文艺动向的指导下,分别对鲁艺工作团和部队的文艺活动的具体方式及经验教训进行了总结。

以上所论及的有关延安文艺的批评和研究涉及文艺的不同领域,从文艺工作、文艺思想、文艺的形式、文艺的大众化等角度对延安文艺理论的建设给予了正面的铺垫。

周扬的《文学与生活漫谈》论及来自四面八方的知识分子到延安之后出现的一些问题,主要包括两个方面:一是关于光明和黑暗的问题,有的文艺工作者到达延安后,注意力集中在延安经济文化相对落后的层面上,流露出对革命圣地的失望情

---

① 赵学勇:《延安文艺研究:历史重评与当代性建构》,《陕西师范大学学报》(哲学社会科学版),2012年5月第3期。
② 鲁藜:《目前的文艺工作者》,《文艺突击》,第4期,1939年2月1日。
③ 陈荒煤:《鲁艺文艺工作团在前方》,《大众文艺》,第1卷第4期,1940年6月15日。
④ 梅行:《论部队文艺工作》,《大众文艺》,第1卷第4期,1940年6月15日。

第一章 文学批评的理论导向:1937—1949 年的延安文学研究

绪;二是一部分知识分子到达延安后,来往接触的还都是知识分子,虽然身体住在延安的窑洞里,但心却依旧住在知识分子的小圈子里。周扬对这两个问题的认识其实就是《讲话》中暴露和歌颂、知识分子与群众结合的问题。对知识分子进行批评的同时,周扬对延安确实存在的问题也提出了建议。他认为,造成一部分知识分子情绪化的原因一方面是他们自身的敏感,这需要知识分子从思想情感上去改变自己;另一方面,延安也应该从政治、经济、文化各个层面不断地进步,祛除那些造成知识分子苦闷的客观因素。同时,他提出,延安要在自我批评中进步,要容许批评的存在,不能事事上升到原则问题;对于作家要给予最大限度的创作自由,容许题材、样式、手法的多样化,才能最大限度地发挥文艺工作者和文艺的作用。① 周扬对当时知识分子问题的说明以及对延安社会、文化的发展提出的建议还是比较客观的。

与周扬的委婉不同,罗烽的《漫谈批评》对当时的文艺批评提出了尖锐的意见。罗烽提出,有些人打着批评的旗号而不行文艺批评之实,甚至是以文艺批评为噱头对艺术家进行人身的攻击。他还明确提出反对教条主义地使用马列主义批评,他认为这样会戕害真理,会抹杀文艺批评所包含的真、善、美。② 从周扬的《文学与生活漫谈》到罗烽的《漫谈批评》,一方面,说明当时的延安文艺批评和研究是有着争辩的态度的;另一方面,也可以明显看出,对延安文艺发展中存在的问题,论者态度越来越尖锐,批评也越来越直接。

1941 年 10 月 23 日,丁玲在《解放日报》发表《我们需要杂

---

① 周扬:《文学与生活漫谈》,《解放日报》,1941 年 7 月 17—19 日。
② 罗烽:《漫谈批评》,《解放日报》,1941 年 8 月 19 日。

文》，被认为是在延安时期提出需要杂文的第一篇文章。紧接着，丁玲又接连发表了《什么样的问题在文艺小组中》①和《三八节有感》②。丁玲对当时延安存在的文人相轻和宗派观念、儿童教育的教条主义、妇女生活的种种不公平待遇等问题提出了直截了当的批评，并呼吁大家举起杂文的武器，为真理而战斗。丁玲的这种呼吁产生了一呼百应的效果，《解放日报》及其副刊、《谷雨》杂志接连发表了艾青的《了解作家、尊重作家——为〈文艺〉百期纪念而写》③、罗烽的《还是杂文的时代》④、王实味的《野百合花》⑤和《政治家、艺术家》⑥、萧军的《论同志之"爱"与"耐"》⑦等文章。上述文章整体构成了对延安文艺乃至整个延安进行暴露和批评的文艺偏向。

1941年4月，舒湮著的《边区实录》由国际书店出版。这本书实际由三个独立的部分构成，分别是"边区实录"、"延安行"、"译文"。"边区实录"部分包括18个小节，详细记载了陕甘宁边区的政治体制、经济建设和计划、文化建设等各方面的概况。在这一部分，著者较为客观地分析了边区为巩固抗战统一战线的施政中心、为普及抗战意识和培养民族战士的教育基

---

① 丁玲：《什么样的问题在文艺小组中》，《中国文艺》，第1期，1942年2月25日。
② 丁玲：《三八节有感》，《解放日报·(副刊)文艺》，第98期，1942年3月9日。
③ 艾青：《了解作家、尊重作家——为〈文艺〉百期纪念而写》，《解放日报·(副刊)文艺》，第100期，1942年3月11日。
④ 罗烽：《还是杂文的时代》，《解放日报·(副刊)文艺》，第101期，1942年3月12日。
⑤ 王实味：《野百合花》，《解放日报》，1942年3月13、23日。
⑥ 王实味：《政治家、艺术家》，《谷雨》，第1卷第4期，1942年3月15日。
⑦ 萧军：《论同志之"爱"与"耐"》，《解放日报》，1942年4月8日。

第一章 文学批评的理论导向:1937—1949年的延安文学研究

本方针,呈现了在贫弱的经济基础上呈现出的文化建设的辉煌成绩。"延安行"共57页,包括19篇文笔生动活泼、内容质朴充实的游记式小文。这部分是著者去往延安路上的所见所闻的记录,如对战时边区春节盛况的记载、对陕北公学学生概况的统计,都具体生动。著者这种游记式的叙述较为翔实地还原了被外界种种猜想的延安,在一定程度上弥补了当时报刊通讯上对延安的零碎呈现。"译文"部分,在体例上占了本书较大的比重,包括5篇英、美记者对西北边区概况的描述。这5篇译文集中阐述了中华苏维埃共和国转变前后的政治、经济和文化建设,为了解边区概况提供了源流上的认识。因着外国人视角,"译文"部分与前面的"延安行"形成对照互补的关系。

舒湮的《边区实录》既有实录的严谨,也有文学的浪漫。三个部分在形式上相互独立,内容上又互相支撑、相互补充,较为系统和全面地介绍了边区的独特性质。这本书对于研究边区形成、转变前后的概况,尤其是了解早期延安文艺创作和研究的环境来说,都是十分宝贵的文献资料,也是早期延安文艺研究的在著作方面的重要成果。

整风运动和《讲话》发表之前的延安呈现出的是洋溢着自由、浪漫、活跃的社会文化生态。作为延安生活重要组成部分的文艺,呈现出与当时相对落后经济发展不协调的繁荣。"在延安,文艺工作者正愉快地努力进行着他们的工作,许多爱好文艺的青年被组织在八十五个文艺工作小组中,成为六百六十七个组员,文艺小组的成立,普遍包括在了机关、学校、团体、工厂和部队等五十四个单位中,因之,文艺小组的组员就有了工人、战士、学生和公务员这些各样的人们。"[①]综上,早期延安文

[①] 叶澜:《文艺活动在延安》,《新华日报》,1941年9月12日。

艺的繁荣和活动的丰富可见一斑。艾思奇在谈到理论的建立时提出:"要靠作者的创作的试验,靠各派的理论家互相讨论,从这些过程中建立起来。"①从这个意义上来看的话,虽然延安文艺早期的文艺创作和文艺争鸣在《讲话》之后逐渐被规范,但却不能"抹杀"其在延安文艺理论建设上的贡献。

二、对"另类作品"的批评

回眸20世纪30—40年代的延安文艺研究,工农兵文艺作品空前高产且广受关注,但也出现了一些思想内容或题材选取上未能"革命化"、没有直接演绎革命话语的作品,在当时引起争议,我们可称为"争议作品"或"另类作品"。历史地看,对争议作品的批评与典范作品的确认是同一历史进程的两个不可分割的方面。无论在当时,还是后来,两者都是评论界或学术界难以回避的重点问题。

1."另类作品"的界定

刘增杰曾从作品的题材选择和思想内容角度出发,把当时思想上具有"异端"色彩、题材选择上与当时的革命话语不完全一致,且没有直接演绎正统革命政治观念和理想的作品归类为解放区文学中的"另类作品"。他还指出,这些"另类作品开拓着工农兵文学新的表现领域,和工农兵文学存在着既互补又挑战的关系。互补,指的是在反映解放区生活上的广泛的一致性;挑战,则指的是另类作品作者主体意识的相对独立性、艺术

---

① 艾思奇:《抗战文艺的动向》,《文艺战线》,第1卷创刊号,1939年2月16日。

第一章　文学批评的理论导向:1937—1949年的延安文学研究

的敏感性和探索精神。另类作品与工农兵文学相辅相成,共存互赖。尊重另类作品的存在,就是尊重解放区文学原初的存在,还解放区文学发展的本来面目"①。无论是对"另类作品"的含义厘定,还是例证区分,都需要我们从作品诞生之初开始,进行历史地考察。而对这些"另类作品"及其接受史的发掘和研究,则有助于研究者了解较为多元而又一体的解放区文学,有助于研究者回到历史的语境中了解这些作品的接受情况。

2."另类作品"批评案例

较早产生较大影响并导致此类作品被关注的应是对《腊月二十一》的批评和研究。1942年8月4日,张棣赓在《解放日报》上以笔名"狄耕"发表作品《腊月二十一》。小说发表于延安"整风运动"开展期间,尽管发表之初并没有专文对其进行即时讨论,但是,从周扬致张棣赓的公开信中可知,作品发表伊始,首先在鲁艺学生中引起争议,被认为是"文艺创作的歪风之例"。②尽管作家是站在民族、国家的立场上写作的,但是,在那个炮火纷飞的战争年代,在众志成城共同抗敌的时代背景中,作者的主题选择被认为出现了"偏差":"没有立场",没有完全的党的、人民的立场;"没有写出典型环境中的典型人物",把工农群众与敌人相提并论,没有刻画出典型的工农兵形象;"没有正确的态度",在话语表述中含有一些轻视中国进步力量的意味。与当时很多即时性的批评文章相比,周扬对《腊月二

---

　①　刘增杰:《一个被遮蔽的文学世界:解放区另类作品考察》,《文学评论》,2003第6期。

　②　周扬:《致张棣赓的公开信》,《解放日报》,1942年11月8日。经笔者亲查,张棣赓的文章发表在《解放日报》的日期是1942年8月4日,所以"编者按"所写日期是错误的。正确日期应该是8月4日。

十一》的批评研究颇具学理性。他从"社会主义现实主义"和"典型环境里的典型性格"的创作方法出发，对这篇文章进行了代表主流态度的审视。在发表周扬这封公开信时，《解放日报》编者作按语说："《腊月二十一》发表在4月8日本版，内容错误颇多，敌友混淆，殊失应有之立场。兹有周扬同志来文，特发表于此。"①周杨作为张棣庚的老师，《解放日报》作为当时主流且影响极大的报纸，都对一位青年学生的创作给予了相当严厉的批评。虽然在今天看来，这些批评有失文艺批评应有的胸襟，但在当时，给予在解放区成长的青年作家符合主流价值观念的引导是必要和必需的。这个批评案例显示出延安文艺界对创作主题更加明确的规范。

与之类似，另一篇引起轰动的作品是莫耶的《丽萍的烦恼》。1937年10月，莫耶作为从沦陷区到达延安的第一个文艺团体的一员，曾受到毛泽东主席的亲切接见和宴请，从此更名为莫耶。提起莫耶，人们就会联想到她在鲁艺学习期间创作的《延安颂》，至今传唱不衰。1938年冬，莫耶跟随当时一二零师师长贺龙到达华北抗日前线，在文学创作和部队宣传工作中做出了很大贡献。1941年3月15日，莫耶的小说《丽萍的烦恼》发表在《西北文艺》第2卷第1期。小说描写了一个城市女青年"丽萍"嫁给"革命老干部"后的思想矛盾。这篇文章一经发表就产生了较大的影响，作者的命运从此与它紧密地联系在一起。最早对《丽萍的烦恼》进行评论的是非垢的《偏差——关于〈丽萍的烦恼〉》。在这篇文章里，作者对《丽萍的烦恼》中"丽萍"和"丽萍的丈夫"这两个人物形象给予了点评式分析，他认为，莫耶对这两个人物形象的塑造，"违背了事情自身发展的

---

① 周扬：《致张棣庚的公开信》，《解放日报》，1942年11月8日。

第一章 文学批评的理论导向:1937—1949年的延安文学研究

规律,而代之作者主观的安排,单纯的感情激动代替了对客观事物冷静的(地)观察和研究,挖苦代替了教育,鄙视代替了同情,这便是使《丽萍的烦恼》发生偏差的原因,也是这篇文章的致命弱点"。即便如此,非垢还是给予《丽萍的烦恼》比较客观的评价,认为《丽萍的烦恼》"比起晋西北以前所发表的作品是提高了一步"。①

针对非垢的《偏差——关于〈丽萍的烦恼〉》,莫耶随后发表了题名为《与非垢同志谈〈丽萍的烦恼〉》的文章。莫耶以一种谦虚、坦诚的态度,对非垢提出的一些问题进行了解释。莫耶检讨自己:"着重揭发否定的人物所表现出来的生活里的缺陷,忽视了以整体的进步现实中的肯定人物来做对照,以致客观上可能使那些在我们环境以外的某些人把这部分的弱点夸大作为整体,而作为造谣中伤的根据的。"接着,作者从人物创造和题材选取上谈了自己创作的思路,点点滴滴的文字表现出莫耶作为现实主义作家的严谨态度。在谈到人物创造时,莫耶就从国民性讨论了"丽萍"这个角色的设定:"别说我国的国民性都有点儿农民气质,就目前常见的事实来说,不是还有不少人因为物质条件太差,营养太缺乏,而逐渐成长着农民意识的倾向吗?"因此,针对非垢的批评,莫耶明确表示"任何的小缺点都可以提到'原则的高度'上去,这并不是批评应有的态度"②,作者的个性从中可见一斑。

如果说非垢和莫耶就《丽萍的烦恼》的发文尚属文艺创作问题的讨论,那么叶石的《关于〈丽萍的烦恼〉》和沈毅的《与莫

---

① 非垢:《偏差——关于〈丽萍的烦恼〉》,《抗战日报》,1942年6月11日。

② 莫耶:《与非垢同志谈〈丽萍的烦恼〉》,《抗战日报》,1942年6月16日。

耶同志谈创作思想问题》使对这篇文章的批评研究进入了白热化的阶段。① 叶石的文章分缺陷和完美、谴责与同情、问题与解答三个部分，批评了莫耶只谈缺陷不讲完美的主观错误性，只谴责不同情的滥用讽刺性，只暴露问题不解答问题的矛盾性。虽然论者对《丽萍的烦恼》基本持否定的态度，但还是对作品中主题和题材的处理给予了中肯的意见。沈毅则认为莫耶是通过《丽萍的烦恼》散布"小资产阶级恋爱观的个人主义"，"影响新老干部的团结"。同时他还批评莫耶针对非垢提出的意见不认真反省，反而在报纸上大发言论进行辩解。

此外，受到批评的还有丁玲的《在医院中》。该文初次发表在《谷雨》1941年第1期，题目为《在医院中时》，1942年在重庆《文艺阵地》上发表时更名为《在医院中》。这篇小说发表后就引起了争议，具有代表性的是王燎荧1942年6月10日发表在《解放日报》上的"人……在艰苦中生长"——评丁玲同志的〈在医院中时〉》。他对《在医院中》呈现出来的小资产阶级情绪和对延安黑暗面的暴露给予了严厉的批评，认为丁玲创作这篇小说的立场和态度是有严重的问题的。尽管如此，王燎荧还是肯定了丁玲对"陆萍"这个人物形象塑造的成功。② 王燎荧的《"人……在艰苦中生长"——评丁玲同志的〈在医院中时〉》可以说是对《在医院中》发表后所引起争论的一个总结。

上述几个案例反映了"政治标准第一，文艺标准第二"的批评观念对当时文艺创作的规范，其结果是多方面的：且不说两部作品的命运因那时的批评而寂寂无闻于当代；就是自此以后

---

① 叶石:《关于〈丽萍的烦恼〉》,《抗战日报》,1942年6月30日。沈毅:《与莫耶同志谈创作思想问题》,《抗战日报》,1942年7月7日。
② 王燎荧:《"人……在艰苦中生长"——评丁玲同志的〈在医院中时〉》,《解放日报》,1942年6月10日。

第一章 文学批评的理论导向:1937—1949年的延安文学研究

的延安文艺,乃至到"文革"结束的整个革命文艺,在有关题材选择、阐释、批评等方面,都深受影响。既有前车之鉴,身处这一创作环境中的作家,自会警醒于自己的题材和人物刻画,而已有的批评样板也会被多次套用和升华,这是我们理解早期另类作品创作和批评原境至关重要的一点。对这两部作品的批判所显示出的对早期延安文艺创作方向、批评标准等问题的规范在《讲话》中得到了更为明确的表现。

第二节 延安文艺座谈会《讲话》与文艺批评理论导向

1942年4月10日,中央书记处工作会议做出关于召开延安文艺座谈会的决定。这次会议共召开了三次大会,第一次是1942年5月2日,第二次是1942年5月16日,第三次是1942年5月23日。其中,第三次大会有包括党的领导人和文艺工作者一百多人参加。① 在这次大会上,毛泽东发表了重要讲话,不仅在对此前文艺工作全面诊脉基础上,指出了当时文艺创作中观念、作品、价值取向等诸多不合时代需求的方面,也第一次明确提出了文艺服务人民、走群众路线的观点。自此以后,延安文学研究便以《讲话》为指引,又通过马克思文艺理论的引介,获得相对系统的理论资源。

一、延安文艺座谈会与文艺方向的确认

文艺为什么人的问题从五四以来就是文艺界争论的重要问题之一,而问题的焦点便是文学和民众的问题。

1919年,李大钊在《晨报》上发表《青年与农村》一文,号召青年人要到农村去。② 1920年,以李大钊为代表的少年中国学会和以周恩来为代表的觉悟社等五社团联名发表了《改造联

---

① 分别是毛泽东、朱德、康生、凯丰、任弼时、王稼祥、徐特立、博古、刘白羽、罗烽、草明、田方、张悟真、陈波儿、丁玲、李伯钊、瞿维、力群、白朗、塞克、周文、胡绩伟、李卓然、天蓝、江丰、李雷、艾思奇、欧阳山、姚时晓、王震之、袁文殊、王曼硕、刘岘、石泊夫、郑文、于黑丁、陈企霞、吕骥、丁浩川、郁文、陈伯达、傅钟、萧向荣、何思敬、陈学昭、张庚、罗工柳、王滨、干学伟、曹葆华、欧阳山尊、胡采、马加、曾克、周立波、张振武、高阳、张仃、刘雪苇、蔡若虹、胡蛮、金紫光、伊明、林默涵、周扬、艾青、钟敬之、李丽莲、潘奇、唐荣枚、许珂、张水华、任虹、魏东明、宋侃夫、钟纪明、公木、范文澜、杜矢甲、于敏、张桂、严文井、陈荒煤、何其芳、张铁夫、阿甲、张季纯、张贞黻、张望、佟天林、华君武、李又然、李元庆、向隅、萧军、柯仲平、童大林、陈叔亮、古元、胡一川、吴伯箫、严辰、蔡天心、江帆、舒群、殷参、王朝闻、马达、杜赞、贾芝、吴印成等。孙国林、曹桂方:《毛泽东文艺思想指引下的延安文艺》,第37—40页,花山文艺出版社。

② 李大钊:《李大钊全集》,第三卷,第179—183页,河北教育出版社,1999年版。

第一章 文学批评的理论导向:1937—1949年的延安文学研究

合宣言》,第一次正式提出了"到民间去"的口号。① 1923年,对无产阶级思想有较多接触的共产党员李求实和沈泽民分别在《中国青年》第5期和第9期发表文章——《告研究文学的青年》、《青年与文艺运动》。在这两篇文章里,他们再次号召从事文学活动的青年人到民间去。② 1926年,在大革命浪潮的冲击下,郭沫若在《革命与文学》③、《文艺家的觉悟》④两篇文章中都提出了文艺要与人民的实际生活相结合,要在文艺创作中体现社会主义现实主义。1927年关于革命文学的争论使"到民间去"的呼声继续高涨。即便如此,这一时期,对于文艺与群众结合的讨论也仅仅限于理论争辩。1930年以后,左翼文学从理论到实践都继续展开过对这个问题的探讨。但是,由于客观环境的限制,表现资产阶级和小资阶级的思想、情绪依旧是文艺创作的主流。

可以看出,五四运动之后,虽然在不同阶段提出了"平民文学"、"民众文学"、"文艺大众化"等口号,但也一直停留在"化群众"而非"群众化"的阶段。列宁谈到艺术时说:"它必须在广大劳动群众的底层有其最深厚的根基。它必须为这些群众所了解和爱好。它必须结合这些群众的感情、思想和意志,并提

---

① 天津历史博物馆、南开大学历史系《五四运动在天津》编写组:《五四运动在天津·历史资料选辑》,第613—616页,天津人民出版社,1979年版。
② 李求实:《告研究文学的青年》,《中国青年》,1923年第5期。沈泽民:《青年与文艺运动》,《中国青年》,1923年第9期。
③ 郭沫若:《革命与文学》,《创造月刊》,第1卷第3期,1926年5月16日。
④ 郭沫若:《文艺家的觉悟》,《洪水》,第2卷第16期,1926年。

高它们。它必须在群众中间唤起艺术家,并使他们得到发展。"①就此而言,直到《讲话》的发表,这个问题才从理论和实践上明确起来,并成为文艺工作者从事文艺活动的重要指导思想。

总结 20 世纪初期以来中国共产党带领和发动人民抵抗外敌、统一全国、安心建设的经验,破除封建社会遗留下来且严重阻碍思想团结、阵线统一的政治、经济、文化因素,就是至关重要的一条。在宗法社会和传统小农观念下,既有利益的获得者不会同意改革,弱小的工农阶级无力也无法去对抗,文艺创作变成士绅秀女的玩物,政治、经济也陷入没有生机的死水泥潭。要解决这个难题,不仅仅是打破固有的社会结构和等级观念的问题,还要从思想意识出发,尤其是从文艺创作出发,进行全面改革。对此,李大钊、陈独秀、鲁迅等人或著书立说,或进行创作实践,可看作中国马克思主义文艺观形成的早期阶段。但是,从新文化运动到延安文艺座谈会以前,这些仁人志士的努力还不能完全动摇旧传统的根基。1942 年,抗战进入了相持到反攻的阶段,国民党继续对我党采取高压政策,延安文艺界虽然已经开展了整风运动,可是很多艺术家仍然存在不能正确把握文艺创作的方向和立场的问题,笼罩在政治经济和文艺上的迷雾急迫地需要得到廓清。毛泽东以其敏锐的判断做出了及时的反应,召开了中共历史上第一次文艺座谈会,将文艺为谁、如何为之的问题,工农兵、干部的文艺主体意识,马克思主义文艺辩证唯物主义原则,党对文艺的领导等一系列问题,明确下来,达成共识。以"毛泽东延安文艺座谈会讲话"为界碑,

---

① [苏]列宁:《列宁论文学与艺术》,第 912 页,人民文学出版社,1960 年版。

第一章 文学批评的理论导向:1937—1949年的延安文学研究

中国共产党不仅在政治经济军事上确立了地位,更是首次实现了对文艺的领导。

1942年,毛泽东在延安文艺座谈会上所作的《讲话》是结合中国具体国情对马克思主义文艺观的借鉴和运用。在新中国成立前后,延安文艺座谈会讲话的精神也一直发挥着重要的指引作用,不仅在当时促生了大量优秀的文艺作品,也为之后马克思主义文艺理论的探索奠定了基础,其对中国文艺发展的重大意义不言而喻。但是,随着改革开放以后文艺创作的繁荣、西方文艺批评范式的引入,一些支离《讲话》、批判早期马克思主义文艺观的声音不绝于耳。通常,持此论调的人,一方面没有客观理解《讲话》出现的历史情境和文化意义,另一方面又借来一些现代和后现代的批评观念在双重标准下阐释其历史偏见。这些言论必须得以廓清。

二、《讲话》确立的文艺创作观和批评观

1942年,《讲话》的发表对当时的文艺工作者的思想态度、世界观、创作实践产生了根本性的影响。文艺工作者开始从生活到思想再到创作上展开自我改造,而这种自我改造的最直接和有效的方法就是深入群众、深入生活,为群众代言、为革命扬声,走民族的、群众的、马克思主义的文艺道路。其中,有关文艺的创作观和批评观是与本书关系最为紧密的两个方面。

1. 文艺的源流及创作观

在中西方,对有关文学艺术创作本质、艺术作品的源流,有过很多理论,无论着眼于客观精神,还是立足于主观精神,对艺术创作从哪里来、如何而来的解答,关乎我们研究文艺历史、阐

释文艺现象的原则、方法和立场。马克思主义将文学艺术看作一种观念形态,认为它是社会生活在人类头脑中的反映的产物,而社会生活是艺术创作的唯一源泉。这种源泉原本是自然的形态,既是生动、丰富和基本的,又是粗糙的,还需要文学艺术的进一步提炼和加工。经由加工产生的文学艺术作品组成一个独特的精神世界,艺术家的学习和创作必须依赖它,那么,它是否也是一个源头呢?

在《讲话》中,毛泽东明确指出:"有人说,书本上的文艺作品,古代的和外国的文艺作品,不也是源泉吗?实际上,过去的文艺作品不是源而是流,是古人和外国人根据他们彼时彼地所得到的人民生活中的文学艺术原料创造出来的东西。"①既然文学艺术的源头是现实生活,文学艺术的流变是古今中外的文艺作品,则对各历史时期的文艺创作者而言,追源溯流就是必不可少的功夫,前者是为了保证源头活水常来,保证文艺创造力的常青,而后者则是为了保证艺术遗产的继承与把握,保证创新的坚实基础。对此,《讲话》提倡文艺工作者深入生活,解决的是"源"的问题,同时还要解决"流"的问题。毛泽东说:"我们必须继承一切优秀的文学艺术遗产,批判地吸收其中一切有益的东西,作为我们从此时此地的人民生活中的文学艺术原料创造作品时候的借鉴。有这个借鉴和没有这个借鉴是不同的,这里有文野之分,粗细之分,高低之分,快慢之分。"②这样,凡中西古今的优秀艺术成果,都是艺术创新必须面对的上流,"顺流而下"是经过扬弃获得新意的前提,"溯源而上"是取

---

① 毛泽东:《在延安文艺座谈会上的讲话》,第19页,人民出版社,1975年版。

② 毛泽东:《在延安文艺座谈会上的讲话》,第19页,人民出版社,1975年版。

其根源到达新境的必由之路。两者不仅有主次之分,也有对艺术创作而言各自的价值与意义。

从这个论断出发,延安文艺开始强调革命现实主义的创作方法,注重文艺的群众路线问题,以寻找新文艺创作之"源";为达成"溯源"和"为了群众"的目标,古今中外的文艺作品形式,尤其是群众喜闻乐见的语言形式,开始受到重视和演绎。

2. 文艺批评观

基于延安时期文艺工作中出现的诸多弊端,毛泽东提出了文艺批评的两个标准:政治标准和艺术标准。他说:"我们的文艺批评是不要宗派主义的,在团结抗日的大原则下,我们应该容许包含各种各色政治态度的文艺作品的存在。但是我们的批评又是坚持原则立场的,对于一切包含反民族、反科学、反大众和反共的观点的文艺作品必须给以严格的批判和驳斥;因为这些所谓文艺,其动机,其效果,都是破坏团结抗日的。按着艺术标准来说,一切艺术性较高的,是好的,或较好的;艺术性较低的,则是坏的,或较坏的。这种分别,当然也要看社会效果。文艺家几乎没有不以为自己的作品是美的,我们的批评,也应该容许各种各色艺术品的自由竞争;但是按照艺术科学的标准给以正确的批判,使较低级的艺术逐渐提高成为较高级的艺术,使不适合广大群众斗争要求的艺术改变到适合广大群众斗争要求的艺术,也是完全必要的。"①进而,他从历史唯物主义出发,指出不存在抽象的、绝对的、不变的政治标准,政治标准随着时代和阶级的变化而变化,而任何阶级社会中的阶级总是

---

① 毛泽东:《在延安文艺座谈会上的讲话》,第31页,人民出版社,1975年版。

以政治为第一标准,以艺术为第二标准;对我们来说,处理好两个标准的关系,不仅要求我们完成文艺作品的政治性任务,而且还要兼顾艺术性的问题,即要做到政治和艺术的统一、内容和形式的统一。相应的,我们反对两种倾向:政治进步但缺乏艺术性的"标语口号式"艺术品和政治观点错误的艺术品。①

自《讲话》发表后,这两个批评标准就一直被沿用。尽管一些具体案例或文本有强烈的个人意见,各阶段研究者所持立场和方法也不尽相同,但在本书所述的前三个阶段,文艺研究尚可力求做到两个标准的兼顾,到"文革"时期,政治标准往往就替代了艺术标准,走向文艺研究和批评的"极端"。

三、《讲话》的刊印、传播与理论共识

《讲话》发表以后,文艺座谈会的不定期举行和对《讲话》的持续学习贯穿到整个延安文艺创作和研究之中。

首先,座谈会成为文艺界凝聚人心、明确任务、规范风气、把脉问诊的一种重要形式。1942年以后,围绕《讲话》进行的纪念、研究活动往往也以座谈会形式展开。

其次,《讲话》成为此后几十年间文艺发展的指南针。一方面,毛泽东的《讲话》发表后,就迅速在各个解放区传播开来,成为文艺界重点学习研读的文本;另一方面,《讲话》还逐渐在国统区和海外得到广泛传播。仅在新中国成立前,《讲话》的刊布就有十余次:

1943年3月13日《解放日报》发表《讲话》部分内容;1943

---

① 毛泽东:《在延安文艺座谈会上的讲话》,第32页,人民出版社,1975年版。

第一章 文学批评的理论导向:1937—1949年的延安文学研究

年10月19日《解放日报》全文发表《讲话》;1943年10月30日晋西北根据地的《抗战日报》全文转载讲话;1943年11月8日《解放日报》刊发中共中央宣传部的《关于执行党的文艺政策的决定》,这个决定要求党的一切工作部门,尤其是文艺工作者认真学习《讲话》,改造思想;1943年11月26日晋西北根据地的《抗战日报》转载《关于执行党的文艺政策的决定》;1942—1949年继1942年"延安解放社"发行《讲话》单行本以后,很多解放区都陆续出版了《讲话》单行本,如1943年山东大众日报社版、1946年东北书店版、1947年通化日报社版、1948年太岳新华书店版、1949年华东新华书店版等;1944年重庆《新华日报》的《新华副刊》以《毛泽东同志对文艺问题的意见》为标题,摘录了《讲话》中的主要内容;1944年8月26日重庆《新华日报》刊发《关于执行党的文艺政策的决定》;1945年朝鲜的"成镜南道"出版朝鲜文的《讲话》译本;1946年2月香港的中国灯塔出版社以《文艺问题》为名出版《讲话》单行本;1946年8月汉城大学中文系出版《讲话》译本;1946年,日本的新日本文学会主编,以《现阶段中国文艺的方向》为题名出版日文版《讲话》;1949年10月,法国的彼埃·西盖尔出版公司出版《讲话》译本。

新中国成立前,《讲话》的刊行、辑录、传播及文艺工作者的阐释(见各章)使这份革命文艺的纲领性文件深入人心。通过座谈会和对《讲话》精神的学习,延安文艺家在创作观念、创作方法、批评方法和标准等方面达成共识。文艺创作受到党政领导的高度关注和支持,借助群众参与文艺的热情和行动,借助持续扩展的人才队伍和智力资源,最终塑造了延安根据地精神活跃、形式多样、气质昂扬的艺术环境,使之成为当时全国范围内最具特色的一块文艺圣地。

第三节　延安文艺座谈会召开以后的文学研究

延安文艺座谈会召开以后的延安文学研究与《讲话》原理阐述、观念贯彻、方法实践相伴相生,既有经典作品和创作范式的确立,也有对"另类作品"的批判,还有对小说、戏剧、杂文和诗歌创作中艺术形式、作品思想等问题的讨论。本节择其要点分述如下。

一、赵树理小说研究和经典的确立

1. 赵树理与延安人民文学的期待

建基于文本和读者的关联,德国接受美学代表人物汉斯·罗伯特·姚斯(Hans Robert Jauss)将读者在社会环境、观点、意识、审美经验等基础上形成的、对作品内容和形式的定向性心理结构图式称为"期待视野",它大体包括三个层次:文体期待、意象期待、意蕴期待。① 姚斯的理论揭示了文学作品接受的一般模式,具体到延安文艺的历史情境中,则期待视野不仅是对作品积极主动的回应,而且是一种纠合政治、文化、文学等意识形态,具有召唤和塑形力量的精神力量。这种力量,一方

---

① [德]H.R.姚斯、[美]R.C.霍拉勃:《接受美学与接受理论》,周宁、金元浦译,第30—31页,辽宁人民出版社,1987年版。

第一章 文学批评的理论导向:1937—1949年的延安文学研究

面促成作家创作观念和意识潜在地趋于统一;另一方面,又不断修订"期待视野",通过各类主体的发声将核心理念确立下来,推介并聚焦典型作品和代表作家,也实现它对"另类作品"的制约。从对赵树理的推介与研究来看,对其代表作品的人民性特征的确认是逐步确立起来的。

《小二黑结婚》就是符合群众意识的通俗故事,也是延安文艺研究确立的最初的经典。

1943年,赵树理创作了《小二黑结婚》,作为后世公认的代表作品,这篇小说的刊印并不顺利,不像惯常理解的那样,让赵树理一举成名。《山西抗战文学史》:"《小二黑结婚》写成后,彭德怀看了很满意,让交给新华书店去出版,由于当时一些'新派'文化人对通俗的大众化文艺看不上眼,结果小说迟迟不予付印。"①后来,彭德怀表扬了赵树理作为文艺工作者,在党的文艺政策的指导下对文艺大众化的正确实践,并亲自交与当时的宣传部领导,小说才得以出版。可以说,赵树理作品人民性特征的初步确认,首先因为作品符合1942年召开的延安文艺座谈会精神,契合党政领导对文艺创作群众意识或人民意识的期许。《小二黑结婚》以最恰当的形式反映最恰当的内容,体现最具召唤性的时代风貌,而赵树理也初步被确立为深刻理解和及时实践党的文艺路线的代表。

2."赵树理方向"的确认

如果说赵树理是在党的直接指导和关怀下得以成名的,那么周扬的《论赵树理的创作》则是其在文艺领域地位得以确立

---

① 屈毓秀等:《山西抗战文学史》,第326页,北岳文艺出版社,1988年版。

的开始,并对此后的赵树理研究产生了长久的影响。周扬说:"在被解放的广大农村中,经历了而且正经历着巨大的变化。农民与地主之间,进行了微妙而剧烈的斗争。农民为实行减租减息,为满足民生、民主的正当要求而斗争;这个斗争在抗战期间大大地改善了农民的生活地位,因而组织了中国人民雄厚的抗敌力量。……它正在改变农村的面貌,同时也改变农民自己的面貌,改变中国的面貌。这是现阶段中国社会的最大最深刻的变化。一种由旧中国到新中国的变化。这个农村中的伟大变革过程,要求在艺术作品上取得反映。赵树理同志的作品,就在一定程度上满足了这个要求。"①此外,1946年至1947年期间,茅盾和郭沫若发表的有关赵树理创作的评论文章又再次扩大了赵树理在文艺界的影响。

在小说领域,赵树理方向的提出是延安文艺发展中的重要事件。不论是从文艺批评的范式还是从文艺批评者的身份的角度,周扬对赵树理小说的评论都是极具代表性的。这在本章第三节还将专论,这里不再赘述。

1947年8月,晋冀鲁豫中央局宣传部召开了文艺座谈会。这次座谈会的主要内容就是对赵树理及其创作的讨论和研究。作为会议主持人和边区副主席的陈荒煤写了《向赵树理方向迈进》作为会议的总结。从赵树理文艺作品的政治性、语言风格和文艺为人民服务的立场三个方面,陈荒煤给予赵树理及其作品极大的肯定。在《向赵树理方向迈进》这篇文章的结尾处,他号召广大文艺工作者:"为了更好地反映现实斗争,我们就必须更好地学习赵树理同志!大家向赵树理的方向大踏步地前进

---

① 周扬:《论赵树理的创作》,《解放日报》,1946年8月26日。

第一章 文学批评的理论导向:1937—1949年的延安文学研究

吧!"①首次明确地提出了"赵树理方向"。

3. "赵树理经验"的研究

历史上,一些作家被赋予"天才"光环,其潜台词是作家的才能和成就是先验获得之物,超越阶级属性和社会生活的给养。直到18世纪中叶以后,源自"经历"一词逐渐发展为美学概念的"体验",才成为艺术理论中表达创作源头和动力的重要概念,从而形成"天才说美学"和"体验美学"两种文艺阐释的路径。②

从对赵树理的创作和发表作品的研究转向对赵树理的经历和艺术体验的研究,可以看作延安文艺批评家和研究者申述延安文艺人民性的一种努力,代表性的文章如王春的《赵树理是怎样成为作家的?》、李普的《赵树理印象记》、荣安的《人民作家赵树理》、杨俊的《我所看到的赵树理》、吴调公的《人民作家赵树理》③等。

这些评论文章的作者大多与赵树理本人认识,或者见过赵树理。例如,李普的《赵树理印象记》描述他的穿着打扮和面部形象:"他住在一家老百姓家里,剃着光头,穿着青色的中式对襟衣服,衣领敞开着,这正是北方农民的习惯,他们的第一个纽扣是照例不扣的。他的脸色黄中透黑,表情很朴素,很忠厚善良,看起来也象(像)一般农民那样,似乎并不聪明。"④李普所

---

① 陈荒煤:《向赵树理方向迈进》,《人民日报》,1947年8月10日。
② [德]伽达默尔:《真理与方法》,洪汉鼎译,第71—104页,上海译文出版社,1999年版。
③ 吴调公:《人民作家赵树理》,第26—34页,四联出版社,1954年版。
④ 李普:《赵树理印象记》,《长江文艺》,第1卷第1期,1949年6月。

见的赵树理是一个扎根农民、形似农民、神似农民的人,符合创作者从人民中诞生、平凡而伟大的特征。这种亲见式的评论文章还有荣安的《人民作家赵树理》①、杨俊的《我所看到的赵树理》②。他们的描述使得赵树理的作家形象在当时成为一种标尺,成为人民文学家和人民文学创作的一种典型,也能穿透历史,活跃在今天读者的面前。

王春的《赵树理是怎样成为作家的?》认为,赵树理之所以能成为作家与他的出身和生活经历有着密不可分的关系。他认为正是农民出身和农村生活体验,使得赵树理能够深刻体会农民的痛苦、熟悉农村习俗和风情、通晓农民的艺术,而这些正是赵树理文学创作不可或缺的组成部分。③ 而赵树理本人谈到创作动机时曾说:"为创作而创作,也和为说话而说话一样的滑稽。当你看到一些好人、好事、好环境、好东西,就会高兴;见到一些坏人、坏事、坏环境、坏东西,就会生气,那就是对这些表示了态度。这些好的或者坏的一切给你造成的印象如果太深了,你见了和你谈得来的人必然原原本本叙述给他听,有时还会加枝添叶造成种种风趣,用文字写出来就可以算文艺创作。不论你是用口说这些还是用笔写这些,都是一个目的:就是想用感动过你,给你造成深刻印象的事物去感动别人,给别人造成深刻的印象——把你的爱或憎传给别人,使别人共同爱或憎。有了这些印象不一定能创作,或只能作成坏的作品,但根本连这些印象也没有而就想创作,那便和为说话而说话一样,

---

① 荣安:《人民作家赵树理》,《天津日报》,1949年10月4日。
② 杨俊:《我所看到的赵树理》,《中国青年》,1949年第8期。
③ 王春:《赵树理是怎样成为作家的》,《人民日报》,1949年1月16日。

还会说出什么有意义的话来呢?"①这或许也解释了在当时的历史条件下,赵树理口中的"文坛文学"并不受广大人民群众的欢迎,而他自己更愿意作"文摊文学"的原因。因为,只有作品中的人物所经历的事情也正是读者所经历过或正在经历的,作品中人物所说的话是读者想说而不能或不敢说的话,作品中的人物形象正是读者本身,才可能引起读者的共鸣,才能发挥现实的效应意义吧。

二、另类作品批评与思想、形式问题

1946年《时代妇女》创刊号上发表了丁克辛的《春夜》。这篇文章一经发表,就引起激烈的讨论。欧阳一、亚君、仓泰分别在1946年7月15日、16日、17日的《晋察冀日报》上发文,对《春夜》的创作主题和作者的思想倾向进行了讨论和研究。欧阳一和亚君以马克思主义"典型环境的典型人物"和马克思主义现实主义的文艺观为标准,对《春夜》中描写的人物和事件提出了质疑。欧阳一在《〈春夜〉说明什么》中说,这一时期的"典型环境"是八路军来了之后对妇女在政治、经济、文化各方面的解放,使妇女有了"参加到各级政权里去"的权利;"典型人物"应该是在中国共产党、民主政府和八路军的帮助下,从敌伪的黑暗中解放出来的积极参与新生活的妇女形象。然而,在欧阳一看来,丁克辛却为了"赢得更多的读者",以"只是性爱的恢复"来体现解放的女性形象,并浓墨重彩地描写了"床笫之欢",

---

① 赵树理:《答青年文学爱好者的来信》,转引自黄修己:《中国文学史资料全编·现代卷29·赵树理研究资料》,第417页,知识产权出版社,2010年版。

使整篇小说沦为"近乎色情的文学作品"。所以,论者认为"《春夜》的主题是一个大大的失败",是"不良创作方法的萌芽",是会使"工农兵文艺受到很大损害的"。① 亚君则在题名为《〈春夜〉是怎样反映现实的》文章里提出了三个批评理由:第一,同欧阳一一样,他也认为《春夜》用了"三分之一的篇幅"描写"床笫之欢",是"反映现实的肤浅和猎奇的表现手法",是与当时的解放妇女的现实不符合的,是在当时"苏联与解放区的新作品里很少看见的",是"蒙疆文学";第二,亚君认为丁克辛没有深刻发掘社会因素,单单描述了"八个工人的暴戾",不符合现实主义创作原则,而造成以上两个方面的深刻原因是作者"思想和看问题的方法";第三,亚君认为《春夜》中人物思想感情的描写与"一个工人"和"刚被解放的妇女"的身份是不相符的,是"作者的小资产阶级的感情在借此发泄",是"伪现实主义"。因此,他认为《春夜》的失败正是因为没有具体地、深入地、正确地反映现实。②

仓泰的《〈春夜〉读后感》从读者的接受角度出发对亚君所论《春夜》的"小资产阶级"情感进行了具体分析。他认为《春夜》应该着重暴露敌伪黑暗统治下妇女遭受的痛苦,应该歌颂在八路军和民主政府帮助下妇女由"非人"到"人"的转变,应该叙述"被解放的妇女"对党和人民政府的感激。在他看来,这些在丁克辛的作品里都没有呈现,因而是一种"小资产阶级的浪漫幻想"、"陈旧轻浮的表现手法"。仓泰甚至说:"当我读到了文章开头时,我以为这是一个二十几岁经过恋爱而结婚的少

---

① 欧阳一:《〈春夜〉说明什么》,《晋察冀日报》,1946年7月15日。
② 亚君:《〈春夜〉是怎样反映现实的》,《晋察冀日报》,1946年7月16日。

第一章 文学批评的理论导向：1937—1949年的延安文学研究

女，我以为这是一个小资产阶级充满浪漫性的女人，没有想到这是一个久经折磨的工人家属。"①

对《春夜》的批评研究，以丁克辛公开发表《我是怎样写〈春夜〉的？》而结束。在这篇文章里，丁克辛首先谈到了《春夜》的主题，他说："我所要表现的主题很明确，像秀兰子那样一个敌人奴役下的牺牲者，要得到解放，要过真正的人的生活和爱情，要女子人格独立，只有遇上了共产党八路军才有可能，而这种可能实现后的兴奋和愉快真是不可计量的。"②对欧阳一和亚君近乎苛刻的批评，作者提出了反对意见，但作者还是表态说，"在我的创作历程中，像《春夜》这样写法的作品，决不会再有第二篇"，而之前自己被认可的如《村长和他的兵》这样作品的创作道路将成为他所要继续遵循的。

同时期，以类似理由被关注的作品还有李克异的《网和地和鱼》。③今天的研究者着眼于李克异由对农民深刻的了解而透露出的深邃的历史眼光，对他的这篇小说给予赞赏。张毓茂在他的《重评〈网和地和鱼〉》中说："今天，回头重新看看这篇小说，我实在惊异于克异同志对小生产劳动者灵魂的描绘和剖析，竟然如此真实深刻，细腻入微。"④然而，1948年东北文工会议上《网和地和鱼》受到严厉的批评，这篇小说被认为是"宣扬三角恋爱，黄色小说"。毛泽东在《讲话》中明确指出："要使

---

① 仑泰：《〈春夜〉读后感》，《晋察冀日报》，1946年7月17日。
② 丁克辛：《我是怎样写〈春夜〉的？》，《晋察冀日报》，1946年7月23日。
③ 李克异：《网和地和鱼》，《东北文艺》，第2卷第2期，1947年12月。
④ 张毓茂：《重评〈网和地和鱼〉》，载李士非等：《中国文学史资料全编·现代卷27·李克异研究资料》，第358页，知识产权出版社，2010年版。

文艺很好地成为整个革命机器的一个组成部分,作为团结人民、教育人民、打击敌人、消灭敌人的有力武器,帮助人民同心同德地和敌人作斗争。"①对这两部作品的批评也在某种程度上显示了《讲话》在文艺批评实践中所起的指导作用。

  这两个案例反映的是延安文艺政治批评模式中对作品主题表现的剥离:无论是农民还是工人,无论是解放者还是被解放者,凡个体的、思想矛盾的、政治倾向不够明晰的,都不符合文艺创作的主题需要;凡不利于"歌颂",而着眼于"暴露"的,对人物心理、行动的刻画即便是多么细致入微,也是"主观"的错误。而一旦作品主题被套以"色情"、"黄色"的标签,则类似的内容或主题也便逐渐在文艺创作中剥离开来,成为文艺创作的"禁区"。这种对《讲话》某种程度上的"误读",使延安文艺长期被框在的"只能歌颂,不能暴露"的思想意识里,人物描写长期局限于"高、大、全"的"公式化"的创作模式之中。

  文学批评总是在一定社会和学术背景中进行的,自然会受当时的政治氛围和意识形态导向的影响。韦勒克说:"批评就是识别。判断,因此就要使用并且涉及标准、原则、概念,从而也蕴藏着一种理论和美学,归根结底饱含一种哲学、一种世界观。"在革命文艺时期,这种理论或美学是以政治和阶级话语为准则的,一方面它有客观的时效性,形成了系统的批评制度,有具体可行的操作方针和批评准则,其间,作家、批评家、报刊媒体等都形成了潜在的合力。这种文艺批评研究的系统化和制度化是特殊历史时期特殊需求的产物。

  文中归为"另类作品"的一些案例遭遇过不寻常的命运,正

---

  ① 毛泽东:《在延安文艺座谈会上的讲话》,第2页,人民出版社,1975年版。

第一章 文学批评的理论导向:1937—1949年的延安文学研究

是上述进程的浓缩。本书无意于就这些作品的文学艺术价值高下进行判定,而是企望通过其在特殊文化环境中批评接受过程的描述以及今天我们对它们的认识,反思造成延安文艺作品长期单一化的内部因素。论者指出,造成解放区文学单一化、贫困化的原因至少包括两个方面:第一,只阅读了主流意识形态提倡的作品;第二,战争环境的残酷使当时的书刊散失严重,多数研究者很难看到这些另类作品。反过来我们也可以说,正是作品发表以后自发的或有组织的批评活动选择、给定且塑造了读者可以阅读的"作品",为我们重新进行作品阐释铺染了既定的色彩。以至今日,上书所及的诸多作品依然较少出现在我们的视野里,只在《延安文学档案》①等专业资料集里面才可窥见其本来的面目。当原本多样的延安文学作品(包括"另类作品")经由批评、编选、推广,在面貌"清晰"且统一的同时,也丢失了大量丰富的原生信息。只有不断还原历史情境,弥合文学创作和文学批评的原境,我们才有可能将延安文艺的诸面缀合起来。简言之,延安"另类作品"乃至"延安文学"是当时文艺批评、出版物传播及此后文学史塑造的产物,对此我们应该有所警惕,并应力求给出符合文学历史或历史语境的客观阐释。

三、《讲话》及文艺路线的理论研究

作为中国社会历史中一个特殊历史时期的文艺形态,延安文艺从一开始就在寻求并企图建立属于自身的文艺理论系统,而延安文艺座谈会召开之前所做的理论争辩,至此,终于发生

---

① 陈忠实、李继凯等:《延安文学档案》,太白文艺出版社,2013年版。

了质的飞跃。

延安文艺界展开了整体性的反思和改造。他们一方面以《讲话》作为清洗自己思想的利器,另一方面又从文艺创作的核心观念和具体问题出发对《讲话》进行阐释。文艺服从于政治是革命政治事业的一部分,要利用文艺打击敌人、团结友人,要立场鲜明;文艺创作要树立新的革命的现实主义观;文艺创作的题材要反映战争和根据地生活,歌颂光明和英雄,表现新的生活和人物;文艺内容大于形式等观念在从事文艺活动的知识分子的不断阐释中,逐渐明确,广为接受。

(一) 周扬的理论阐释

周扬是马列主义文艺理论较早的译介者,是毛泽东思想的主要阐释者,也是新中国成立前延安文学研究的亲历者和代表人。他顺应延安文艺路线和文艺创作实情,就延安文艺的政策、观念、方法等问题都有过相对系统的论证。

1.《马克思主义与文艺》对《讲话》的阐释

1944年,周扬编辑了《马克思主义与文艺》一书。这本书是对马克思、恩格斯、普列汉诺夫、列宁、斯大林、高尔基、鲁迅以及毛泽东同志有关文艺问题文章的汇编。他为这本书作的序言《〈马克思主义与文艺〉序言》成为这一时期对《讲话》最具权威的解读和研究。这篇文章曾单独发表在1944年4月8日的《解放日报》上。在该文中,周扬重点讨论"什么叫做大众化"、"提高与普及的关系"、"如何表现新的群众的时代"几个问题,对《讲话》在中国革命文艺史乃至中国现代文学史、中国思想史、中国文化史中所具有的重大转折意义给予了学理性阐释,其中又以前两个问题为主。周扬征引

第一章　文学批评的理论导向:1937—1949年的延安文学研究

了列宁、高尔基、鲁迅等人的论述,对《讲话》所论"文艺从群众中来,必须到群众中去"的中心思想进行了论述,从理论上论证了《讲话》的科学性、全面性、正确性。他认为,虽然"马克思、恩格斯已经提出了文艺作品应表现群众和群众斗争的问题",虽然列宁提出"艺术应当直接服务于劳动群众当作艺术运动的全部方针",虽然中国的革命文艺运动正是在列宁提出的适用于全世界革命文艺的总方针的直接影响下进行的,但是,从文艺解放到工农大众思想和精神的真正解放的角度来看,毛泽东的《讲话》才是最正确、最完全地解决了文艺与群众的关系,并在文艺实践上真正解决了文艺大众化的问题。所以他说:"毛泽东同志的《在延安文艺座谈会上的讲话》给革命文艺指示了新方向,这个讲话是中国革命文学史、思想史上的一个划时代的文献,是马克思主义文艺科学与文艺政策的最通俗化、具体化的一个概括,因此又是马克思主义文艺科学与文艺政策的最好的课本。"①"毛泽东同志《在延安文艺座谈会上的讲话》最正确、最深刻、最完全地从根本上解决了文艺为群众与如何为群众的问题。"②

就文艺的大众化问题,周扬认为对知识分子进行思想改造是实现文艺大众化最为关键、最为正确的举措。周扬认为,从事革命文学的青年知识分子"实际的疲惫情绪和革命的狂热幻想结合在一起,他们没有放弃斗争、却离开了群众斗争的漩涡的中心,而在文学事业上找着了他们的斗争的门路。他们各方面都表现出小资产阶级的思想感情,但却错误地把这些思想感

---

① 周扬:《表现新的群众的时代》,第31页,东北书店,1948年版。
② 周扬:《表现新的群众的时代》,第36页,东北书店,1948年版。

情认做了无产阶级的思想情感"①。这就为毛泽东提出对知识分子思想的改造提供了有力的依据。周扬还指出,只有在毛泽东文艺思想的指导下,坚持地长久地实行对知识分子小资产阶级思想的改造,使得他们真正地在思想感情上与工农群众大众打成一片,才能真正地实现文艺的大众化。

就文艺的普及和提高的关系问题,周扬从对民间艺术的重视和民间艺术形式的利用的角度,论证了毛泽东的《讲话》是"马克思主义方法论在文艺理论上的最杰出的应用"②。

周扬对《讲话》的高度评价和理论阐释对推动《讲话》的传播、促进文艺家的学习和扩大《讲话》的影响产生了直接作用。或者说,《讲话》最大限度地发挥文艺的纲领作用与周扬的阐释密不可分。

上面已经提到,在《〈马克思主义与文艺〉序言》一文中,他提出三个问题,第三个问题是"如何表现新的群众的时代",但在文中他并没有进行阐述。他在《表现新的群众的时代——看了春节秧歌以后》中对这个问题进行了论述。这篇文章最早发表在1944年3月21日的《解放日报》上。在文中,周扬从反映边区生产和战斗的实际情况角度出发,给业余的秧歌队以高度赞扬,他认为这些代表了新的人民文艺在文艺发展中地位的逐步确立是实践毛泽东提出的文艺与工农兵结合方针的重要成果。"表现新的群众的时代"这个概念就是在他对群众化的秧歌运动进行总结概述的基础得来的。他提出:"现在的秧歌虽仍然是农民的艺术,仍然是农村条件之下的产物,但却是解放了的,而且开始集体化了的新的农民的艺术,是已经消灭了或

---

① 周扬:《表现新的群众的时代》,第37页,东北书店,1948年版。
② 周扬:《表现新的群众的时代》,第41页,东北书店,1948年版。

第一章 文学批评的理论导向：1937—1949年的延安文学研究

至少削弱了封建剥削的新的农村条件之下的产物；我们要保持农民的特色，但却是新的农民的特色，新的秧歌必须表现'新的群众的时代'。"①在周扬看来，要实现真正的"表现新的新的群众的时代"，最重要的就是要坚持毛泽东所提出的文艺的新方向，加强知识分子和工农群众的结合，这种结合又具体为在集体创作中知识分子的骨干地位和工农大众的参与性，并要逐步实现工农大众由参与者到主体创作者的转化。

同时，我们也发现，周扬在阐释毛泽东《讲话》时，仍不能完全解决理论思辨与主观情感、普遍原理与具体对象的矛盾张力。比如，在谈及秧歌的艺术性时，他一方面认为秧歌的群众性必须和艺术性统一，承认秧歌要具备一定的艺术性；同时，他又明确表示艺术性和形象性是差不多的，是只能来源生活的，所以，艺术性"就是真实地、具体地、生动地反映了生活"②，而剥离了秧歌作为一种文艺形式本身所应具备的艺术本体特征，步入泛论的境地。换言之，在笔者看来，周扬所说的"艺术性"并没有切近秧歌这门群众艺术的核心，在具体论证中，他将"群众艺术的艺术性"问题先是替换为"艺术性即形象性"的问题，接着替换为"现实主义的艺术性"问题，打了"擦边球"。

总之，周扬的《表现新的群众时代——看了春节秧歌以后》以大众化的秧歌运动为例，对《讲话》之后群众运动的开展的情况、经验和问题给予了理论结合实践的总结。经其倡导，文艺工作者和新的时代的群众结合，努力表现新的群众的时代的问

---

① 周扬：《表现新的群众的时代——看了春节秧歌以后》，《解放日报》，1944年3月21日。
② 周扬：《表现新的群众的时代——看了春节秧歌以后》，《解放日报》，1944年3月21日。

题更加受到重视。

2.《表现新的群众的时代》与"革命现实主义"

1946年,太岳新华书店出版了周扬的《表现新的群众的时代》。这本书共收入了周扬1942—1946年间所作七篇文章,分别是《王实味的文艺观与我们的文艺观》、《艺术教育的改造问题》、《表现新的群众的时代——看了春节秧歌以后》、《〈马克思主义与文艺〉序言》、《〈把眼光放远一点〉序言》、《关于政策与艺术》、《论赵树理的创作》。这些文章集中展现了整风运动以后延安文艺发展的概况、一些文艺上的重大问题和出现的新的创作成果。在这本书的"前记"里,周扬说:"这些文章是我在文艺上经过整风与学习毛泽东思想的结果。我努力使自己做毛泽东文艺思想、文艺政策之宣传者、解说者、应用者……"①因此,该书所选文章还是延安文艺家对毛泽东《讲话》进行阐释的核心文本。由于笔者对上述其他几篇论文已有讨论,此处仅以《论赵树理的创作》、《艺术教育的改造问题》为重点进行论述。

《论赵树理的创作》最早发表于1946年8月26日的《解放日报》。在这篇文章里,周扬论述的重点是赵树理作品中人物形象的塑造和语言风格的形成,并借此认为赵树理是实践毛泽东所提出的文艺新方向的代表。周扬开篇就对赵树理作为作家的身份给予极高的评价,他说:"赵树理,他是一个新人,但是一个在创作、思想、生活各方面都有准备的作者,一位在成名之前已经相当成熟了的作家,一位具有新颖独创的大众风格的人

---

① 周扬:《表现新的群众的时代·前记》,太岳新华书店,1946年版。

第一章 文学批评的理论导向:1937—1949年的延安文学研究

民艺术家。"①然后,他以赵树理的小说《小二黑结婚》、《李有才板话》、《李家庄的变迁》等为例,主要从人物形象的塑造和群众化语言的创造性运用角度,肯定了赵树理在文学创作上的成绩。在人物塑造上,周扬认为赵树理真正做到了站在农民的立场上,表现了农民生产和斗争的实际生活,表达了农民的真实的情感和精神。他认为赵树理通过具体实际的斗争和生活中的行为举止,成功塑造了新的农民形象,真正克服了"衣服是工农兵,面貌却是小资产阶级"的农民描写倾向;另一方面,赵树理正确处理了歌颂和暴露的问题,他对农民是热爱和颂扬的,同时也从与农民对立、与新政权对立的角度描写了地主阶级的丑恶,使两者之间形成鲜明对比。在语言形式上,周扬认为赵树理是通过对民间旧形式的利用和改造,从而创造了"真正的新形式,民族新形式",并赞扬赵树理是"革新家、创造家"。②

周扬作为一个在经验上有着充分准备的文艺批评家,在身份认同和外部环境的规约下,他对赵树理的评价饱含着拥护党和人民作家的热情。所以,周扬立场坚定、观点鲜明地评价赵树理极其文艺创作:"他的成功并不是偶然的。这正是他实践毛泽东同志的文艺方向的结果。"③在文章最后,周扬坦白地说:"我与其说是在批评什么,不如说是在拥护什么。'文艺座谈会'以后,艺术各部门都达到了重要的收获,开创了新的局面。赵树理同志的作品是文学创作上的一个重要的收获,是毛泽东文艺思想在创作上实践的一个胜利。我欢迎这个胜利,拥

---

① 黄修己:《赵树理研究资料》,第177页,北岳文艺出版社,1985年第1版。
② 周扬:《表现新的群众的时代》,第61页,东北书店,1948年版。
③ 周扬:《表现新的群众的时代》,第64页,东北书店,1948年版。

护这个胜利！"①

周扬对赵树理的这种拥护式的"批评"研究，与当时文艺界对《讲话》所提出的文艺方向在文艺创作实践中的贯彻紧密相关。一方面，他对赵树理的及时发现和积极推介在当时无疑起到了重要作用，并在此基础上使赵树理创作获得文艺界的认可，确立为典范，进而影响延安文艺的创作倾向；另一方面，更为重要的是，他通过这篇"批评"文章，在延安文艺研究领域，树立起了以《讲话》为元理论，以革命情绪为主导，兼备文艺批评家敏感眼光与文艺工作者革命觉悟的文艺批评范式，两者随不同的情境而出现显隐张力，对延安文艺研究产生了重大影响。

周扬的《艺术教育的改造——鲁艺学风总结报告之理论部分：对鲁艺教育的一个检讨与自我批评》②虽然题目中是以"鲁艺"（鲁迅艺术学院，以下简称"鲁艺"）为主要论述的对象，但实际却着眼于整个的延安文艺。在这篇文章里，他对文艺创作的现实主义进行了相当深入的论述，提出了新的革命现实主义与旧现实主义的区别。从文艺的阶级从属论的角度，他认为旧现实主义就是资产阶级的现实主义。在这种判断的基础上，他明确提出所谓的革命的现实主义就是要具备两个显著的特点，一个是要以马克思主义的世界观为基础，一个是要以工农兵为对象。在论述这个问题的时候，他甚至直接引用了1934年《苏联作家同盟规约》中对社会主义现实主义的定义。而1960年代初期文艺界对现实主义的激烈讨论的导火索就是以秦兆阳为代表的一部分文艺工作者对这个定义的质疑。不过，在当时

---

① 周扬：《表现新的群众的时代》，第64页，东北书店，1948年版。
② 周扬：《艺术教育的改造——鲁艺学风总结报告之理论部分：对鲁艺教育的一个检讨与自我批评》，《解放日报》，1942年9月9日。

第一章 文学批评的理论导向:1937—1949年的延安文学研究

的具体历史条件下,《讲话》提出的新的文艺方向对从事文艺工作的知识分子而言,还必须寻找可资论证的理论资源。当他们长时期以来形成的文艺观念和思想遭到时代质疑以后,先前的经验和积累都瞬间崩塌,可是又无法完成在较短的时间内对新的文艺方向完全的理解和接受。于是,知识分子脑袋里的文艺领域产生了短暂的空白,他们不得不在作为榜样和模仿对象的苏联文学那里寻找解释。因此,此期文艺研究文章中频频可以见到对苏联文学理论的直接借鉴乃至引用,不管是否对它足够认识和理解,更无论其对错与否,这也是这一时期延安文艺研究的一个显著特点。但不管怎样,周扬对现实主义的解读在实际上为《讲话》之后的文艺创作的现实主义原则立下了具体的规范,也逐渐成为文艺工作者进行文艺创作的操作指南,甚至对中国当代文学产生了巨大的影响,使其长期束缚在对现实主义的机械化理解中。

这篇文章的另外一个重点是根据《讲话》对"鲁艺"提出了八条具体的改造办法。这八条改造办法涉及具体教学内容、教学和工作方式等方面,目的是使作为教育机构的"鲁艺"更好地为当时的战争和政治服务。"鲁艺"是当时延安最重要的教育机构之一,鲁艺的成员很多已经是或者后来成为工农兵文艺领域的主要骨干乃至领导者。因此,对鲁艺的改造对整个延安的教育机构的教育教学产生了极大的影响。以鲁艺为代表的延安教育机构对人才的培养方向也不再以知识的传承和积累为主要目标,而是更着重对学员的实际战斗能力的训练。在这种文艺精神影响下成长起来的新的文艺工作者,准确地说是文艺战士成为《讲话》的积极阐释者、文艺新方向的主要执行者。

如周扬所言,《表现新的群众的时代》可以说是对毛泽东文艺思想的集中阐释、宣传和应用。周扬《表现新的群众的时代》

所收录的文章不仅是周扬对延安文艺进行批评和研究的代表作,更是代表了新中国成立前延安文艺研究各个领域内的重要观点。从这本书中,不仅可以看出周扬在延安文艺座谈会召开后文艺思想和文艺批评范式的重大变化,也可从中窥出《讲话》之后延安文艺研究的基本走向、成果和问题。周扬是延安以至新中国成立后的重要文艺家和研究者,他同时具备的文艺和党务身份使得他在每个阶段的批评文章都具有代表性。他在这些文章中提出的文艺论题也成为之后延安文艺研究的核心问题,如旧剧的改革、文艺与政治的关系、文艺批评的具体方法等。在第一次文代会上,他还作了专题发言,对上述问题作了系统阐述,详见本章第四节。

(二) 对新、旧文艺的其他讨论

以金灿然为代表对杂文的讨论是《讲话》后对具体文体进行讨论和研究的表现之一。在他之前,萧军的《杂文还废不得说》就强调了对杂文的新的利用①。金灿然的《论杂文》是在《讲话》的指导下,对如何使用杂文文体的具体论述。他虽然谈了很多,但主要观点就是要使杂文成为具有新内容、新特点和新面貌的"新杂文"。② 之所以要提到他们对杂文的讨论,主要是因为,通过他们的讨论,实际上是对文体表现内容提出的新的规范,而这种规范是适用于所有的文体的。文艺家的观察当然不限于作品和文体,还兼及出版物。其中,严文井的《评过去四期的〈草叶〉上的创作》③是对作为期刊的《草叶》的研究文

---

① 萧军:《杂文还废不得说》,《解放日报》,1942年6月15日。
② 金灿然:《论杂文》,《解放日报》,1942年7月25日。
③ 严文井:《评过去四期的〈草叶〉上的创作》,《草叶》,1942年7月1日,第5期。

第一章 文学批评的理论导向:1937—1949年的延安文学研究

章——不是对具体作家作品的评论,而是对《草叶》杂志一个阶段性的综论。他通过对这一时期《草叶》所发表的作品的分析,对文艺创作表现光明和暴露黑暗的问题进行了论述,提出文艺创作主要的是要歌颂光明。同时,他指出陈荒煤的《无声的歌》是当时用歌颂光明的态度写延安的唯一一篇小说;他评价周立波的《麻雀》和张铁夫的《荒年》,是同过去写灾难所表现的绝望不同的、具有新鲜气息的小说。这些观察体现了他作为延安文艺的当事人对当时作家、作品、出版的历史责任感,具有一个文艺批评家及时发现的眼光,因而有着独特的价值意义。

1944年4月5日,《晋察冀日报》发表社论《贯彻文化为工农兵服务的方针》。这篇文章以《讲话》作为文艺批评的理论指导,对晋察冀边区的国民教育和文艺运动情况进行了宏观性的概述。首先,文章总结了在极端艰苦的战斗环境中晋察冀边区在国民教育工作取得的成绩,强调了国民教育通过提高群众的政治文化水平来提高工农群众的生产和战斗热情,从而起到了促进边区生产和斗争的顺利开展的重要作用;同时,驳斥了一些文艺工作者或干部存在的"为教育而教育"、教育"正规化"的错误观点。经过整风运动之后,晋察冀边区文艺运动快速地向工农兵方向上转变,尤其是在党中央指出发展新闻通讯工作的方向以后,抒发小资产阶级不健康情绪的作品大量减少,在文艺走群众路线上取得了显著的成绩,出现了以新闻报道剧《李殿冰》为代表的敌后新文艺。对于晋察冀边区文艺运动出现的这些新的转变,文章指出:"这些成绩是可喜的,但数量是太少了。并且这些作品,从艺术科学的水平来估计,从现实斗争的要求来估计,我们还只能说是新的萌芽或幼苗,在内容和形式上都还是较粗糙的不完整的,工农兵的语言也还没有用得熟练。"①在这个基础上,从《讲话》所提出的发展文艺的基本观点出发,这篇社论对晋察冀边区文艺的发展提出了"文艺工作与战争生产更紧密结合"、"进一步贯彻文艺整风运动"等具体要求。通过这篇社论对晋察冀边区文艺发展的宏观概述,从中可以看出,以延安为中心的文艺研究范式对边区文艺研究的规范性影响。

1946年10月19日,毛泽东《在延安文艺座谈会上的讲话》发表四周年,陈涌发表了《三年来文艺运动的新收获》。陈涌是一位接受过鲁艺马列主义文艺系统教育的文艺理论家,他的《三年来文艺运动的新收获》是《讲话》之后对延安文艺进行宏观研究的具有代表性的文章。《三年来文艺运动的新收获》一文虽主要对延安文艺运动发展进行概述,但也着眼于全国进步文艺的整体发展。首先,他对1943年到1946年延安文艺在工农兵文艺方向上取得的成果给予了梳理。例如,他对"古元、彦涵等同志的木刻以及《李有才板话》、《李勇大摆地雷阵》、《晴天》、《粮食》、《兄妹开荒》、《白毛女》、《血泪仇》、《穷人恨》、《生产互助》、《逼上梁山》、《三打祝家庄》、《洋铁桶》、《吕梁英雄传》、《刘志丹》、《王贵与李香香》"②等作品给予了较高的评价,认为这些作品都是在各个文艺领域的优秀代表。他对这些文艺作品的评价主要表现在两个方面:从文艺的功能性上,他认为"文艺在这时不再只是简单的娱乐品了,它成了直接鼓励和指导群众行动的教科书";从文艺的艺术属性上,他认为"它

---

① 《晋察冀日报》社论:《贯彻文化为工农兵服务的方针》,《晋察冀日报》,1944年4月5日。

② 陈涌:《三年来文艺运动的新收获》,《解放日报》,1946年10月19日。

第一章 文学批评的理论导向:1937—1949年的延安文学研究

们象(像)一切艺术品一样是宣传,它们也象(像)一切艺术品一样是艺术"。① 陈涌还关注到国统区进步文艺的发展,例如:他肯定了郭沫若和茅盾在拥护文艺新方向上所做的贡献;从文艺为工农兵服务的内容和唯一的民族化形式上,对马凡陀先生的通俗讽刺诗以及沙鸥先生等的方言诗给予了积极的评价。

有所肯定,必然有所否定,陈涌对解放区存在的"对文艺与政治,文艺与群众的关系的机械了解。因而对于作者和作品有时提出不适当的过分的要求,以致发生了枯燥无味的教条主义、公式主义的毛病"、国统区进步文艺仍然存在的"某些反对文艺服务于政治,反对文艺结合于群众,反对民族形式,反对作家深入于群众,甚至公开宣传唯心论、个人主义和宗派主义的倾向"等问题给予了批评。②

作为文艺理论家,陈涌也站在时代的高度,肯定了"五四"以来新文学运动和外来文艺对延安文艺的发展所产生的积极作用。他说:"我们这几年来的文艺活动,特别是旧形式的改造和新形式的创造,如果缺少了'五四'以来的新文艺成果作(做)准备,如果缺少了外来艺术的帮助和指导,我们现时的成绩简直是不可想象的了。"③陈涌能够在当时的语境中客观阐述延安文艺对"五四"文艺运动的承继关系,观照延安文艺与国统区文艺的互动关系,有点有面地对1943年到1946年3年间的延安文艺发展给予富有见地的概述,不仅表现出了一个文艺理论

---

① 陈涌:《三年来文艺运动的新收获》,《解放日报》,1946年10月19日。
② 陈涌:《三年来文艺运动的新收获》,《解放日报》,1946年10月19日。
③ 陈涌:《三年来文艺运动的新收获》,《解放日报》,1946年10月19日。

家应有的学术思维,也显出新中国成立前夕延安文艺家群体的胸襟和抱负。

综上而言,以周扬为代表的文艺界在《讲话》的指导下,通过对旧的文艺观念和理论的斗争,使新的文艺观念和方向逐渐明确和树立;通过马列主义文艺观的指导,并结合具体的历史任务,对《讲话》提出的文艺思想进行着不断的阐释和说明;通过对自身和对组织机构的改造,逐渐完成了延安文艺思想体系从理论建构到实践执行。虽然在今天看来,他们具体阐述的字里行间,不时有着理论引证的"断章取义"、有着某些不经意间的"自相矛盾",但在当时抗日战争和解放战争的背景下,他们的这种努力不仅符合延安文艺本身的发展需求,更促进了文艺观念、方法、资源和环境的优化。

四、戏剧研究与文艺大众化讨论

1. 戏剧创作与研究的政策导向

延安文艺座谈会召开后,文艺界的各个领域在新的文艺方向上都取得了显著的成绩,其中戏剧是出现成果最多、也是被研究得最多的文艺领域之一。1943年3月27日《解放日报》的《特讯》中明确指出:"戏剧向来是艺术与广大群众直接结合的最主要方式,在八路军和边区里面,群众性的革命戏剧活动,更有长期的光荣历史。"[1]1943年11月8日《解放日报》发表的《关于执行党的文艺政策的决定》中也明确提出:"在目前时期,由于根据地的战争环境与农村环境,文艺工作各部分以戏

---

[1] 《解放日报》:《特讯》,《解放日报》,1943年3月27日。

第一章 文学批评的理论导向:1937—1949年的延安文学研究

剧工作与新闻通讯工作为最有发展的必要与可能。其他部门的工作虽不能放弃或忽视,但一般地应以这两项工作为中心。"①从这里可以看出,戏剧的发展和成果的取得是与党的文艺政策有着密切的关系的。当时的根据地大多是在农村,普遍地存在着农民的知识水平较低的问题。因此,戏曲、剧演这种可以与文本、文字分离的文艺形式是农民最为熟悉也最易于接受的。同时,在当时民族和解放战争的环境中,戏剧演出具有机动性和灵活性,这种文艺形式更容易操作和发展,甚至可以说,只要有人在的地方,就有戏剧演出的可能性。对此,党的文艺机构和延安文艺家都有敏感和透彻的认识。可以说,20世纪40年代戏剧的极速发展,一方面是当时革命环境的需要和促动,另一方面是党的具体的文艺方针、政策的影响。

2. 戏剧研究总况与群众文艺诸论题

由于对戏剧运动的倡导,戏剧成为文艺座谈会召开之后发展最为迅速、收获也最为丰富的文体形式。因此,文艺界对戏剧具体作品的即时批评和研究文章也是最多,重要的就有50多篇,如王大化的《从〈兄妹开荒〉的演出谈起》、林默涵的《把眼光放远点》、马健翎的《我与〈血泪仇〉》、周扬的《〈把眼光放远一点〉序》、姚仲明的《〈同志,你走错了路!〉的创作介绍》、金灿然的《论〈三打祝家庄〉》、周扬的《关于政策与艺术》、郭有等的《笔谈〈白毛女〉》、孙犁的《看过〈王秀鸾〉》、解清的《刘巧团圆》等。②

---

① 《解放日报》:《关于执行党的文艺政策的决定》,《解放日报》,1943年11月8日。

② 见下引诸篇及:孙犁:《看过〈王秀鸾〉》,《冀中导报》,1946年6月18日。解清:《刘巧团圆》,《解放日报》,1946年9月4日。

王大化的《从〈兄妹开荒〉的演出谈起》从自己作为主要演员的角度出发,结合对剧本中设定的青年农民角色感情、思想、行为举止和语言的把握,论证了毛泽东提出的文艺新方向的正确性。① 林默涵的《把眼光放远点》肯定了剧本表现敌后抗战主题、刻画了细致的农民形象的特点,并评价这部剧"是一个精致的艺术品,它为我们展示了敌后人民艰苦奋斗的图画"。② 马健翎的《我与〈血泪仇〉》主要叙述他在进行剧本创作时,通过对秦腔这种旧的文艺形式的改造和使用达到表现群众真实生活的目的,该文正是《讲话》之后从文艺创作的角度对旧形式改造和利用的实践总结。③ 周扬的《〈把眼光放远一点〉序》从文艺创作的现实主义原则、主题的战斗性、语言形式的精炼性出发,给予剧本及作者较高评价,他的评价是:"一个好剧本。以它所描写的内容的新鲜和他的艺术力量,以及它的大众性和艺术性的结合程度来说,它在抗战以来所产生的剧本中,算得是最特出的,非常优秀的一个。"④ 姚仲明的《〈同志,你走错了路!〉的创作介绍》从文艺创作阶级性的角度出发,对剧本的主题、人物、语言进行了详细分析,肯定了当时文艺理论上提出的知识分子和工农群众结合、鼓励集体创作的正确性。⑤ 金灿然的《论〈三打祝家庄〉》主要从平剧改革的角度,对剧本进行文本评介,为文艺新方向的实践提供了范例。⑥

---

① 王大化:《从〈兄妹开荒〉的演出谈起》,《解放日报》,1943年4月26日。
② 林默涵:《把眼光放远点》,《解放日报》,1944年5月29日。
③ 马健翎:《我与〈血泪仇〉》,《解放日报》,1944年6月21日。
④ 周扬:《〈把眼光放远一点〉序》,《解放日报》,1944年9月15日。
⑤ 姚仲明:《〈同志,你走错了路!〉的创作介绍》,《解放日报》,1944年12月15日。
⑥ 金灿然:《论〈三打祝家庄〉》,《解放日报》,1945年3月29日。

第一章 文学批评的理论导向:1937—1949年的延安文学研究

周扬的《关于政策与艺术》围绕政策与文艺的关系展开,他认为《同志,你走错了路》从内容上第一次反映了党内生活及其思想斗争,从形式上突破了洋八股和学生腔,虽然粗糙,却用了生动活泼的工农的语言和形象。周扬认为,这个剧本之所以成为优秀的具有深刻教育意义的政治剧本,直接原因就是正确处理了文艺工作者与工农群众、文艺和政治的关系。在这篇文章中,周扬还提出了关于"共识主义"概念的定义,他说:"简单地用艺术语言来解说政策,那样,就会剥夺了艺术创造的生命,剩下的只有抽象的概念,加上艺术的外衣。这就是创作上的共识主义,标语口号主义。"①他指出,这种在文艺创作上对文艺和政策关系的概念化处理是要坚决避免的。

郭有等的《笔谈〈白毛女〉》是对读者关于这个剧本演出的众多书面意见的选摘。这种读者直接参与的文艺批评文章在当时对《白毛女》进行批评和研究的众多文章中最具特殊性和代表性。特殊性体现在其批评主体几乎都是工农观众,代表性主要表现在这篇"书面座谈"综合、集中代表了工农群众的审美角度和立场。"书面座谈"充满了阶级斗争意味,表现出工农阶级对封建统治阶级深深的憎恨。比如,其中谈到对黄世仁的处决时,以肖蔚等为代表的观众就提出:"长久被压抑的阶级仇恨,经过减租减息执行不通的启发,又在喜儿苦难大白及黄世仁多年罪恶被揭露,而暴发起来的时候,群众的愤怒,真像烈火加油,是无法阻止的。群众这时的行动是'粗暴'的'可怕'的(这种'粗暴'和'可怕'是正当的,也是需要的,无此就不能反抗封建势力)。"②除此之外,这篇文章还包含观众对《白毛女》

---

① 周扬:《关于政策与艺术》,《解放日报》,1945年6月2日。
② 郭有等:《笔谈〈白毛女〉》,《解放日报》,1945年7月17日。

作为新歌剧在内容和形式上的进步意义的认知、对《白毛女》主题表达和人物角色塑造等各个方面的意见和建议。这些不仅成为《白毛女》从剧本到演出不断被改编的重要依据,也潜在地对整个的延安文艺创作产生着导向性的影响。

3. 张庚的戏剧研究

张庚是延安时期重要的戏剧理论家,早在1936年,他就出版了自己的理论专著《戏剧概论》。1938年到达延安后,他担任了鲁迅艺术学院的戏剧主任、鲁艺工作团团长等职务,一直致力于戏剧工作。1942年,延安文艺座谈会召开后,他就率队到农村开展秧歌运动,并参与了著名歌剧《白毛女》的创作和组织工作。因此,在延安时期乃至后来的戏剧批评和研究工作中,张庚的创作和研究都值得关注和重视。

延安文艺座谈会召开后,张庚在1942年9月11、12日的《解放日报》上发表长文——《论边区剧运和戏剧的技术教育》,以《讲话》为理论阐释基础对边区的戏剧运动作了总结和反思。①

首先,是对文艺与政治关系的问题的认识。这也是延安文艺座谈会召开后文艺批评和研究都首先要谈到的问题。张庚提出戏剧工作必须服务于新政权、新部队和具体的政治任务。这与在戏剧活动中以表现工农大众新生活、描写工农大众新人物为主是紧密相连的。在张庚看来,戏剧创作和戏剧活动只有表现在中国共产党领导下充满光明未来的新生活以及在这个过程中出现的新的人物形象乃至英雄形象,才能起到宣传、动

---

① 张庚:《论边区剧运和戏剧的技术教育》,《解放日报》,1942年9月11、12日。

第一章 文学批评的理论导向:1937—1949年的延安文学研究

员和教育作用。因此,戏剧活动和工作才能真正地为具体的政治任务服务,并在实质上达到为文艺为新政权服务的目的。

其次,是内容和形式问题。他认为,对于古今中外的戏剧形式都可以采用,关键是以什么样的立场去用,拿什么样的内容去用。其中,他又着重讨论了对旧的形式、民间艺术形式的利用。他认为,对于作为民族文化遗产的旧形式的利用,关键是要以能够正确表达工农群众的新生活和新思潮、能够发挥文艺的积极教育作用为标准。对于民间形式,他认为民间艺术形式是新的艺术的萌芽,需要在《讲话》所论普及与提高原则的指导下,对其形式进行加工和提高,并最终发展成为新的民族形式。如果说,在早期的延安文艺研究中,对大众化文艺的讨论更多的是对民族形式本身的关注,那么,1942年延安文艺座谈会召开后,文艺工作者关注更多的是文艺的内容,即便是谈到文艺形式,也多以对文艺内容的强调为前提。"我们的美学观乃是某种教条,而不知道所谓美乃是尽量生动又尽量经济地传达了生活中间最本质的东西,所从而获得的最大的感动。"[①]张庚对美学观的理解实质上已经非常接近工农兵文艺的美学思想。他所谓的美,要表现和传达生活中最本质的东西,就是要反映当时根据地人民的具体生活,要反映中国共产党领导人民所进行的抗日战争和解放战争,进而反映在这种时代背景和地域生态中生活的人们的真实情感。

从张庚的叙述中可以看出,延安文艺座谈会召开后,一定程度上还存在着文艺工作者对《讲话》观点接受的分歧:有的把戏剧分为艺术的和临时宣传的,有的把戏剧创作中反映生活和

---

① 张庚:《论边区剧运和戏剧的技术教育》,《解放日报》,1942年9月11、12日。

技术呈现截然分开。作为当时主要的戏剧理论家,张庚从理论上对这些困惑进行了解释和说明,明确了戏剧工作要服务于具体的政治任务,戏剧工作者要坚定工农大众的立场以及个人主义服从于集体主义等观点。因此,张庚的这篇对边区戏剧发展的总结性的批评文章在当时有着十分可贵的价值。

　　1943年,战争进入了最艰难的阶段,前线官兵奋勇战斗,边区人民的一切生产和教育活动也都要尽可能地配合着前线的战斗。那么,如何使戏剧产生最大限度的宣传、鼓动的作用就成为戏剧工作者所要讨论的重要的问题。1943年3月22日,中央文委召开了讨论戏剧与运动方针问题的会议。通过这次大会,中央文委和西北局文委合作,共同组成了一个戏剧工作委员会。并明确提出"这个委员会当前的中心工作,就是总结抗战以来边区戏剧工作经验",其最终目的是为了以延安为中心,形成对全边区的辐射性影响,从而实现全边区剧运工作的统一。1943年3月27日,《解放日报》刊发了关于这次会议的两则特讯,题名为《中央文委确定剧运方针为战争生产教育服务》。在这个特讯里,明确戏剧运动的总方针是"为战争、生产及教育服务"。并在第二则特讯里以对比的方式,肯定了戏剧工作在新文艺方向上取得的成绩,批评了存在的问题。如果说张庚的《论边区剧运和戏剧的技术教育》是从戏剧理论的角度对文艺新方向的阐释,那么《解放日报》的这两则特讯则是反映了党政对戏剧工作在新的文艺方向上的规范。这也是1942年延安文艺座谈会召开后,延安文艺研究所呈现出来的重要特点,那就是文艺本身发展性的理论构建和党的意识形态的规范性影响的结合。这一点更多地体现在这之后对具体作家作品的微观研究中。

第一章　文学批评的理论导向:1937—1949年的延安文学研究

五、文化下乡与文艺改造的理论认同

1. 文化下乡与文艺使命阐述

延安文艺座谈会召开后,为了更好地实践新的文艺方向,文艺界开展了大规模的文化下乡运动。时任《解放日报》总编辑的陆定一首先发表了《文化下乡》一文。在这篇文章里,他阐述了为什么要"文化下乡":一方面是"中国人百分之九十是农民,要在文化上唤醒他们,中国才能得救,否则一辈子也救不了国";另一方面是文化界的同志"主观上对农民在革命中的重要性认识不够"。进而,他明确了"文化下乡"的内涵。陆定一认为,文艺工作者到农村去而产生的空间位置的转换并不是真正意义上的"下乡"。真正的"下乡"是身体上和农民生活在一起,精神上和农民想在一起,要想农民之所想,喜农民之所喜,言农民之所言,真正从情感上、立场上"下乡"。并对在"下乡"中取得成绩的古元给予了高度的评价。陆定一的文章从理论和事实上说明了什么是"文化下乡"、为什么要"文化下乡"以及如何实现"文化下乡"。①

1943年3月10日,中共中央文委与中组部召集党的50名文艺工作者开会。② 中宣部代理部长凯丰在大会上作了讲话,并于同年3月28日在《解放日报》上发表题名为《关于文艺工作者下乡的问题》的文章。在这份讲话文稿中,凯丰针对即

---

① 陆定一:《文化下乡》,《解放日报》,1943年2月10日。
② 艾克恩:《延安文艺运动纪盛》,第427页,文化艺术出版社,1987年1月版。

将参加实际工作的党员作家具体详细地解释了文化下乡的内涵，并要求他们真正地从心理上完成下乡。针对这次文化下乡，凯丰在这次大会上不仅强调了文化下乡即将产生的积极作用，还为即将长期生活在农村的文艺工作者打了"预防针"。他说："物质上的困难也是会有的，有人说乡下生活很好，这当然好，但是下乡去要有准备吃苦的精神。假若没有这种准备，你抱着乡下生活很好的观点去的，到那里后，并不好，那就会引起失望。在一般物质条件困难之下，我想乡下的生活，一定不会是很好的。"①1942年前后，来自全国各地的知识分子对革命圣地的高度期待和向往与真正生活在延安后产生的偏差是造成延安文艺座谈会召开之前出现的文艺创作偏差的重要因素之一，因此，凯丰为对即将下乡的文艺工作者所做的指导，也旨在防止此后因主观热情和客观现实之间的偏差而导致生活和文艺创作问题的偏向。凯丰认为，文艺工作者这次下乡和之前的下乡有着根本性质的区别：之前的下乡是做客，这次下乡"到部队里去就是军人，到政府里去就是政府的职员，到地方党去就是党务工作者，到经济部门去就是经济工作者，到民众团体去就是群众工作者"②。这种文艺工作者下乡后身份的转变在实践上加速了知识分子出身的文艺工作者从立场、情感上向工农兵的转变。

另外，凯丰强调了"自我批评"在文艺工作者下乡生活和工作中的重要性。凯丰对"自我批评"含义作了详细的阐释。他说："我们所需要的自我批评是与敌对的攻击相区别的。我们

---

① 凯丰：《关于文艺工作者下乡的问题》，《解放日报》，1943年3月28日。

② 凯丰：《关于文艺工作者下乡的问题》，《解放日报》，1943年3月28日。

第一章 文学批评的理论导向:1937—1949年的延安文学研究

的自我批评是有立场观点的,是要合乎民族抗战和革命的利益的,是要合乎无产阶级的利益的。我们的自我批评是有政策的,是要合乎党的政策的。我们的自我批评是要有光明前途的,而不是丧失前途的。我们的自我批评是要为着改善工作和巩固我们的队伍的,而不是为着破坏工作和瓦解队伍。自我批评是要从整个工作、从发展历史、从全面来看问题的。我们的自我批评是要有阶级斗争的立场和唯物史观的观点的。因此对乡下的看法,在使用自我批评时,应当站在党的立场上来使用自我批评。"① 凯丰对"自我批评"的解释不仅在理论上廓清了延安文艺座谈会之后,笼罩在文艺工作者头脑上的要不要自我批评、如何使用自我批评的迷雾,更在很长时期内对文艺批评和研究产生了规范性的影响。

最后,凯丰明确地总结了这次文化下乡的实质,就是要在实际工作中真正地执行毛泽东在《讲话》中提出的文艺新方向,创作出更多的反映八路军、边区群众生活的文艺作品,真正实现文艺与工农大众的结合。

时任中共中央组织部部长的陈云也在会议上作了重要讲话,并以《关于党的文艺工作者的两个倾向问题》为题发表在3月28日的《解放日报》上。凯丰和陈云的讲话各有侧重,如果说凯丰是对文艺工作者本职工作的指导意见的话,那么陈云的讲话则是对文艺工作者作为党员的纪律性约束。陈云对即将下乡从事各部门工作的党员文艺工作者首先提出纪律性要求:要克服自大和特殊的缺点,要真心和具体地遵守党的纪律,要对支部和上级绝对地服从。陈云提出的第二个要求是,文艺工

---

① 凯丰:《关于文艺工作者下乡的问题》,《解放日报》,1943年3月28日。

作者必须要学习马列主义,学习政治。陈云认为,延安文艺座谈会召开之后,一些文艺工作者在对《讲话》提出的文艺与政治观点的理解和接受上依旧存在着偏差。因此,陈云认为,通过对政治的学习,可以开阔文艺工作者的眼界和胸襟,不管是从工作的角度还是从个人的生活角度,学习政治都可以起到克服文艺工作者无事伤感、遇事冲动的缺点的作用。

诚然,在当时,无论文艺家个体是否存在政治觉悟问题,无论艺术创作是否已经贴近农村和工农,深入农村、体验生活、表现工农生活都是当时的创作路线。当我们回顾1943年以后的文艺创作和研究时,文艺创作的现实主义原则、工农兵主题和路线原则都是不可回绕的历史命题。

2. 文艺和文艺家改造的群体认同

关于"文化下乡"的会议召开之后,文艺工作者纷纷表示了下乡的决心。丁玲说:"如果有作家连续写二十篇边区农村的通讯,我们要选他作文艺界的劳动英雄。"刘白羽说:"要到下层去,就不能走马看花,而要长期工作,消除不甘寂寞的心情。既然长期工作,那么首先就要把工作做好,其次才是创作,而现在创作的主要方面,则是报告和通讯。"陈学昭说:"文艺从属于政治,应当由政治来领导。我在国外住得太久了,我希望和祖国广大人民在一起生活。作家投身到群众的大海,向群众学习,这是划时代的大事。"①他们代表着不同来源的文艺工作者对于文化下乡的认识以及对党的文艺任务的理解和接受。文艺家为此先后撰写多篇文章予以讨论。

---

① 上述引文见艾克恩:《延安文艺运动纪盛》,第429—430页,文化艺术出版社,1987年1月版。

第一章 文学批评的理论导向:1937—1949年的延安文学研究

1943年4月3日,何其芳在《解放日报》上发表《改造自己,改造艺术》。在这篇文章里,何其芳认为文化下乡对于文艺工作者本人来讲,就是要改造自己、改造艺术。"经过了自我改造之后,我们有了无产阶级的眼睛去看事物,有了无产阶级的心去感觉事物,文艺的一个最基本问题——内容问题,就差不多可以解决了。形式问题是从属的,是比较容易解决的。"①何其芳的这两句话,虽然简短,却几乎包含了《讲话》之后文艺工作者进行自我改造的全部内容。自我改造包括什么呢?一方面,是对文艺工作者思想、立场、情感等主观意识方面的改造,就是要用无产阶级工农兵的眼睛和立场去观察生活、观察客观世界;要用无产阶级工农兵的心和情感去感受战斗生活、边区农村生活。另一方面,就是对文艺的改造,具体到每一个文艺工作者的创作,就是要在内容上表现正在进行的民族和解放战争,表现新的生活和新的人物形象;就是要坚持内容第一、形式第二,在保证内容的基础上对形式的大众化、民族化进行探索。所以在何其芳看来,文化下乡就是彻底地改造自己和改造艺术的开始。他认为此时的他,像是外国神话里半人半马的怪物,缺乏生产和阶级斗争的实际经验,是可耻的,而文化下乡正是一个改造自己、增加实际斗争知识的重要举措。②

同日,《解放日报》刊发了周立波的《后悔与前瞻》。他从自己曾经的下乡经历来论述他对文化下乡的理解。他提出,即便是本身就来自于农村的文艺工作者,仍旧要有从零开始、重新学习的信念。因为,他们原来生活的农村,是封建统治下的旧的农村;他们原来所熟悉的农村生活,是旧的观念笼罩着的生

---

① 何其芳:《改造自己,改造艺术》,《解放日报》,1943年4月3日。
② 何其芳:《改造自己,改造艺术》,《解放日报》,1943年4月3日。

活;他们所面对的农民,是旧社会中农民形象。而现在,则是完全不同的,边区农村是在中国共产党领导下的新的天地,农民是在党的领导和教育下的新式的农民,他们已经从沉睡中觉醒,他们对战争的胜利和充满光明的未来有着坚定的信念,这些是旧社会的农村和农民所不具备的。因此,他呼吁广大文化工作者在凯丰和陈云同志的讲话的具体指示下,积极地参加文化下乡,真正地完成文化下乡。①

凯丰和陈云作为当时文艺、文化的领导者,对延安文艺运动作了具体指示和阐述;何其芳和周立波则作为一般的文艺工作者,从不同的角度陈述了对文化下乡运动的理解和支持。由此,《讲话》之后,党对文艺的绝对领导与文艺工作者具体执行的结合开始成为延安文艺研究的重要特点,并且在此后日趋明显。

1943年4月25日,《解放日报》发表社论《从春节宣传看文艺的新方向》,对延安文艺座谈会召开后以延安为中心的边区文艺运动发展予以概述。这篇文章开篇就对"鲁艺"、"西北文工团"、"青年剧院"以及各学校的秧歌舞及街头歌舞短剧、古元的木刻、孔厥的《一个女人翻身的故事》、艾青的《吴满有》给予较高的评价,视其为此期文艺在戏剧、木刻、小说和诗歌领域取得的成果。而这些作品得到认可的具体标准就是:"鼓舞了群众的斗争热情,收到了很大的教育效果。"②概言之,这些作品表现了文艺的新方向。同时,社论结合春节前后的文艺运动特点对新的文艺进行了阐释。社论认为,春节前后文艺活动在

---

① 周立波:《后悔与前瞻》,《解放日报》,1943年4月3日。
② 《解放日报》社论:《从春节宣传看文艺的新方向》,《解放日报》,1943年4月25日。

第一章 文学批评的理论导向:1937—1949年的延安文学研究

文艺与政治的关系上已经克服了脱离实际政治斗争的偏向;通过文化下乡等具体文化运动措施,文艺与大众的结合、文艺为工农兵服务不再仅仅是一个空的口号,而成为文艺工作者身体力行的工作方式和创作方法;初步打破了一直以来把普及和提高对立起来的错误观念,使《讲话》中所提出的关于文艺的普及和提高的辩证发展走上了正确途径。并提出,要把新文艺方向指导下的文艺运动继续扩大、深化、普及到全边区。

至此,经过延安文艺座谈会的召开和持续深入的文艺整风,到党的文艺工作者会议的召开,及文化下乡等具体的文化运动举措,毛泽东在延安文艺座谈会上所提出来的文艺思想和方向不仅在延安文艺家群体内获得广泛认同,且逐渐由延安扩散到各边区,并为新中国成立后延安文艺传统对全国文艺的规范打下了基础。1943年11月8日,《解放日报》刊发了中共中央宣传部的《关于执行党的文艺政策的决定》,明确提出《讲话》是当时中国文艺运动的基本方针,《讲话》中所提出的具体的文艺观点具有普遍原则性,适用于整个边区及党的一切工作部门和一切文化部门。① 1942—1943年是延安文艺发生重要转折的时期,延安文艺研究的思维、方式方法也随之发生重大变化。党的意识形态对延安文艺研究的影响和规范逐渐强化,《讲话》逐渐成为延安文艺研究的理论阐释基础,延安文艺研究的工农兵方向更加明确。

---

① 中共中央宣传部:《关于执行党的文艺政策的决定》,《解放日报》,1943年11月8日。

六、诗歌研究与民族语言形式讨论

1. 前期诗评数篇

在诗歌领域,边区文协战歌社、西北战地服务团战地社的《街头诗歌运动宣言》可以说是延安时期比较重要并具有代表性的关于诗歌的第一篇批评文章。这篇文章虽然极其简短,却从诗歌内容和形式的大众化、民族化,从诗歌成为抗战有力武器的角度,对街头诗歌运动进行了强有力的呼吁:"有名氏、无名氏的诗人们呵,不要让乡村的一堵墙,路旁的一片岩石,白白地空着。也不要让群众会上的空气呆板沉寂,写吧——抗战的,民族的,大众的!唱吧——抗战的,民族的,大众的!我们要在争取抗战胜利的这一大时代中,从全中国各地,展开伟大的抗战诗歌运动——而街头诗运动,就是使诗歌服务抗战,创造大众诗歌的一条大道!"①

柯仲平当时是边区文协战歌社的领导人,曾被冠以"狂飙诗人"的称号。1938年10月,战时知识社出版了他的诗集《边区自卫军》。"毛主席在清凉山听了柯仲平朗诵的《边区自卫军》后,甚为高兴,当即批示'此诗很好,赶快发表',不久即登在党中央的理论刊物《解放》周刊上。萧三曾这样赞誉道:'延安诗歌运动最初和最有力的发起人要算柯仲平同志,他是诗歌朗诵放头一炮的呐喊诗人'"。②

---

① 边区文协战歌社、西北战地服务团战地社:《街头诗歌运动宣言》,《新中华报》,1938年8月7日。

② 艾克恩:《延安文艺回忆录》,第417页,中国社会科学出版社,1992年版。

第一章　文学批评的理论导向:1937—1949年的延安文学研究

随后,诗歌领域的艺术批评逐渐增多,具有代表性的是围绕何其芳的诗歌展开的争论。1942年,在延安文艺座谈会召开、文艺整风运动开展的背景下,吴时韵发表《〈叹息三章〉和〈诗三首〉读后》,对何其芳的《叹息三章》和《诗三首》进行了粗暴的批判。① 1942年7月2日和18日的《解放日报》上分别发表了金灿然的《间隔——何诗和吴评》、贾芝的《略谈何其芳同志的六首诗——由吴时韵同志的批评说起》。② 虽然金灿然和贾芝对何其芳的诗歌所流露的小资产级的情绪也给予了批评,但二人对吴时韵文章中上纲上线的观点也予以了驳斥。比如,金灿然指出,吴时韵对何其芳的批判存在着断章取义、意气之争,抹杀了何其芳诗歌创作中光明的一面。因此,金灿然认为:"评者与作者之间,似乎也有着一点间隔,那便是文学的修养。这点间隔,妨碍着评者对作者的了解,妨碍着对于其作品的整个精神的掌握。"③尽管金灿然、贾芝对何其芳及其诗歌的批评研究亦难免有片面性等问题,但两人相对客观的态度体现了文艺批评家应有的胸怀。

2. 围绕《王贵与李香香》的诗论

1946年9月22日至9月24日,《解放日报》副刊连载长篇叙事诗歌《王贵与李香香》,并附编辑黎辛(即解清)写的《从〈王贵与李香香〉谈起》的推荐文章。这首诗歌一经发表,就产

---

①　吴时韵:《〈叹息三章〉和〈诗三首〉读后》,《解放日报》,1942年6月19日。
②　金灿然:《间隔——何诗和吴评》,《解放日报》,1942年7月2日。贾芝:《略谈何其芳同志的六首诗——由吴时韵同志的批评说起》,《解放日报》,1942年7月18日。
③　金灿然:《间隔——何诗和吴评》,《解放日报》,1942年7月2日。

生了极大的影响。黎辛对《王贵与李香香》所采用的信天游民歌形式、表现边区农民革命斗争的主题给予了高度评价。他说:"《王贵与李香香》的创作,又一次说明民间艺术宝藏的无限丰富值得我们文艺工作者去虚心地学习,这样才能使我们的作品增加一些新的手法、新的意境和新的血液。"①

紧接着,9月28日,时任《解放日报》总编辑的陆定一在当天的报纸上发表了《读了一首诗》,他从延安文艺座谈会之后文艺上出现的重要收获谈起,认为李季的《王贵与李香香》是诗歌领域的重要的代表性的成果。陆定一认为延安文艺座谈会召开之后,从民间出现了很多惊人天才:"《王贵与李香香》,就是这样的新诗。用丰富的民间语汇来做诗,内容形式都好的,在外面有袁水拍(按即马凡陀)先生,现在我们这里也有了。"陆定一把李季这样一位诗歌领域的新人同当时已经非常有名气的马凡陀相提并论,可见他对李季在诗歌创作上的高度认可。②

1947年3月,由周而复主编、香港海洋书屋出版发行"北方文丛"版的《王贵与李香香》出版。周而复亲自做了"后记",这篇"后记"后来被收入周韦编的《论〈王贵与李香香〉》的论文集时,由编者加上《写在〈王贵和李香香〉诗后》的题名。在这篇文章中,周而复对李季的《王贵与李香香》给予极高的评价,他开篇就说:"一颗光辉夺目的星星;从西北高原上出现,它照耀着今天和明天的文坛,这就是《王贵与李香香》。"在周而复看来,李季的这首诗歌,异于之前在诗歌领域,诗人作为旁观者的身份认同,真正做到了使用人民的语言表现人民的心声、思想

---

① 黎辛:《从〈王贵与李香香〉谈起》,《解放日报》,1946年9月22日至9月24日,均见第4版。

② 陆定一:《读了一首诗》,《解放日报》,1942年9月28日。

第一章　文学批评的理论导向:1937—1949年的延安文学研究

和感情。因此,他认为《王贵与李香香》:"不仅是题材新鲜,也不仅是风格简明,它给我们提供了新诗写作的严肃课题,说得更广泛一点,他给我们提供了人民文艺创作实践的方向。"在文章的最后,陆定一再次高度评价《王贵与李香香》:"是中国土壤里生长出来的奇花,是人民诗篇的第一座里程碑,时间将增加它的光辉。"①

不久,郭沫若发表《序〈王贵与李香香〉》,他说:"解放区的艺术品,我看见过好些优秀的木刻、剪纸、窗花。用文字表现的我看见过《李有才板话》、《李家庄的变迁》、《吕梁英雄传》、《白毛女》等等,今天我又看见这首长诗《王贵与李香香》。我一律看出了天足的美,看出了文学的大翻身。这些正是由人民意识中发展出来的人民文艺,正是今天和明天的文艺。"他所认为的"天足"的美是:"意识健全,生命力丰富,所发挥出的形式必然是自然而健康的。这也就是无上的美,它无须乎矫揉造作。"②接着,茅盾评价《王贵与李香香》:"是一个卓绝的创造,就说它是'民族形式'的史诗,似乎也不过分。"③经过解放区和国统区重要的文艺家的高度评价和热情推荐,李季的《王贵与李香香》被定位成延安文艺座谈会之后实践毛泽东文艺思想的杰出代表。

评论该诗的还有很多,如:"贺敬之说:李季'确确实实是诗歌新园地上的一位开拓者。他的经久传诵的杰出的长篇叙事诗《王贵与李香香》,标志着我国新诗发展史上的一个重要的阶

---

① 周而复:《写在〈王贵与李香香〉诗后》,见周韦编《论〈王贵与李香香〉》,上海杂志公司,1950年版。
② 郭沫若:《序〈王贵与李香香〉》,《华商报》,1947年8月12日。
③ 茅盾:《再谈"方言文学"》,《大众文艺丛刊》,第1辑《文艺的新方向》,1948年3月1日。

段。这就是《在延安文艺座谈会上的讲话》发表后,在伟大的毛泽东思想指引下,我国整个革命文艺发展的这个新阶段,其中诗歌方面的主要代表者就是李季'。民间文学专家钟敬文则从民谣的角度探讨长诗的成就,称它'在诗的进程上竖起了一块纪念碑'。作家孙犁写道:《王贵与李香香》,绝不是陕北民歌的编排,而是李季的创作,是全新的东西,是长篇乐府。这也绝不是单纯采风所能形成的,它包括集中了时代精神和深刻的社会面貌。他不是天生之才,而是地造之才,是大地和人民之子。"①

对《王贵与李香香》的热烈讨论,一方面使民族语言和形式的问题上升为诗歌创作的一个核心论题,同时,也使这首诗的出版物迅速热销。据王荣在《论〈王贵与李香香〉的版本的变迁与文本修改》一文中的统计,就单行本的发行来看,从1946年底开始到改革开放前,先后流行的《王贵与李香香》的版本主要有:1946年底出版发行的东北书店版;1947年2月的吕梁文化教育出版社版;1947年3月由周而复主编、香港海洋书屋出版发行的"北方文丛"版;1947年9月的山东渤海新华书店版;1948年初的晋察冀新华书店版;1948年底的陕甘宁边区新华书店版;1949年8月由新华书店出版发行的"中国人民文艺丛书"版;1952年9月由人民文学出版社出版发行的"中国人民文艺丛书"重排版;1959年5月由人民文学出版社出版编辑出版的"文学小丛书"版;1961年10月人民文学出版社的插图本;1963年10月出版发行的作家出版社版等②。由此可见,

---

① 艾克恩:《延安文艺运动纪盛》,第715页,文化艺术出版社,1987年版。

② 王荣:《论〈王贵与李香香〉的版本的变迁与文本修改》,《复旦学报(社会科学版)》,2007年第6期。

《王贵与李香香》影响之大。

1950年7月,周韦编的《论〈王贵与李香香〉》由上海杂志公司出版。这个论文集收录了关于《王贵与李香香》的重要的评介和批评文章,包括上述提到的郭沫若的《关于〈王贵与李香香〉》、陆定一的《读了一首诗》、周而复的《写在〈王贵与李香香〉诗后》、黎辛的《从〈王贵与李香香〉谈起》,除此还有钟敬文的《从民谣角度看〈王贵与李香香〉》、芝青的《〈王贵与李香香〉读后记》、葆献的《人民的诗歌》、林平的《略谈陕北民歌〈顺天游〉与〈王贵与李香香〉的创作》,共八篇。1960年山东师范学院中国语文系编辑出版了《李季研究资料汇编》,对李季的生平和诗歌创作进行了较为全面的资料梳理。这两部专著是改革开放前对李季研究的阶段性成果,也是后来进行李季研究的重要史料。

第四节　新中国成立前夜的文艺之声：第一次文代会的继往开来

1949年7月2日,在中华人民共和国成立前夕,中华全国文学艺术工作者代表大会(以下简称"第一次文代会")召开了。这次大会实现了来自解放区和国统区的文艺工作者的大会师,是对新中国成立前延安文艺、国统区进步文艺的总结,更是对即将到来的中国新时代的文艺的展望,因此第一次文代会在中国文学史上有着里程碑式的意义,它标志着中国新民主主义革命时期文学历史的结束和社会主义时期文学历史的开始。它为经历了"血雨腥风"的现代文学史画上了句号,为充满新的未知的当代文学史拉开了序幕。

1950年3月,大会宣传处汇编的《中华全国文学艺术工作者代表大会纪念文集》(以下简称《第一次文代会文集》)由新华书店出版发行。《第一次文代会文集》共601页,对第一次全国文学艺术代表大会作了相当完整和详细的纪录。如本书的编辑例言所述,全书采取分类的方法,由讲话、报告、大会纪要、贺电、专题发言、纪念文录、名单章程和演出目录八个部分构成。以下分两个层面对这次会议的论题予以描述。

一、国家意志与文艺路线的确定

1. 党政领导讲话和毛泽东文艺思想地位的确立

1949年7月6日,毛泽东在第一次文代会上作了讲话,他说:"同志们,今天我来欢迎你们。你们开的这样的大会是很好的大会,是革命需要的大会,是全国人民所希望的大会。因为你们都是人民所需要的人,你们是人民的文学家、人民的艺术家,或者是人民的文学艺术工作的组织者。你们对于革命有好处,对于人民有好处。因为人民需要你们,我们就有理由欢迎你们。再讲一声,我们欢迎你们。"①毛泽东的讲话明确了第一次文代会召开的目的与任务。朱德的讲话对这一点又作了进一步的说明:"文学艺术工作者在将来的新时代中,要担负比过去更重大的责任,这主要的就是用文学艺术的武器鼓舞全国的人民,首先是劳动人民,团结一致,克服困难,改正缺点,来努力

---

① 中华全国文学艺术工作者代表大会宣传处:《中华全国文学艺术工作者代表大会纪念文集》,第3页,新华书店,1950年版。

第一章 文学批评的理论导向:1937—1949年的延安文学研究

建设我们的独立、自由、民主、统一、富强的新国家。"他还提出:"人民是要兴旺起来的,真正和人民站在一起的文学艺术也一定是要兴旺起来的。"①

那么,哪种文艺是"真正和人民站在一起"的呢?《解放日报》总编辑、中国共产党中央宣传部部长陆定一的讲话给予了答案。陆定一高度评价解放区文艺的价值,他说:"若干年来,解放区的文艺工作者,在毛主席的直接指导和教育之下,做了许多工作,真正以文艺为我们国家的主人翁——工人、农民、同人民解放军里的指导员们——服务,产生了不少优秀的作品。这样的文艺在我们中国过去是没有的,它是同封建的文艺、帝国主义的文艺以及各种反动文艺根本不相同的,它是真正属于人民的战斗文艺。对这样的文艺,我们应给以很高的评价。"②他还指出对解放区革命的文艺给予高度评价的理由:"革命的文艺有动员群众同教育群众的巨大作用;动员群众走向正确的方向,教育他们不走弯路。这样的文艺是中国人民所需要的,一定会在文艺的历史上占非常高的地位,得到非常高的评价。"③

作为中国共产党的创始人之一,在延安时期担任过中共中央党校校长、陕甘宁边区政府代理主席的董必武的讲话则完全以毛泽东的《讲话》为纲领,从文艺的阶级性的角度,提出全国的文艺工作者要坚持文艺为无产阶级服务的宗旨,呼吁广大文

---

① 中华全国文学艺术工作者代表大会宣传处:《中华全国文学艺术工作者代表大会纪念文集》,第6页,新华书店,1950年版。
② 中华全国文学艺术工作者代表大会宣传处:《中华全国文学艺术工作者代表大会纪念文集》,第11—12页,新华书店,1950年版。
③ 中华全国文学艺术工作者代表大会宣传处:《中华全国文学艺术工作者代表大会纪念文集》,第13—14页,新华书店,1950年版。

艺工作者要学习马列主义和毛泽东思想。有的领导人的讲话则专门提到了赵树理的小说《李有才板话》:"《李有才板话》是比较有思想的作品,因为这本书里面的确发现了问题,提出了问题。"并高度赞扬了毛泽东思想,说道:"毛泽东思想就是马列主义和中国革命实践的最好结合,文艺工作者必须学习毛泽东思想。"①

毛泽东的讲话虽然简短,却说明了这次会议及其参加人员的性质;朱德、董必武、陆定一等的讲话代表了即将成立的中华人民共和国的军事、政治、文化等领域重要领导人对解放区革命文艺和毛泽东思想的高度评价。他们的讲话为大会即将进行的有关文艺问题的讨论奠定了基调,提出了方向和要求——肯定解放区文艺的价值,肯定毛泽东思想的正确性,坚持文艺为工农兵的新方向,坚持学习马列主义和毛泽东思想。

2. 周恩来的报告与文艺事务总纲

在文艺工作者代表发言之前,周恩来同志在大会上作了政治报告,从革命文艺与革命运动之间的关系出发,以《讲话》中所提出的几个关键性的文艺问题为重点,对新民主主义文艺作了一定层面上的说明。

对于文艺界的团结的问题,他说:"这次文艺界代表大会的团结是这样一种情形的团结:是从老解放区来的与从新解放区来的两部分文艺军队的会师,也是新文艺部队的代表与赞成改造的旧文艺的代表的会师,又是在农村中的,在城市中的,在部

---

① 中华全国文学艺术工作者代表大会宣传处:《中华全国文学艺术工作者代表大会纪念文集》,第15页,《新华书店》,1950年版。

队中的这三部文艺军队的会师。"①

在文艺创作上,他强调了坚持写工农兵主题的重要性。具体来讲,他认为文艺工作者要坚持歌颂在人民解放战争中做出伟大贡献的农民,即便他们身上有着这样那样较为落后的特点,仍然要从教育改造的角度上去歌颂农民所表现出的勇敢、坚强、乐观等积极宝贵的品质;要熟悉工人阶级,因为工人阶级是新民主主义革命的领导阶级,又是恢复和发展生产的重要力量,也将逐渐成为文艺创作的重要主题;要熟悉中国共产党,唯此才能正确地表现与党密切相关的人民的生活。

谈到新旧文艺问题时,他指出:"我们对于新生的东西不要责备过甚,对它要爱护帮助,像对待自己的孩子一样。对孩子需要批评教育,但是不能打骂,否则就把孩子打坏了,骂傻了。新生的事物常常大喊大叫,它要改造这个旧世界,这是一种革命气概。……我们普及性的文艺作品虽然还不高,但它们却是为广大人民所喜闻乐见的。所以我们必须重视新文艺在普及方面的生长和成就,即使是一些小的生长,小的成就。"②在改造旧文艺的问题上,周恩来简明扼要地说明了旧文艺改造的核心问题,他说:"这种改造,首先和主要的是内容的改造,但是伴随这种内容的改造而来的,对于形式也必须有适当的与逐步的改造,然后才能达到内容与形式的和谐与统一。"③并进一步分析了重视旧文艺的原因:一是旧艺人和旧文艺与广大群众有着

---

① 中华全国文学艺术工作者代表大会宣传处:《中华全国文学艺术工作者代表大会纪念文集》,第33页,新华书店,1950年版。

② 中华全国文学艺术工作者代表大会宣传处:《中华全国文学艺术工作者代表大会纪念文集》,第28—29页,新华书店,1950年版。

③ 中华全国文学艺术工作者代表大会宣传处:《中华全国文学艺术工作者代表大会纪念文集》,第29页,新华书店,1950年版。

深厚的、浓重的、密切的关系,排斥、不团结、甚至想在短时间内替代他们,是完全不可能的;二是旧艺人不单单是几十万从事旧的文艺工作的力量,还包含在其影响之下的几千万的观众、听众、读者的巨大力量;三是,辩证地看待旧文艺,它本身所包含的合理的、适合人民的利益,并能逐步发展和提高的部分,将成为新文艺的重要组成部分。

总之,周恩来的报告对毛泽东文艺思想进行了具体阐释,对全体文艺工作者提出了要求:要团结在新民主主义旗帜下,团结在毛泽东所提出的文艺的新方向下,坚持文艺为工农兵服务,坚持文艺的群众观点和阶级观点,从而最大限度地发挥文艺在即将开展的全国性质的政治、经济、文化建设中的作用。

二、群体认同与文艺发展共识的达成

(一) 郭沫若与"新中国的人民文艺"论题

这次大会的总主席郭沫若作了《为建设新中国的人民文艺而奋斗》的报告。郭沫若的报告把解放区文艺置于"五四"以来三十年间文艺发生、发展的整体进程中,对1919年五四运动至1949年三十年间的文艺运动的性质、文艺的统一战线和即将实现统一的全国文艺的工作任务作了相关的论述。

郭沫若首先肯定了"五四"文艺运动和30年代左翼文艺运动对革命文艺的贡献。他从毛泽东《新民主主义论》中对新民主主义革命和文化性质的阐释入手,认为"五四"之后的文艺的总体性质是"无产阶级领导的人民大众反帝反封建的新民主主义的文艺",强调了"五四"新文化运动破坏旧的封建主义和半封建主义文艺、建立新的以反帝反封建为主要内容,从而为革

第一章 文学批评的理论导向:1937—1949年的延安文学研究

命文艺奠定发展基础的重要性。对于左翼文艺运动的价值以及它为革命文艺做出的贡献,郭沫若更是不吝其词,他说:"左翼文艺运动是以无产阶级为领导的无产阶级知识分子和革命的小资产阶级知识分子的统一战线的文艺运动。这个运动以鲁迅为旗手,在反帝反封建反国民党反动派上作了许多英勇的斗争,影响了广大的小资产阶级知识分子和青年学生走向革命,并且锻炼出来了大批的革命文艺干部。总起来说,对中国革命有伟大的贡献。"①

在此基础上,郭沫若对在中国共产党领导和毛泽东文艺思想直接影响下的解放区文艺给予了高度的评价:"在解放区,由于客观条件的根本不同,由于在毛泽东思想的直接教育之下,由于许多文学艺术工作者的积极的学习和工作,从一九四二年延安文艺界座谈会以来,在理论上和实践上都解决了五四以来所未曾解决的问题,文学艺术开始做到真正和广大的人民群众结合,开始做到真正首先为工农兵服务,从内容到形式都起了极大的变化。"②通过这个简短的概述,他把延安文艺的性质、发展和意义勾勒了出来。

在对今后文艺工作的任务进行说明的时候,郭沫若重申了《讲话》中的文艺观点,甚至大量借用或发挥毛泽东的用语。如谈到文艺创作的时候,他说:"为了能够更好地反映人民的斗争和创造,满足人民的要求,我们文学艺术工作者就必须深入现

---

① 郭沫若:《为建设新中国的人民文艺而奋斗》,见中华全国文学艺术工作者代表大会宣传处《中华全国文学艺术工作者代表大会纪念文集》,第37页,新华书店,1950年版。
② 郭沫若:《为建设新中国的人民文艺而奋斗》,见中华全国文学艺术工作者代表大会宣传处《中华全国文学艺术工作者代表大会纪念文集》,第38页,新华书店,1950年版。

实,加强学习。人民群众的生活是一切文学艺术工作的取之不尽、用之不竭的源泉。我们必须了解熟悉人民群众,然后才有可能反映人民群众。我们必须先做人民群众的学生,然后才有可能做人民群众的先生。"①在论及普及和提高的问题时,郭沫若说:"我们的文学艺术作品的艺术性也需要提高,需要在正确方向之下的以普及为基础的提高。"②而毛泽东《讲话》的说法是:"普及是人民的普及,提高也是人民的提高。而这种提高,不是从空中提高,不是关门提高,而是在普及基础上的提高。这种提高,为普及所决定,同时又给普及以指导。"③在对待中外文化遗产的态度上,郭沫若说:"要提高艺术性,就必须批判地接受中国的外国的文学艺术遗产,吸收那些适合于表现人民,并为人民所容易接受的东西,而抛弃那些相反的东西。总之,对于中国的文学艺术遗产也好,对于外国的文学艺术遗产也好,我们不应该盲目地轻视,排斥;也不应该盲目地崇拜,搬用。"④同样是对《讲话》表述的演绎。

---

① 郭沫若:《为建设新中国的人民文艺而奋斗》,见中华全国文学艺术工作者代表大会宣传处《中华全国文学艺术工作者代表大会纪念文集》,第42页,新华书店,1950年版。毛泽东:《在延安文艺座谈会上的讲话》,第19页,人民出版社,1975年版。

② 郭沫若:《为建设新中国的人民文艺而奋斗》,见中华全国文学艺术工作者代表大会宣传处《中华全国文学艺术工作者代表大会纪念文集》,第42—43页,新华书店,1950年版。毛泽东:《在延安文艺座谈会上的讲话》,第19页,人民出版社,1975年版。

③ 毛泽东:《在延安文艺座谈会上的讲话》,第22页,人民出版社,1975年版。

④ 郭沫若:《为建设新中国的人民文艺而奋斗》,见中华全国文学艺术工作者代表大会宣传处《中华全国文学艺术工作者代表大会纪念文集》,第44页,新华书店,1950年版。毛泽东:《在延安文艺座谈会上的讲话》,第19页,人民出版社,1975年版。

第一章　文学批评的理论导向:1937—1949年的延安文学研究

也正是对《讲话》文艺观点的认同和接受,郭沫若呼吁全体文艺工作者,要在为人民服务的文艺立场上,团结在以毛泽东思想为中心的新的文艺方向的旗帜下,坚持批评和自我批评的文艺批评作风,从文艺的内部和外部,消除旧文艺中的不良因素,为建设促进社会主义新中国全面发展的新文艺而战斗!会议结束时,他说:"在这次大会以后,我们新中国文艺界一定能够更加团结在毛主席的文艺方针之下,深入群众,展开工作,努力创造思想性与艺术性高度结合的作品,建立科学的文艺理论批评,为建设新民主主义的人民共和国和展开新民主主义的人民文艺而共同奋斗。"①

(二)周扬与《新的人民的文艺》

作为重要的解放区文艺工作者代表,周扬作了题名为《新的人民的文艺》的报告,对以延安文艺为中心的解放区文艺在新中国成立前的发展概况作了总结,涉及的问题如下所述。

1. 新文艺与新方向

周扬的《新的人民的文艺》是他作为解放区文艺、文化领导人在第一次文代会上所作的报告。这篇文章不仅是对延安时期文艺的总结,更是通过对解放区文艺的概述,为延安文艺传统向国家文艺形态转换,从文艺理论和文艺方针导向上提供了依据,奠定了基础。

作为毛泽东文艺思想的主要阐释者,周扬开篇就非常明确

---

① 郭沫若:《为建设新中国的人民文艺而奋斗》,见中华全国文学艺术工作者代表大会宣传处《中华全国文学艺术工作者代表大会纪念文集》,第112页,新华书店,1950年版。

地提出:"毛泽东的'文艺座谈会讲话'规定了新中国的文艺的方向,解放区文艺工作者自觉地坚决地实践了这个方向,并以自己全部的经验证明了这个方向的完全正确,深信除此之外再没有第二个方向了,如果有,那就是错误的方向。"①周扬通过对《人民文艺丛书》所选的177篇作品的主题分析,得出民族的、阶级的斗争与劳动生产是解放区文艺的压倒性主题,并对包括小说、话剧、歌剧、报告、诗歌等的各个文艺领域内比较成功、产生了比较大的影响的作品进行罗列陈述,使得人们对延安时期文艺的整体创作面貌得以简要把握。作为延安文艺政策的执行者,也作为创作和接受的亲历者,周扬还对以妇女反封建斗争为主题的作品予以总结。在对新的人物的塑造方面,周扬强调了他一贯坚持的观点,对如何具体处理工农群众身上所具有的、旧社会遗留下来的坏的思想和习惯提出了明确的意见。

自从延安文艺座谈会召开后,要塑造新的农民的形象,表现新的群众的时代,是文艺批评和研究的总倾向。此时,中华人民共和国即将成立,以延安文艺为代表的解放区文艺也将逐渐转换为国家文艺形态。周扬指出,延安时期以来对新的农民形象的塑造也将过渡到对新的国民形象的塑造方向上。

2. 新对象与新主题

周扬对"新的人民文艺"提出与中国社会历史的变迁紧密相关。解放战争取得决定性的胜利和中华人民共和国的建立

---

① 周扬:《新的人民的文艺》,见中华全国文学艺术工作者代表大会宣传处《中华全国文学艺术工作者代表大会纪念文集》,第70页,新华书店,1950年版。

标志着党的工作重心将由根据地时期的农村转移到城市,中国社会发展的主题也由战争转变为进行政治、经济、文化建设。在这种历史背景下,周扬从文艺服务的具体对象和创作主题两个方面对新的人民文艺提出了要求。

首先,是服务对象的改变。延安时期,文艺的服务对象和描写的主体主要的是工农群众,具体的是农村农民。而知识分子往往是被改造的对象,"一般的是作为整个人民解放事业中各方面的工作干部、作为与体力劳动者结合的脑力劳动者被描写着"①。周扬明确提出:"工人阶级、农民阶级和革命知识分子是人民民主专政的领导力量和基础力量,我们的作品中应当反映他们的新的面貌。"②这意味着延安时期文艺的服务对象需要进行新的调整。

其次,是文艺创作主题的转变。他勾勒的主题有:即将全面开展的工农业建设主题、中国共产党领导工农大众所进行的英勇顽强的革命战争主题、对党的伟大领导人和英雄形象进行歌颂的主题等。单就从文艺本身的发展看,周扬对文艺创作主题的提出着力突破延安时期文艺创作主题集中、单一的局面,不仅为延安文艺转化为国家文艺形态提供了更充足的依据,更为中国当代文学的发生发展提供了良好的开端。

3. 新任务与新要求

在旧剧改革问题上,周扬一方面认为对于旧剧绝对不能依

---

① 周扬:《新的人民的文艺》,见中华全国文学艺术工作者代表大会宣传处《中华全国文学艺术工作者代表大会纪念文集》,第71页,新华书店,1950年版。

② 周扬:《新的人民的文艺》,见中华全国文学艺术工作者代表大会宣传处《中华全国文学艺术工作者代表大会纪念文集》,第89页,新华书店,1950年版。

靠行政命令进行裁决；另一方面他又提出，要以是否符合人民的利益为标准，对全部的旧剧目进行审定，并在这个标准下进行不同程度的限制乃至取缔。为什么发展新的人民的文艺，要谈对旧剧的改革？周扬认为发展新的人民的文艺，首先就要对为帝国主义、封建主义、官僚资本主义服务的文学形式进行肃清。旧剧作为中国民族艺术重要遗产之一，是历来统治阶级对广大人民群众进行精神和文化统治的重要途径，而这种艺术形式又是与广大群众联系最为紧密、最为他们所熟悉的，所以对旧剧的改革就是发展新的人民文艺的重要步骤之一。从文艺形式角度，周扬也首次明确提出了新的人民文艺的美学标准："凡是'新鲜活泼的、为群众所喜闻乐见的中国作风与中国气派'的形式，就是美的，反之就是丑的。"①

因此，周扬说："对于人民的文艺来说，封建文艺的形式也好，资产阶级文艺的形式也好，都是旧形式。对于两者我们都不拒绝利用，但都要加以改造。在民族的、科学的、大众的基础上，将它改造成为人民服务的文艺，这就是我们对一切旧形式的根本态度。对民间形式，也是如此。"②在这种对待旧艺术和旧艺人、民间艺术和民间艺人的具体的文艺思想的指导下，"各解放区都做了许多改造民间艺术与民间艺人的工作，例如华北冀鲁豫地区，训练了710多个艺人，组织了各种研究会，到最近

---

① 周扬：《新的人民的文艺》，见中华全国文学艺术工作者代表大会宣传处《中华全国文学艺术工作者代表大会纪念文集》，第93页，新华书店，1950年版。

② 周扬：《新的人民的文艺》，见中华全国文学艺术工作者代表大会宣传处《中华全国文学艺术工作者代表大会纪念文集》，第77页，新华书店，1950年版。

第一章 文学批评的理论导向：1937—1949年的延安文学研究

为止，两年来创作唱词、剧本、年画等六七十种"①。这不仅在创作实践上证明了以《讲话》为主导的毛泽东文艺思想的正确性，更是从文艺思想和文艺创作实绩两个层面，为来自国统区的广大文艺工作者树立了继续进行文艺创作的榜样。

在文艺批评上，周扬对延安时期以来缺少"切实的、具体的、有思想的批评"的现状进行了一个文艺批评家应有的反思，强调了积极的艺术批评对于读者阅读的选择、对青年作者创作的引导、对文艺界的团结都有着重要的意义，并明确提出，文艺批评必须是对毛泽东文艺思想的具体应用。在周扬那里，文艺批评的目的更多的是为了实现党和国家对文艺工作的思想领导，而文艺的自律发展处于次要位置。在报告中，他把文艺与政治的关系解释为文艺与人民的关系，在他看来，现时的政治是中国共产党领导的人民意志的体现，因为文艺要真实地反映人民的要求，就必须得和政治紧密结合。

无疑，无论是新农民形象塑造到新国民形象塑造的转向，对文艺创作服务和描写主体的策略性调整，对新的人民文艺创作主题的拓展，还是对毛泽东《讲话》中文艺服务于政治、普及和提高等文艺观点的具体阐释，周扬的《新的人民的文艺》都自觉地由对延安文艺的整体性回顾转向国家文艺建设的方向上。他在文艺创作的基调、文艺创作表现的主题内容、新的人物形象的塑造、具有民族气派和中国作风的形式等各个层面上，促进了延安文艺从作为地域文艺到国家文艺形态的快速转变。

---

① 周扬：《新的人民的文艺》，见中华全国文学艺术工作者代表大会宣传处《中华全国文学艺术工作者代表大会纪念文集》，第85页，新华书店，1950年版。

（三）文艺代表的共识

作为延安时期重要的文艺工作者之一，丁玲在大会上作了《从群众中来，到群众中去》的专题发言。发言中，她对延安文艺运动中，包括文艺创作中主题的选择、典型人物的塑造、集体主义创作、语言形式、文艺批评等诸多文艺创作中的核心问题进行了梳理。丁玲认为，要处理好这所有的问题，最为重要的就是要坚持对马列主义的学习。她说："为要达到作品能够这样，就只有学习马列主义，只有它能够告诉我们如何分析社会上各个阶级的相互关系，和在变动中的情况、矛盾、发展，它帮助我们分析社会，帮助我们掌握社会发展的方向，预见社会发展中的问题，和应该怎样去解决它。如果我们没有这把标准尺，我们是无法衡量客观的现实生活的。"①

如果说，在改造旧艺人、旧艺术的问题上，周扬是以文艺、文化领导者身份，从文艺理论和文艺政策阐释的高度上论述的话，丁玲则以作家创作的经验，做了通俗易懂的表达。她说旧艺人："对旧社会生活相当熟悉，对民间形式掌握得很好，有技术，有创作才能。他们缺乏的是新的观点，对新生活新人物不熟悉，他们却拥有听众、读者。时代变了，人民虽然不需要那些旧内容，但他们却喜欢这种形式，习惯这种形式，所以我们要从积极方面，从思想上改造这些人，帮助他们创作，使他们能很好

---

① 丁玲：《从群众中来，到群众中去》，载中华全国文学艺术工作者代表大会宣传处《中华全国文学艺术工作者代表大会纪念文集》，第181—182页，新华书店，1950年版。

第一章　文学批评的理论导向：1937—1949年的延安文学研究

地为人民服务。"①

毛泽东的《讲话》中谈到旧的艺术形式的问题时说："对于中国和外国过去时代所遗留下来的丰富的文学艺术遗产和优良的文学艺术传统，我们是要继承的，但是目的仍然是为了人民大众。对于过去时代的文艺形式，我们也并不拒绝利用，但这些旧形式到了我们手里，给了改造，加进了新内容，也就变成革命的为人民服务的东西了。"②延安文艺座谈会召开之后，对旧形式的改造和利用成为创造新的民族形式的基础，也是延安文艺研究的核心问题。

当然，新、旧是相对而言的，面对即将统一的中国和新中国的文艺，新、旧的标准也会随着历史巨变而产生相应的转变。就拿来自于国统区的文艺工作者和来自解放区的文艺工作者比较而言，后者经历了延安文艺座谈会和文艺整风，在创作实践上基本完成了文艺为工农兵服务的转变，而文艺为工农兵就是新文艺的方向，因此，来自于解放区的文艺工作者毋庸置疑在文艺上占据了"新"的位置，甚至主导地位。与之相对而言，来自于国统区的文艺工作者，因着种种客观和主观的因素，与新文艺实践有着多重的阻隔。因此，虽然来自于国统区的文艺工作者在当时已经身负盛名，但是，在为工农兵服务的文艺新方向的光芒照耀之下，他们依然显出"旧"的神采。所以，周扬和丁玲在第一次文代会上对这个问题所作的论述不仅是对延安时期对改造旧艺人、旧艺术、民间艺人、民间艺术的回顾和总

---

① 丁玲：《从群众中来，到群众中去》，载中华全国文学艺术工作者代表大会宣传处《中华全国文学艺术工作者代表大会纪念文集》，第183页，新华书店，1950年版。

② 毛泽东：《在延安文艺座谈会上的讲话》，第12页，人民出版社，1975年版。

结,更是对来自全国各地的文艺工作者所作的观念统一。

除丁玲外,对解放区文学艺术作了专题发言的还有张庚的《解放区的戏剧》、袁牧之的《关于解放区电影工作的报告》、吕骥的《解放区的音乐》、江丰的《解放区的美术工作》、艾青的《解放区的艺术教育》、柯仲平的《把我们的文艺工作提高一步》、周文的《晋绥文艺工作概况简述》、刘芝明的《东北三年来文艺工作初步总结》、沙可夫的《华北农村戏剧运动和民间艺术改造工作》、张凌青的《山东文艺概况》等。这次大会文集共收录了 15 篇专题发言,而有关解放区的占到了 2/3 以上,这个比例实质上透露了新中国成立前夕全国文艺战线的主流与支流问题。

三、延安文学学术范式的确立:以研究文集和作品选本为例

自延安根据地建立到新中国成立前夕,延安文艺界先后出版发行了几种重要的文集。这些文集的类型并不完全统一,从最早的纪实性文字到讲话发言、政策文件和学习资料汇编,再到经典作品的编录,体例各不相同。倘若仅从作家作品的角度出发,则仅有《中国人民文艺丛书》算作集体"文集",其他各书只能看作辅助史料。不过,本书认为,同样作为通行边区的集体文集,其他各书,一方面是文艺发展历程的真实反映,即新中国成立以前,延安党政领导、文艺家共同寻找文艺方向、统一创作观念、明确创作任务、确立创作方法,进而由文艺家完成典范作品的创作,由文艺界完成经典作品和创作范式的认可与推广,最终得以文集形式广为接受。换言之,不同文体,不同主题,不同编选形式,本身是新中国成立前延安文艺研究史的某

第一章 文学批评的理论导向:1937—1949年的延安文学研究

种写照或成果形式。另一方面,文艺创作和文艺研究不是真空阁楼中的事物,它沾染时代、国家、民族、地区的色彩,更离不开政治、军事、经济、文化的大环境,当我们把讲话、文件等史料与作家、作品及相关研究联系起来的时候,这些材料才能真正鲜活地还原那片热血沸腾的文艺热土以及无数个体的不懈努力。因此,本节对一些重要的文集进行简要介绍。

1.《文艺的群众路线》及其续编

《文艺的群众路线》由李春兰编,冀鲁豫书店1947年7月出版。这本书主要是依据毛泽东在延安文艺座谈会上提出的文艺新方向和走群众路线的指导思想,对冀鲁豫边区进步文艺的整理汇编,分上下两册,上册收录文章18篇,下册收录文章16篇,共计34篇。本书开篇选录了《在延安文艺座谈会上的讲话》的全文,并附中央总学委对加强学习《讲话》精神的通知,而所选文章大多是从延安《解放日报》上选摘的,如上册收录的周扬的《表现新的群众的时代》、艾青的《秧歌剧的形式》等,表现了以延安为中心的文艺对边区文艺的辐射性影响。所收录的文章涉及文艺理论、文艺工作经验、文艺创作等多方面的内容,符合《在延安文艺座谈会上的讲话》提出的文艺新方向,对走群众路线的试验、实践和经验是这些文章入选的重要标准。如本书编者按语,为了更好地把理论和实践结合,这本书在体例上,都是先选录理论文章,紧接着是与之相关的作品。比如,上册先选录了几篇有关秧歌剧的理论文章,紧接着选录了几篇秧歌剧,这是本书的一个重要特点。尽管,作为资料汇编来看,该书所选文章十分有限,显得过于单薄,但其编选了一些在当时产生较大影响的作品和批评文章,并且编者所看重的是文章的代表性及其呈现的政治和文艺导向。因此,研究冀鲁豫边区文艺、解放区文艺，本书都是不可回绕的文献。

《文艺的群众路线》（续编一）由李春兰编，冀鲁豫书店1947年10月出版。这本书是冀鲁豫边区民间艺术专集，是在毛泽东文艺思想的指导下，对冀鲁豫边区改造民间艺人、旧艺人和民间艺术、旧剧的经验的总结，全书共收录文章24篇，涉及民间艺人、社火、年画、剪纸、说书等多方面的内容以及与之相关的批评理论。其中，《中共冀鲁豫边区常委宣传部关于改造民间艺人、旧艺人和民间艺术、旧剧的一封信》一文具体分析了改造民间艺人、旧艺人和改造民间艺术、旧剧之间的关系，并提出只有在工农兵文艺方向和走群众路线的指导下，才能从政治和艺术上实现对旧艺人的改造，促进民间艺术和旧剧的改造，进而创造出具有形式上群众所喜闻乐见、内容上表现新人物新生活的文艺作品。其他篇目的收录也都是以上述问题作为选编的标准。集中呈现冀鲁豫边区民间艺术的发展态势是本书的优点，为我们了解和研究冀鲁豫边区的民间艺术运动提供了多方面的资料。但是，这本书在资料收录上深受延安文艺座谈会讲话及党的具体的文艺政策的影响，且论题也集中在民间艺术和民间艺人改造方面，所以并不能全面反映边区丰富的民间艺术活动概况。诚然，作为一本资料汇编性质的书籍，选什么、不选什么必然影响了呈现什么、隐蔽什么。抛开篇幅广狭，编者背后的文艺观念和标准或许更为重要。实质上，该书也可看作被具体学术环境和文艺政策规约的文艺研究范式或一种成果。

2.《中华全国文学艺术工作者代表大会纪念文集》

《中华全国文学艺术工作者代表大会纪念文集》由中华全国文学艺术工作者代表大会宣传处编，新华书店发行，1950年

3月出版。这本书是中华人民共和国建立后第一次全国文学艺术代表大会纪念文集,是在毛泽东延安文艺座谈会讲话所提出的文艺方向的指导下,对新中国成立前全国文艺概况的总结和反思以及对新的文艺发展的展望。如本书的编辑例言所述,全书采取分类的方法,由讲话、报告、大会纪要、贺电、专题发言、纪念文录、名单章程和演出目录八个部分构成。

第一次全国文学艺术代表大会由来自国民党统治区、解放区和部队等10个代表团、共648位文艺工作者参加。在占文集比例最大的第六部分,收录了艾青、阳翰笙等38位代表的文章。这些论文集中强调了改造文艺工作者思想、团结文艺工作者各方面的力量、拥护《讲话》提出的文艺新方向。

这本书对参加会议的代表名单和会议章程做了详细的记录,还列出了与会人员来源地和业务百分比,使研究者对当时会议情况和参会人员概况一目了然。书里有关会议盛况和发言代表的图像记录是十分珍贵的,可惜的是也只是零星出现,没有与文字部分完全匹配形成系统。另外,由于篇幅限制和时间仓促,这本文集对来宾的讲话、代表们在大会上的自由发言和会外发表的文章以及有关大会的各种资料并没有完全收录。中华全国文学艺术工作者代表大会是具有里程碑意义的盛会,这本文集也是延安文艺自革命年代向和平年代过渡、自区域文学向国家文学形态过渡时的重要理论文献。

3.《中国人民文艺丛书》

在第一次文代会上,周扬给与会代表们赠送了《中国人民文艺丛书》。《中国人民文艺丛书》于1948年开始组织,由周扬主持,柯仲平、陈涌、康濯、赵树理、欧阳山等人先后参与编辑,赶在第一次文代会之前出版。1949年9月第1卷第1期《文艺报》介绍这套丛书:"这是解放区近年来文艺作品选集,这是实践了毛泽东文艺方向的结果,这套丛书选编解放区历年来,特别是1942年延安文艺座谈会以来,各种优秀的与较好的文艺作品。"①显然,这套丛书有编选的标准、选编作品的范围和总貌:标准就是"实践了毛泽东文艺方向",范围是"1942年延安文艺座谈会以来",总体面貌是"各种优秀的与较好的文艺作品"。

丛书共收录作品55种,具体作家作品170余篇,其中由工农群众创作的有50多篇,另外收录了不同领域的领导人在大会上的讲话、报告以及重要的作家代表的专题发言,不论他们所做讲话、报告、专题发言的具体情况如何,但有一点是共识性的,那就是肯定毛泽东的《讲话》的重要意义,认同并接受以《讲话》为代表的毛泽东思想和文艺新方向。

该丛书一方面体现了文艺界对《讲话》和毛泽东文艺思想在理论层面上的认同和接受,另一方面又以具体的经典文本的编选阐释和说明了《讲话》所提出的文艺新方向,即具体怎么表现、新在哪里、如何为工农兵群众、如何正确处理了政治和文艺的关系的等。因此,在会议上,周扬不但把赶印的书籍赠送给代表们,更是不厌其烦结合《讲话》对其进行讲解。其中,《中国人民文艺丛书》所收录的一些作品还成为这次大会期间的演出节目,如《王秀鸾》、《红旗歌》、《女英雄刘胡兰》、《兄妹开荒》、《夫妻识字》等。这样从理论到具体实践上,都为延安文艺所代表的文艺新方向加以确证,使来自非解放区的文艺工作者获得思想转变和创作实践的典范力量。

不过,书名既谓之"中国",则应有更大的视野。也是在这

---

① 《文艺报》,1949年9月第1卷第1期。

第一章　文学批评的理论导向：1937—1949年的延安文学研究

个问题上，我们发现，作品选编带有着主观的"呈现"和"遮蔽"：丛书所选作品，几乎全部是1942年延安文艺座谈会召开之后解放区的文艺作品，那么，抗战期间，国统区和沦陷区的进步文艺以及1942年之前的延安文艺是被遮蔽的。通过周扬——毛泽东文艺思想的阐释者、宣传者，重要的文艺领导者——主持和推广，使得这套丛书本身就带着权威性和示范性的光环。

辩证地看，在当时，《中国人民文艺丛书》的编选，一方面是对延安文艺的总结和整理，不仅在很长时期内影响了人们对延安文艺的认识，更是对新中国文艺的具体创作产生了很大的影响，从而通过这种示范性的编选，使延安文艺产生持续发展的力量，完成延安文艺传统对全国文艺舆论的统摄，与今天谈到的中国当代文学发生密切联系。对此，郭沫若在大会结束报告中总结说："经过这次大会，我们互相交换了许多重要的经验，观摩了许多重要的作品，使我们更充分地认识了毛泽东的为人民服务的文艺方针，以及由于实践这一方针而获得的重大的成就。我们从各方面，尤其从解放区，证明了与人民结合的群众路线是唯一正确的文艺方针。"[①]另一方面，《中国人民文艺丛书》作为一部文艺作品集，也以点带面地勾勒了中国现代文学发生发展的全貌，并通过这套丛书选编的权威性，使延安文艺的典范确立为国家经典，延安经验推广到全国，自此以后，延安文艺成为中国当代文学的既有传统之一；相应地，这一编选举措对中国当代文学和文学研究所产生的观念、方法、视野的规训也是不容忽视的。

[①] 中华全国文学艺术工作者代表大会宣传处：《中华全国文学艺术工作者代表大会纪念文集》，第117页，新华书店，1950年版。

第二章　文艺发展与评论中的破和立：1949—1957年的延安文学研究

中华人民共和国的成立是中国历史上一个伟大的转折，代表工农利益的中国共产党成为执政党，推翻了统治中国数千年的地主阶级，这种翻天覆地的变化带来的不仅仅是胜利的喜悦，还有千疮百孔、百废待兴的社会现实。获得土地的农民忙于生产，获得主权的工人忙于建设，文艺工作者也为了促进新中国文化事业发展做着积极的努力。可以说，新中国成立初的六年，既是文艺研究从一个革命文艺的地域性身份向国家身份转换的过程，也是延安文艺研究已经确立的方向、观念和方法的深入巩固期。期间，文学史著作的总结和一批新文学经典的确立是最核心的成果。

第一节　毛泽东著作的学习与文艺家思想改造

新中国成立初期的延安文艺研究仍然沿着毛泽东《讲话》

第二章 文艺发展与评论中的破和立:1949—1957年的延安文学研究

中提出的路线前行,不同的是,以往针对一个地区的任务如今要面向全国开展,其中全国文艺家思想的改造便是首当其冲的问题。

一、文艺家思想改造与《讲话》研究

第一次文代会若干报告对解放区文艺尤其是延安文艺有着极高的评价,并将之作为新中国文学的方向。这是对延安文艺第一次全面的历史总结。随着1949年中华人民共和国成立,在中国共产党的领导下,政治建设日趋稳定,国民经济取得了较快发展。但是在文艺界,却存在着这样那样的问题,主要表现在两个方面:一是文化建设无法满足广大人民群众日益发展的文化需求;二是文艺工作者队伍的改造,主要的是知识分子思想的改造问题。这两个问题是紧密相关的,文艺工作者队伍的纯洁性和创造力是社会主义文化建设的关键环节。

虽然第一次全国文化艺术工作者代表大会胜利召开,在形式上宣告了全国文艺工作者的大会师,但是,这种政治上的结合,并不能代表思想上的统一。其主要表现在三个方面:第一,是来自老解放区的文艺工作者有着自带的优越感,这种优越感主要来自于和其他文艺工作者的对比。来自老解放区的文艺工作者中,有一部分人认为,他们来自解放区,经过了党的各种培训和历练,对思想的改造已经非常彻底和成功。因此,其中有一些人在文艺工作上就产生了自满情绪。同时,对一部分来自于解放区的文艺工作者来说,城市生活的种种诱惑客观上使他们陷入了思想改造的停滞甚至倒退的危险中。第二,是表现在文艺领导者工作上的问题。新中国成立后党的工作重心从农村转入城市,由地下转变为政权上的合法。文艺领导人由于缺乏相应的工作经验而陷入"事务主义"。第三，主要是来自国统区的文艺工作者思想的复杂性。来自国统区的文艺工作者客观上由于政治和地域因素而与工农兵疏离；主观上则受资产阶级、小资产阶级的思想侵蚀严重，轻视或看不起革命文艺。早在延安时期，毛泽东就文艺工作者思想改造的问题曾说过："同志们很多是从上海亭子间来的；从亭子间到革命根据地，不但是经历了两种地区，而且是经历了两个历史时代。一个是大地主大资产阶级统治的半封建半殖民地的社会，一个是无产阶级领导的革命的新民主主义的社会。到了革命根据地，就是到了中国历史几千年来空前未有的人民大众当权的时代。"①这个观点用到新中国成立后来自国统区的文艺工作者身上同样合适。

另一方面，对思想的改造也不是立竿见影的。毛泽东在《讲话》中谈到知识分子思想改造的过程时说："要彻底地解决这个问题，非有十年八年的长时间不可。但是时间无论怎样长，我们却必须解决它，必须明确地彻底地解决它。我们的文艺工作者一定要完成这个任务，一定要把立足点移过来，一定要在深入工农兵群众、深入实际斗争的过程中，在学习马克思主义和学习社会的过程中，逐渐地移过来，移到工农兵这方面来，移到无产阶级这方面来。只有这样，我们才能有真正为工农兵的文艺，真正无产阶级的文艺。"②因此，1951年10月23日，毛泽东在全国政协一届三次会议上提出了有关知识分子思想改造的问题。全国所有的知识分子都面临着一场前所未有

---

① 毛泽东：《在延安文艺座谈会上的讲话》，第41页，人民出版社，1975年版。

② 毛泽东：《在延安文艺座谈会上的讲话》，第15页，人民出版社，1975年版。

第二章 文艺发展与评论中的破和立:1949—1957年的延安文学研究

的洗礼。因此,这一时期如何继续加强对知识分子思想的改造就成为学习和研究《讲话》的主要特点之一。

作为党的文艺政策和毛泽东思想的阐释者,周扬在第一次文代会上作的报告中就明确提出:"现在全国革命已取得基本胜利,中国正迈入一个广泛地从事经济建设、政治建设、国防建设和文化建设地(的)新历史时期。我们地(的)文艺工作者必须继续深入群众、深入实际、积极参加人民解放斗争和新民主主义各方面地(的)建设,并通过各种艺术形式更多地更好地来反映这个斗争和建设。"①这代表着新中国成立后党对文艺工作者的新要求,也是文艺工作者进行思想改造和从事文艺活动的具体标准。在这种文艺思想的引导下,来自新老解放区和原来国统区的文艺工作者展开了对《讲话》的深入学习。来自老解放区的作家们通过对《讲话》的继续学习,坚定了加强思想改造的决心,具有代表性的有康濯的《在学习的路上》②、柳青的《毛泽东著作教导着我》③、丁玲的《要为人民服务更好》④、周扬的《毛泽东同志〈在延安文艺座谈会上的讲话〉发表十周年》⑤等。同时,来自原国民党统治地区的作家们也纷纷表态,具有代表性的有老舍的《毛主席给了我新的文艺生命》⑥、郭沫

---

① 原载于《人民文学》1949年第1期,另见中华全国文学艺术工作者代表大会宣传处:《中华全国文学艺术工作者代表大会纪念文集》,第89页,新华书店,1950年3月版。
② 康濯:《在学习的路上》,《人民日报》,1949年7月6日。
③ 柳青:《毛泽东著作教导着我》,《人民日报》,1951年9月10日。
④ 丁玲:《要为人民服务更好》,《人民日报》,1952年5月24日。
⑤ 周扬:《毛泽东同志〈在延安文艺座谈会上的讲话〉发表十周年》,《人民日报》,1952年5月26日。
⑥ 老舍:《毛主席给了我新的文艺生命》,《人民日报》,1952年5月21日。

若的《在毛泽东旗帜下长远做一名文化尖兵》①、茅盾的《认真改造思想,坚决面向工农兵!》②、夏衍的《纠正错误,改进领导,坚决贯彻毛主席的文艺方针》③等。

通过对《讲话》的学习和研究,对《讲话》中的具体文艺观点在这一时期有了新的阐释。延安时期,由于根据地大多是在农村,因此,毛泽东在《讲话》中提出的文艺与工农兵结合在当时更多的是与农民结合,了解农民的生活和情感,了解农民革命的热情和战斗精神。新中国成立后,发展生产,尽快恢复国民经济成为党和广大人民群众所面临的最重要的课题。在工农联盟的基础上,工人阶级成为建设城市、发展国民经济的中坚力量,在这个过程中也出现了很多先进的英雄式的人物。因此,对于文艺工作者来说,这一时期也自然更突出文艺与工人阶级的结合。另一方面,随着中国共产党领导的无产阶级的政权合法化,对文艺工作实现真正意义上的"专政"也是突出的问题。来自解放区的文艺工作者张庚就明确提出:"我觉得文艺工作者应当成为政治上的积极分子和社会活动家,在党、团和各种群众团体中间,成为活跃的人物,他应当是广泛地接触群众,最懂得群众心情的人。"④因此,与延安时期侧重与农民的结合相比,这一时期对文艺工作者与工人阶级结合、积极参加政治生活的强调,是在马列主义发展的观点的指导下,对《讲

---

① 郭沫若:《在毛泽东旗帜下长远做一名文化尖兵》,《人民日报》,1952年5月23日。

② 茅盾:《认真改造思想,坚决面向工农兵!》,《人民日报》,1952年5月23日。

③ 夏衍:《纠正错误,改进领导,坚决贯彻毛主席的文艺方针》,《解放日报》,1952年5月23日。

④ 张庚:《在文艺整风中所体会到的几个问题》,《文艺报》,1952年第10期。

第二章 文艺发展与评论中的破和立:1949—1957年的延安文学研究

话》中具体文艺观点的新的阐释。

二、毛泽东文艺思想的再阐释

中华人民共和国建立后,一直到50年代初期,对毛泽东文艺思想的研究,由加强对《讲话》的学习延伸到对他的其他著作的关注,是这一时期对《讲话》进行研究的另外一个重要特点。在纪念《讲话》十周年的文章中,就多次提到对毛泽东《实践论》、《矛盾论》等著作的学习。在毛泽东的伟大领导下,中国终于推翻了帝国主义、封建主义和官僚资本主义的统治。因此,对毛泽东著作的学习有着对伟大领袖及其伟大智慧的崇拜。不论当时还是当下,毛泽东作为中华人民共和国领袖,作为伟大的思想家和政治家,都是值得尊敬的;毛泽东把中国的具体国情和马列主义理论结合,创造出的文艺思想理论是值得不断地学习和研究的。然而,在新中国成立后,对毛泽东著作的学习却有着另外一层重要的意义。那就是,对《讲话》中所没有展开阐述的理论给予了相应的补充。毫无疑问,从"五四"以来一直困惑了中国文艺界的"群众化"概念,毛泽东在《讲话》中给予了较为详细的解答,但是,作为一时一地座谈会的报告,它不可能对文艺领域的问题给予多方位的全面的阐释。茅盾在《认真改造思想,坚决面向工农兵!》中就提出:"在《延安文艺座谈会上的讲话》所没有详尽发挥的属于现实主义创作方法的基本原则的'学习社会'的问题,在《实践论》和《矛盾论》中便有了最详尽最精辟的指示。"①周扬为纪念《讲话》发表十周年所做的

---

① 茅盾:《认真改造思想,坚决面向工农兵!》,《人民日报》,1952年5月23日。

文章中更是明确指出:"毛泽东在他的两部伟大哲学著作《实践论》和《矛盾论》中所展开的关于历史的和辩证的唯物主义的丰富的思想,提供了一切站在无产阶级现实主义立场上的文艺工作者以最好的、最有力的理论武装。"①柳青的《毛泽东著作教导着我》则在学习《讲话》精神的基础上谈到了毛泽东的《湖南农民运动考察报告》,他说:"毛泽东同志《在延安文艺座谈会上的讲话》解决了我的许多的文艺思想上问题。他的出色的阶级观点分明而又热情充沛的著作《湖南农民运动考察报告》,在我自我改造的思想斗争最痛苦的时候,教育了我,鼓舞了我,使我有了足够的理智和意志坚持下去。"②随着时间的推移,中国具体的社会历史发生了巨大的变化,因此,对《讲话》的学习和研究就需要毛泽东其他的著作来补充。也只有这样,才能在新的历史条件下更为全面和正确地加强对《讲话》的学习和理解。

中华人民共和国成立后,到处洋溢着欢乐的气氛。文艺界也实现了来自新、老解放区和国统区的文艺工作者的大会师。在这种欢乐和谐的气氛中,文艺批评和研究也显现出其内在的宽容和丰富性。《人民日报》为纪念《讲话》发表十周年的社论中就提出:"开展文艺批评,是推进和提高文艺工作的重要条件。我们十分需要真正科学的、具体分析的、不仅是思想的而且是艺术的批评。只有这样的批评,才能给作家和读者以有益的帮助。在批评工作中要防止简单化、骂倒一切的粗暴现象。批评工作者不仅要有高度的马克思列宁主义的理论修养和各种政策知识,而且也要和作家一样去研究生活、了解生活,这样

---

① 周扬:《毛泽东同志〈在延安文艺座谈会上的讲话〉发表十周年》,《人民日报》,1952年5月26日。

② 柳青:《毛泽东著作教导着我》,《人民日报》,1951年9月10日。

第二章 文艺发展与评论中的破和立：1949—1957年的延安文学研究

才能做到不是从概念出发来批评作品，而是从生活出发来批评作品。"①毛泽东在《讲话》中就明确提出，文艺批评要"容许包含各种各色政治态度的文艺作品的存在"，"应该容许各种各色艺术品的自由竞争；但是按照艺术科学的标准给以正确的批判"。② 但是，在延安时期当时的敌我矛盾是主要矛盾的情况下，对《讲话》关于"文艺批评"的论述自然偏重文艺批评的斗争性，这在当时是必需的也是必要的。新中国成立后到50年代前期，对文艺批评的科学性的强调就表现为对《讲话》阐释表现出逐渐的全面性和科学性，是对延安时期以来对《讲话》进行文艺批评研究的重要发展。可惜的是，随着极"左"思潮的影响，这种科学的研究思路受到极大的冲击，对《讲话》的文艺批评研究也逐渐陷入误读的泥潭。

毛泽东在《讲话》中明确指出："中国的革命的文学家艺术家，有出息的文学家艺术家，必须到群众中去，必须长期地无条件地全心全意地到工农兵群众中去，到火热的斗争中去，到唯一的最广大最丰富的源泉中去，观察、体验、研究、分析一切人，一切阶级，一切群众，一切生动的生活形式和斗争形式，一切文学和艺术的原始材料，然后才有可能进入创作过程。"③这一时期的文艺工作者在对《讲话》的学习和研究中，坚持和发展着"与群众结合"的观点，继续加强对知识分子的思想改造。虽然这一时期对《讲话》阐释表现出逐渐的全面性和科学性。对毛

---

① 《人民日报》社论：《继续为毛泽东同志所提出的文艺方向而斗争——纪念毛泽东同志〈在延安文艺座谈会上的讲话〉发表十周年》，《人民日报》，1952年5月23日。
② 毛泽东：《在延安文艺座谈会上的讲话》，第31页，人民出版社，1975年版。
③ 毛泽东：《在延安文艺座谈会上的讲话》，第20页，人民出版社，1975年版。

泽东文艺思想的研究,由加强对《讲话》的学习和研究,延伸到对他的其他著作的学习和研究,呈现出对《讲话》进行文艺批评研究的重要发展。但是,通过以周扬、丁玲、郭沫若等为代表的文艺工作者对《讲话》新的阐释,来确立工人阶级领导的无产阶文艺思想对广大非无产阶级文艺思想的改造,实现延安文艺传统对全国文艺的舆论影响,仍然是这一时期对《讲话》研究的主要方向。

第二节 文学史著作的学术体认

出自文学史的观察和描述是对整个延安文艺发展脉络和代表作家、作品的把握,凝聚了不同时期研究者对延安文学的认知情况,也是现当代文学史写作的前期成果,有关史学命名、史料甄选、作家与文本阐释、叙述视野与方式等都因合作和独著之别、历史意识和研究方法的不同而各具特色,且逐渐沉积在当前著述中,成为我们当下文学史阐述的前提之一。因此,要了解延安文艺史学,就需要对这些著述进行比较与综合。本节择取几部20世纪40—70年代代表性文学史著作,对上述问题予以分析。

一、"延安文艺"的文学史命名

新中国成立初的文学史距离延安文艺较近,很多文学史编撰者曾亲历延安文艺演变过程,目睹过抗日战争的残酷、国民党的白色恐怖,也体验过抗战胜利和新中国建立的欢喜,而他

第二章 文艺发展与评论中的破和立:1949—1957年的延安文学研究

们对身边文艺现象的命名也便兼备文艺观念和历史叙述特有的自我区分意图。其中,有以地域概念命名的,如"抗日根据地文学"、"解放区文学";有以历史体认确立名称的,如"新的文学"。这三个概念在当时被普遍认同和使用。在叙述过程中,"抗日根据地"、"解放区"往往集中在以延安为中心的陕甘宁边区,实际上就是今天文学概念中的"延安文艺"。

40年代蓝海(田仲济)的《中国抗战文艺史》是第一部有关抗战时期文艺状况的专史,最早于1947年由现代出版社出版①。在这本书里,延安文艺就以"抗日根据地文艺"和"解放区文艺"的名称呈现:"抗日民主根据地文运的昌盛"、"根据地的报告"、"新天地新创作"、"解放区的新话剧"、"根据地的大众化诗歌",除第一章和最后一章的总结外,延安文艺分别以上述名称出现在该书的每一章中。②

在20世纪50年代先后出现的几部文学史中,这些相近的概念既有沿用,也有新变:王瑶写于抗战胜利、新中国成立之际的《新文学史稿》以1942年毛泽东《讲话》为分期界限,将之前的文艺命名为"抗战文艺",之后的文艺被称作"新的人民文艺"③,尽管写作时抗战和革命已经取得胜利,但使用与"国统区文学"相对应的"抗战文学"来涵括延安文艺的惯例依然存在。类似的用法还见于丁易的《中国现代文学史略》④、刘绶松的《中国新文学史初稿》⑤。如果说,这些著作因研究所涉及的

---

① 1984年朱德文教授参加该书增订工作,基本框架和概念未变,但增加三倍的篇幅,从8万字变为32万字。
② 蓝海:《中国抗战文艺史》,山东文艺出版社,1984年版。
③ 王瑶:《新文学史稿》,上海文艺出版社,1982年版。
④ 丁易:《中国现代文学史略》,作家出版社,1955年版。
⑤ 刘绶松:《中国新文学史初稿》,作家出版社,1956年版。

时段较长,命名时只能沿用既有概念,那么江超中的《解放区文艺概述》则因专题研究,为延安文艺在文学史中自立门户提供了借鉴。《解放区文艺概述》因教学需要而编撰,以延安为中心的陕甘宁边区以及晋察冀边区文艺为研究对象,概念所指已大体与现今所说"延安文艺"相对应。①

无疑,无论是在命名中突出"新",还是强调特定历史情境的"解放区"、"抗战",抑或强调文艺的"人民"属性,"延安文艺"在这一时期文学史中的命名,一方面是新中国成立前延安文艺统一观念和方向、确定理论和方法、树立经典和范式的结果,另一方面又是新中国成立初文学史编著者对晚近传统和历史脉络的清晰感知。

二、对象甄选逻辑与历史叙述变迁

德国哲学家恩斯特·卡西尔(1874—1945年)说:"必须历史地看待每一种文化客体,根据它所处的时代和它的来源来研究它;但是,我们也必须把这些文献理解为某种特定心态的表达,而这种心态又是可以被我们以某种方式重新感受的。这些物理性、历史性和心理性的概念持续地参与着文化客体的描述。"②在这个意义上,延安文艺的研究也是集体意识、个人意识和学术范式的综合。新中国成立初期,新的政权需要在意识形态上确立自己的合法地位和文化权威,于是那些关于革命历史的记忆又被重新唤回,此前形成的政治视域下的文学史意识

---

① 江超中:《解放区文艺概述》,百花文艺出版社,1958年版。
② [德]恩斯特·卡西尔:《人文科学的逻辑》,沉晖、海平、叶舟译,第118页,中国人民大学出版社,2004年版。

第二章 文艺发展与评论中的破和立:1949—1957年的延安文学研究

在新时期文艺研究突出工农兵文艺新方向的要求下,得到进一步凝练。

这种凝练首先表现在作家作品的选择上。创作方法上的"革命现实主义",创作内容的"宣传性"、"战斗性"、"阶级性",是编撰者甄选对象的依据。赵树理、刘白羽、柳青、周而复、杨朔、陈荒煤、蒋弼、孙犁、孔厥、康濯、菡子、葛洛、邵子南、崔璇、王林、华山、柯蓝、马烽、西戎等作家及其作品又是编撰者最关注的对象。丁易在《中国现代文学史略》中就列专节介绍赵树理,他评价说:"赵树理的成就在中国现代文学史上是具有很大的意义的,这意义首先在于他忠实地按照了毛泽东文艺路线从事创作实践,较早地取得了成绩,而这成绩又十分具体生动地证明了毛泽东文艺思想在创作实践上的胜利。"①

诚然,甄选符合标准的一部分对象,便意味着忽略另一些对象,倘若被放弃的研究对象同样具备文学价值,则违背了历史著述尊重史实、力求客观的原则,由此,导致历史与叙述之间潜在的矛盾张力。通常,著述者要么回避,要么收缩篇幅,要么顾左右而言他,对此,自发表之初便备受争议的作品,如丁玲的《在医院中》(初次发表于《谷雨》,题为《在医院中时》,1942年发表于重庆《文艺阵地》,更名《在医院中》)就是一个可供观察的例子。王瑶《新文学史稿》相对客观地评述说:"……的确写出了一个小资产阶级女性走向革命的心理和过程。这些小说都朴素而优美。"②蓝海在《中国抗战文艺史》中,也以比较大的篇幅谈到了当时已经被批判的丁玲,并肯定了一同被批判的作品《在医院中》的文学意义,他认为,"小说值得肯定的积极意

---

① 丁易:《中国现代文学史略》,第404页,作家出版社,1955年版。
② 王瑶:《新文学史稿》,第449页,上海文艺出版社,1982年版。

义,主要在于它试图挖掘'许多痛苦,许多摩擦'造成的主客观原因"①。换言之,著述者时常要透过政治色彩直抵作品文学意义。

从王瑶的《新文学史稿》到丁易《中国现代文学史略》,不断沿袭和强化着文学史的政治色彩,代表着50年代文学研究的学术主流,并产生了很大的影响。《中国现当代文学学科概要》谈到丁易的《中国现代文学史略》时说:"编者总是充当既定理论的诠释者和宣传者,一部文学史著作的成功,主要取决于对既定理论诠释的完满与丰富。个人的才华和识见并不重要,审美体验等主体性的切入有时还变得多余,于是'我'就在文学史写作中被隐匿或排挤,不再充当事实上的历史叙述者。"②到刘绥松的《中国新文学史初稿》,这种文学史倾向达到极致。著者开篇就说:"在阶级社会的任何时代里被写下的历史书籍,都是一定阶级给予过去时代的社会制度、社会生活和社会思想的一种叙述、解释和总结,里面强烈地贯穿着以阶级对待问题和处理问题的立场、观点和方法,具现着这一阶级在这一时代的特定的、具体的历史要求,维护什么和反对什么。毫无问题,在任何时代被写下来的历史书籍都是阶级斗争的产物,都是为某一阶级的经济利益和政治利益服务的。"③进而明确表态:"一九四二年毛泽东主席《在延安文艺座谈会上的讲话》的发表,使得我们整理和研究新文学历史的工作有了极其明确的理论指导。"这表明了著者写作本书的理论依据。在作家作品入史的

---

① 蓝海:《中国抗战文艺史》,第214页,山东文艺出版社,1984年版。
② 温儒敏:《中国现代文学学科概要》,第86页,北京大学出版社,2005年版。
③ 刘绥松:《中国新文学史初稿》,第1页,作家出版社,1956年版。

第二章 文艺发展与评论中的破和立:1949—1957年的延安文学研究

问题上,他表态:"凡是为人民的作家,就是'我',就要给他们主要的地位与篇幅,指出他们思想中的高度思想性和艺术性(自然,也要指出历史和时代给予他们的限制),叙述和评价他们在文艺战线上的战斗实绩,号召我们更好地学习他们,继承他们。凡是为着剥削者和压迫者的反人民的作家就是'敌',我们就要给他们的作品以无情的揭露和批判,指出他们思想的反动性,不把主要篇幅花在他们身上。"①至此,延安文艺的文学史叙述部分,革命运动成为叙述的线索,政治历史事件是分期的准则,形势分析和思潮运动是叙述的主体,歌颂"新主题"、"新人物"和"新形式"是叙述作家作品的关键。著者的情感、想象、形式感等审美因素也逐渐被镀上了政治色彩,文学本体的研究淡出著述者的视野。

三、文学史阐释的个性差异

尽管新中国成立初期的延安文艺研究在观念和结论上不无趋同,但由于研究者掌握史料有多寡之别,阐述史料各有方法,因此,各著述也有一些个性化的因素值得关注。

王瑶《新文学史稿》叙述延安文艺时,著者让大量史料自己说话,以引用作家自述和同代人的权威评论为特征,如在第十八章"新型小说"一节论及赵树理时,仅在四页篇幅中,就两次引用周扬、一次引用茅盾的文字。② 这种方式表面看来"粗糙",甚至后人因此而诟病此书,实则,它是当时语境下的一种

---

① 刘绶松:《中国新文学史初稿》,第3页,作家出版社,1956年版。
② 王瑶:《新文学史稿》,第650—654页,上海文艺出版社,1982年版。

学术策略,今天看来,这种"以史代论"的叙述方式不仅保留了大量丰富的研究资料,更在一定程度上还原了延安文艺的史实,更有利于历史感的生发。对王瑶的这种做法,温儒敏在《中国现代文学学科概要》中评述说:"有时王瑶是用引文表达的观点来证实作家的论述,几种声音可能是重合的;但在许多情况下,作者的声音和引文的声音会有差异,彼此并列更凸显了这种差异,或互相弥补,或互相抗衡,众声喧哗,相克相生,形成超文本的对话。"①

蓝海的《中国抗战文艺史》则以宏观视野取胜。该书把延安文艺放进中国现代文学的长河中,对延安文艺的叙述有侧重,有典型,既有对延安文艺面貌的呈现,也有对代表性的文学现象和文艺论争的阐释。作者以大事记的方式,从1923年邓中夏主张文学要"儆醒人们使他们有革命的自觉",到1926年郭沫若主张青年文学家要成为"革命文学家",再到1930年左翼作家联盟的"理论纲领",到抗日战争时期的"文章下乡,文章入伍",一直到《讲话》对"为群众和如何为群众"的问题的进一步阐释和解决,指出"为群众"的问题,是在中国现代文学的发展进程中一直存在、逐渐明确的。作者认为,毛泽东的《讲话》通过对马列文论的吸收和发展,从理论上解决了中国现代文学长期发展过程中一直存在的问题,从而推进了中国现代文学向社会主义现实主义的过渡,为其指出了明确的方向和具体可操作的方法。② 这样的梳理过程不仅在事实上强调了《讲话》在理论上的重要性,更给出当时延安文艺"衣服是工农兵,面孔却

---

① 温儒敏:《中国现代文学学科概要》,第86页,北京大学出版社,2005年版。

② 蓝海:《中国抗战文艺史》,山东文艺出版社,1984年版。

第二章 文艺发展与评论中的破和立:1949—1957年的延安文学研究

是小资产阶级"的文学作品合理存在的解释。著者正是通过把延安文艺与五四新文学、左翼文学放在一起,追本溯源,才得出如此这般的结论。

1955年7月由作家出版社出版的丁易的《中国现代文学史略》沿袭且强化了政治文学史色彩,代表着50年代文学研究的学术主流。与以上著述不同,著者首先从苏区文艺运动谈起,认为苏区文艺运动是文艺和工农兵结合,向工农兵方向发展的开始,延安文艺也"首先是继承并发扬了苏区工农红军的文艺活动的优良传统"①。一定程度上,从苏区文艺开始谈延安文艺,意味着著者的起点和终点趋于重合,回到了特定的文艺现象内部,回避或简化异质因素、主体意识和创作多样性。

唐弢在《关于重写文学史》中认为:"文学史可以有多种多样的写法,不应当也不必要定于一尊。不过文学史就得是文学史,它谈的是文学,是从思想上艺术上对文学作品的分析与叙述,而不是思想斗争史,更不是政治运动史。"②虽然这一时期延安文艺的文学史叙述呈现着在资料上较为欠缺、内容上相对粗疏的状况,但是,在当时臧否分明的文艺风气下,他们竭力保持客观,从不同文艺角度对延安文艺进行了整理并给予了中肯的建议,对延安文艺的研究发出了别样的声音,是极为可贵的。另外,上述著者能把延安文艺放在中国社会的整体系统和中国现代文学的动态系统中,把它看作中国现代文学的一个特殊阶段,揭示了它的重要性,这对后来的延安文艺研究提供了可贵的视角、鲜活的史料,并产生了长久的影响。

---

① 丁易:《中国现代文学史略》,第391页,作家出版社,1955年版。
② 唐弢:《关于重写文学史》,第300页,《求是》,1990年。

第三节　主要时评的新经典阐述

斯大林文学奖是苏联当时专门为在科学、技术、文学、艺术、建筑等领域有杰出成就的人所设立的。1951年,中国三部作品同时获得这个奖项,分别是丁玲的《太阳照在桑干河上》、周立波的《暴风骤雨》、贺敬之和丁毅的《白毛女》。就文体来说,前两者同属于小说,而《白毛女》属于歌剧。作品的获奖不仅意味着作家及其作品在国际上得到一定范围的认可,也意味着新的经典不断诞生,与之相关的研究也便在1949—1955年间大量出现。本节选择这些重要案例进行讨论。

一、丁玲与周立波及其作品研究

1. 评论、自述与新经典的确立

丁玲和周立波的两部作品获得了斯大林文学奖,在当时引起了热烈的讨论,评论文章相继涌现,如《丁玲的〈太阳照在桑干河上〉》、《〈太阳照在桑干河上〉在我们文学发展上的意义》、《也谈〈太阳照在桑干河上〉》、《从〈暴风骤雨〉里看东北农村新人物底成长》、《暴雨骤雨》、《我们从〈太阳照在桑干河上〉与

第二章 文艺发展与评论中的破和立：1949—1957年的延安文学研究

〈暴风骤雨〉里学习什么》等。①

对周立波的《暴风骤雨》的讨论主要集中在他的小说中展现的新的人物形象,具体来讲就是农村土地改革这个伟大的历史变革时期所出现的新的人民形象。周立波对他的小说里人物形象的设定,是饱含着对中国伟大历史变革的赞美和充沛的政治热情的。这与作家本身的生活经历有着密切的关系:白区的生活经历,使他亲眼看见国民党的残酷;两年的监狱生活,使他亲历了人生的无助和绝望。日军全面侵华战争爆发后,他辗转到西安,随后到了延安。这一个漫长和曲折的过程正是一个青年走向革命、走向中国新的希望的艰难的过程。所以,周立波对中国共产党、对无产阶级是饱含着由衷的敬仰之情的。虽然在延安生活的初期,他也同其他刚到这里的知识分子一样,有着一些小资产阶级思想。毛泽东的《在延安文艺座谈会上的讲话》对周立波的思想和观念产生了极大的冲击和教育。当时周立波是鲁迅艺术学员的教员,教的课程是"名著选读"。据当年文学系的学生陈涌回忆,他是一个分析起作品来细致入微、条理清晰、举止优雅、风度翩翩的人。从这形象上都可以想象出他当时作为知识分子的清冷气质。然而,在文艺座谈会后,他从形象和思想上逐渐成为一名真正的革命战士。在谈到《暴风骤雨》的写作经过时,他一开篇便这样说道:"人民文艺工作者必须有无产阶级的立场和观点,有马克思列宁主义和毛泽东

---

① 陈涌:《丁玲的〈太阳照在桑干河上〉》,《人民文学》,1950年第2卷第5期;冯雪峰:《〈太阳照在桑干河上〉在我们文学发展上的意义》,《文艺报》,1952年第10期;齐谷:《也谈〈太阳照在桑干河上〉》,《光明日报》,1950年12月23日;蔡天心:《从〈暴风骤雨〉里看东北农村新人物底成长》,《东北文艺》,1950年3月15日;陈涌:《暴雨骤雨》,《文艺报》,1952年6月25日;熊白施:《我们从〈太阳照在桑干河上〉与〈暴风骤雨〉里学习什么》,《中国青年》,1951年12月8日第80期。

思想的修养；必须参加群众的火热的斗争,体验群众的丰富的生活,才能从事于创作。"①陈涌在题名为《暴风骤雨》的文章里,就认为强烈的政治热情是周立波创作活动中特别显著的特点。陈涌甚至认为,对于周立波来说,如果没有这样热烈的政治情感,就没有他作为艺术家的生命,所以,《暴风骤雨》中新的人物形象都是在现实斗争中呈现出来的。

蔡天心的《从〈暴风骤雨〉里看东北农村新人物底成长》也是当时代表性的评论文章之一,主要代表了当时对这部小说所塑造的新的人物形象的一般态度。在蔡天心看来,《暴风骤雨》最成功的地方就是作者饱含着对农村伟大变革歌颂的热情,创造出的新的人物形象对工农群众起到的鼓舞作用,这也是当时的评论者共识性的认识。

毛泽东在《在延安文艺座谈会上的讲话》中谈到文学创作时对暴露和歌颂的问题作了较为详细的阐释,对于敌人要不遗余力地去暴露,对于人民的缺点要以教育的态度去批评。他认为,周立波在塑造老孙头这个艺术形象时,对于他身上的胆小、自私等性格中的落后性,作者是以一种真诚而饱含善意的情感去对待的;对于杨老疙瘩和韩长脖子这样的人,作者才是以最憎恶和鄙夷的态度去叙述的。因此,陈涌认为周立波的《暴风骤雨》是对毛泽东《在延安文艺座谈会上的讲话》做了很好的创作示范,而这种示范意义也是这部作品在文学史上的价值所在。

但同时,与丁玲的《太阳照在桑干河上》比较,当时的大多数的评论文章也对周立波人物的塑造过程提出了善意的批评。

---

① 周立波:《〈暴风骤雨〉的写作过程》,《中国青年报》,1952年4月28日。

第二章 文艺发展与评论中的破和立:1949—1957年的延安文学研究

比如蔡天心认为,因为缺少对人物内在思想斗争的描写,使读者对一些人物有着概念化的认识,如赵玉林和郭全海;由于缺少对积极因素如何克服消极因素的斗争过程的叙述,使读者对一些形象的认识感到模糊和单薄,如老孙头,似乎自始至终都是那样,并没有看到他在现实斗争和生活过程中展现出的变化。陈涌也谈到了同样的问题,他认为,对新的英雄人物和新的农村人民形象的塑造是《暴风骤雨》的优点,同时缺点也与优点并存,那就是对人物形象的描写缺乏由现实的复杂而持有的冷静和客观的观察。虽然蔡天心和陈涌的表达不完全一致,但本质思想是一样的。他们的这一观点也代表了当时的普遍认同。他们认为周立波的缺点归根结底还是源于作家对现实生活的观察、认识和研究不够深入。对这个问题的认识,就涉及了对"现实主义"创作方法的认识。这是延安文艺座谈会之后,文艺创作中一个重要的问题。经过世界各国伟大文学家的创作实践,现实主义理论在20世纪日趋完善。现实主义表现在文学创作中,主要的内涵之一就是历史性。所谓的历史性,指的是文学创作中,往往通过某一个具体时期的政治、经济和文化等具体的现实矛盾,来表现人与社会的辩证法则。而且认为,作为文学创作者的作家,只有在对生活的现实认识和研究得愈加深刻细致的情况下,才能在文学作品中呈现真正的现实主义。在这一点上,蔡天心谈到了他对"革命的现实主义"的认识。他认为周立波对"革命的现实主义"的理解是有偏差的,在他看来,虽然"革命的现实主义"不等同于自然主义式的单纯的对现实的描绘,但也不能回避本质事物的冲突而去刻画人物,这样就造成前面谈过的周立波描写人物过于单薄和模糊。无独有偶,冯雪峰在评论丁玲的《太阳照在桑干河上》时,也谈到了作品创作时的现实主义问题。不同的是,蔡天心是以自然主义为参照谈革命的现实主义;冯雪峰是以新旧现实主义为对比,来谈无产阶级的现实主义。在他看来:"旧现实主义(即资产阶级古典现实主义,或称批判的现实主义),通过人物内在矛盾与心理分析去写人物,这在基本上是正确的,是我们可以取法的;但旧的现实主义作家,在进行分析时也常常把人物的心理脱离社会而孤立起来的那种错误,这就和无产阶级的现实主义不同。"①由此可见,这一时期,现实主义是对作家作品批评研究的重要方法。

周立波通过长期的战斗和乡村生活经验,积累了相当丰富的群众语言,他在《暴风骤雨》中展现出的单纯而风趣的语言风格也是他这部小说得到赞赏的另外一个原因。这一点也是周立波对大众化语言的积极尝试,并且成绩极为显著地而受到了一致的好评。但是,当时的评论家也以一种比较客观和审慎的态度,对他的语言风格提出了不同的意见。例如,陈涌就认为,周立波语言方面采用了一些东北地区以外的人们很难理解的方言,这种地域方言的局限性在很大程度上限制了更多的读者对这部作品的理解。

陈涌对《暴风骤雨》和《太阳照在桑干河上》的比较性评价可以说反映了这一时期读者对这两部同时获得斯大林文学奖的作品的整体认同。他说:"不少读者认为《暴风骤雨》在思想性方面,在反映现实的深度方面,较之《太阳照在桑干河上》是逊色的。然而《暴风骤雨》也自有其优点,其中也有一些为《太

---

① 冯雪峰:《〈太阳照在桑干河上〉在我们文学发展上的意义》,原载于1952年5月25日《文艺报》第10号。另见袁良骏:《丁玲研究资料》,第285页,知识产权出版社,2011年版。

第二章 文艺发展与评论中的破和立:1949—1957年的延安文学研究

阳照在桑干河上》所不及的形式上的优点。"①这里谈到的《暴风骤雨》在思想性上要比《太阳照在桑干河上》逊色一些,主要讲的是《暴风骤雨》对在现实斗争中人物性格塑造的欠缺性,而丁玲在这一点上却相对成功。《太阳照在桑干河上》在形式上又逊色于《暴风骤雨》,主要讲的是《暴风骤雨》语言风格的单纯、活泼和叙述的简单明洁,而丁玲在《太阳照在桑干河上》中的语言还"缺少群众语言的光彩与魅力"②。这些创作上的不同,显然与作家长期的创作经验和生活体验有着十分密切的关系。

丁玲因在《小说月报》上发表《莎菲女士的日记》和《梦珂》而成名,也奠定了她小说中细腻的心理分析和描写的创作风格。虽然在进入延安经过整风和延安文艺座谈会后,她的创作与之前有了天壤之别,但精于心理描写的创作经验却仍然是她新的作品成功的重要因素之一。她的《太阳照在桑干河上》是最初表现中国土地改革运动的长篇小说。这篇小说可以说是丁玲长期对自己从思想到创作自我改造的成果。刚到延安的时候,作为一位年轻的女性作家,她敏感的创作触觉使她陷入忧伤和困惑,在《〈陕北风光〉校后记所感》中她曾这样写道:"在陕北我曾经经历过很多的自我战斗的痛苦,我在这里开始来认识自己,正视自己,纠正自己,改造自己。"③在延安文艺座谈会之后,丁玲的生活和思想发生了翻天覆地的变化,在创作

---

① 陈涌:《丁玲的〈太阳照在桑干河上〉》,《人民文学》,1950年9月1日第2卷第5期。
② 陈涌:《丁玲的〈太阳照在桑干河上〉》,《人民文学》,1950年9月1日第2卷第5期。
③ 丁玲:《〈陕北风光〉校后记所感》,原载于《人民文学》,1950年第6期。另见袁良骏:《丁玲研究资料》,第108页,知识产权出版社,2011年版。

主题上和语言风格上都开始有意识的练习。练习什么呢？练习写如何正确地塑造工农兵形象，练习如何使用群众所喜闻乐见的文学形式和语言风格，练习如何实现文学作品对人民的教育和指导任务。从《田保霖》开始，丁玲在一篇接一篇的作品中，努力地改造着自己的阶级意识和情感，把马克思列宁主义及其艺术观念作为自己文学创作的基本原则，《太阳照在桑干河上》就是在这样的生活和思想的转变过程中产生的。

2．文学史视野与典范的阐释

文学史叙述是这一时期对丁玲和周立波研究的另一个主要特点。

谈丁玲的《暴风骤雨》的文学史意义，自然不可忽视冯雪峰的《〈太阳照在桑干河上〉在我们文学史发展上的意义》。冯雪峰的这篇文章不仅在当时确立了《太阳照在桑干河上》的文学史意义，而且对之后甚至当下的丁玲研究都产生了重大的影响。他的这篇文章和同时期的评论性研究文章对比来看，具有较强的学理性和总结性，也更具有研究性特色和意义。在这篇文章里，冯雪峰从对《太阳照在桑干河上》的具体印象式的分析入手，对这部小说给予了高度的评价。在他看来，当时社会大环境是由土地改革引发的农民变天性质的伟大变革，这种变革是翻天覆地的，打破了以土地关系决定的长期以来的农民被地主阶级束缚的模式。这种由土地关系产生的震动是巨大的，不仅在生活上改变了人们的生活方式，更是对社会各个阶层的心理产生了强大的冲击。因此，在他看来，这一具有历史性的转折也应该以一种历史性的叙述被文学记载。这与当时党的文艺政策紧密相连，提倡无产阶级现实主义，提倡从实际出发的工农兵方向。在冯雪峰看来，当时的文学创作尽管已经在现实

第二章 文艺发展与评论中的破和立：1949—1957年的延安文学研究

主义道路上取得了显著的成绩，但依然有着脱离生活和脱离群众的现象，甚至从概念出发，逆现实主义而行。冯雪峰对丁玲的《太阳照在桑干河上》的高度认可，正是源自于他对当时历史变革和文学风向的深刻了解和认识。他认为，丁玲的《太阳照在桑干河上》的出现不仅在事实上代表着无产阶级现实主义的成长，更对当时反现实主义创作倾向的有着典范性的教育意义。因此，他定义丁玲的这部作品有着史诗性意义，为之后对丁玲这部小说的研究奠定了评判基调。他说："我认为这一部艺术上具有创造性的作品，是一部相当辉煌地反映了土地改革的、带有一定高度的真实性、史诗性的作品；同时，这是我们社会主义现实主义的最初的比较显著的一个胜利，这就是它在我们文学发展上的意义。"①

这一时期影响力较大的几部文学史，如王瑶的《新文学史稿》、丁易的《中国现代文学史略》、刘绶松的《中国新文学史初稿》，对《太阳照在桑干河上》和《暴风骤雨》的评价几乎是共识性的。一方面，是从作品主题和新人物形象塑造的成功对这两部作品作为无产阶级文学、作为社会主义现实主义的伟大进步给予高度的肯定。丁易认为："《太阳照在桑干河上》和《暴风骤雨》就是反映一个具有伟大的历史意义的农村的变革的。在这两部作品出现之前，中国还没有过像这两部作品一样，从整个过程来反映土地改革的作品；全国解放以后，中国共产党和中央人民政府领导全国农民在全国范围内进行了土地改革，反映在文学创作上也出现了不少的作品，但到目前为止，仍然还没

---

① 冯雪峰：《〈太阳照在桑干河上〉在我们文学发展上的意义》，原载于1952年5月25日《文艺报》第10号。另见袁良骏：《丁玲研究资料》，第287页，知识产权出版社，2011年版。

有一部能超过这两部作品所达到的水平。因此,这两部作品至今仍是中国反映土地改革的代表作。"①他对这两部作品的总结性评价可以说是代表了这一时期文学史家的整体认识。另一方面,是从对《太阳照在桑干河上》和《暴风骤雨》的比较的角度对两部作品的思想性和语言形式的分析。王瑶在谈到这两部作品时,在认可大多读者认为《太阳照在桑干河上》在思想性上要优于《暴风骤雨》的同时,也提出《暴风骤雨》在语言形式上明快和单纯性也是《太阳照在桑干河上》所不及的。丁易在他的《中国现代文学史略》中也谈到,虽然这两部作品的阶级立场和主题思想是一致的,但却有着各自不同的特点和成就。

综上所述,这一时期,丁玲的《太阳照在桑干河上》和周立波的《暴风骤雨》获得斯大林文学奖,是实践毛泽东文艺思想的又一重大胜利,是文艺工农兵方向上的明显进步,更是中国现代文学史的光荣。

二、袁静、孔厥与《新儿女英雄传》

1949—1955年,在对延安文艺小说创作的研究中,对《新儿女英雄传》的介绍和评论是一个热点。在党的文艺方针,尤其是毛泽东《在延安文艺座谈会上的讲话》的引导下,对文学的教育意义的探讨是对文学功能性研究的重点之一。对这篇小说的评论就主要集中在小说对各界人士的教育意义,具体地体现在对小说中英雄人物形象的分析。王亚平的《介绍〈新儿女英雄传〉》是其中具有代表性的介绍评论性文章。在这篇文章

---

① 丁易:《中国现代文学史略》,第404—405页,作家出版社,1955年版。

第二章 文艺发展与评论中的破和立:1949—1957年的延安文学研究

里,作者以对作品内容整体性的简单介绍为线索,从文学本身的身份性对"英雄"人物形象进行了分析。在他看来,《新儿女英雄传》描述的历史时期,正是中国革命走向胜利,人民群众翻身当家做主,从没有文化到接受正确的政治主张,并参与中国命运的过程。因此,这一阶段也正是新的人物成长、新的性格和新的高贵品质的生成过程。综上,王亚平认为,表现新的人物也必然要开始进入文学,并逐渐占据着重要的地位。也正因为如此,他认为《新儿女英雄传》的作者在描述肯定性人物性格上达到了一个新的成功的境界。王亚平对这篇小说英雄人物的分析可以说代表了当时的普遍认识。①

以读后感的形式进行分析,也是这一时期对这篇小说教育意义的另一种形式的呈现。代表性的有王仲元的《〈新儿女英雄传〉给了我些什么》、萧也牧的《向青年读者推荐一部好小说——〈新儿女英雄传〉读后感》。萧也牧在他的文章里,肯定了《新儿女英雄传》描写抗日战争面貌的全面性和系统性;肯定了《新儿女英雄传》在描写新的英雄人物成长过程的完整性;肯定了《新儿女英雄传》主题正确性。因此,他认为,《新儿女英雄传》对青年政治思想有很大的教育意义。② 王仲元则更多的是从作为文艺工作者本身所受到的教育意义出发来谈《新儿女英雄传》的。他说通过对《新儿女英雄传》的阅读,他彻底弄清了"谁在抗日",他认识了人民的伟大。在文章末尾,他直白地表达:"今后我愿意学习作者那种深入群众,虚心学习群众的生活、思想、言语和情感的精神,努力在思想上和文艺写作上提高

---

① 王亚平:《介绍〈新儿女英雄传〉》,《人民日报》,1949年5月25日。
② 萧也牧:《向青年读者推荐一部好小说——〈新儿女英雄传〉读后感》,《中国青年》,1949年第27期。

自己,用文艺来为人民服务!"①

此时,对《新儿女英雄传》也不只是有赞赏的声音,对他的批评主要集中在思想内容上。这一时期正是中国共产党减租减息经济政策的推行阶段,因此一些文章认为《新儿女英雄传》没有很好地表现这一方面,呈现着思想内容上的欠缺。例如,吴奔星的《略谈〈新儿女英雄传〉》中就具体谈道:"其次是对党在战时各种经济政策,特别是减租减息的政策,没有予以很好的表现。因为减租减息等政策,是党发动农民支持抗战的真实的物质基础,对这一个基础表现得不够,就使得作品中所写的……的乐观、仁义、英雄主义从何而来,又如何得到巩固与发展,都成为不可理解的事。虽然第二回写了减租减息的斗争,第十五回写了反倒算的斗争,但比重是那么小,同时又是孤立的穿插,跟全书的情节没有血肉的关联。这样就不能使读者在欣赏解决民族矛盾的过程中,同时看到广大……的民生民主的要求。因此,这部作品就降低了它的真实性和思想性。"②

三、《王贵与李香香》和《白毛女》

1. 对《白毛女》的研究

《白毛女》是延安文艺座谈会后歌剧发展的重大成就。"白毛女"最初是流传在晋察冀边区的一个民间故事,后来传到了

---

① 王仲元:《〈新儿女英雄传〉给了我些什么》,《人民日报》,1949年7月20日。
② 吴奔星:《文学作品研究》,第一辑,第227—228页,东方书店,1954年6月第1版。

第二章 文艺发展与评论中的破和立:1949—1957年的延安文学研究

延安,成为由丁毅、贺敬之执笔,融合了作家、戏剧家、工人、农民、战士等意见的集体创作成果。这部作品创作于第二次世界大战即将取得胜利的阶段,因此融合了强烈的阶级情感和浪漫主义情绪,展现了中国农民阶级即将推翻地主阶级、翻身做主人的乐观主义精神。作为一部歌剧,《白毛女》的成功塑造了以"白毛女"为代表的,坚贞不屈、顽强抗争的中国劳苦大众的形象。这也是当时对这部歌剧评论和研究的重点之一。"白毛女"形象使读者和观众产生共鸣,更加清醒地意识到自己所受苦难的根源,更加激发了对阶级敌人痛恨,也因此产生更加激烈的反抗动力。这部作品所反映的阶级矛盾也是当时评论和研究的另外一个重点。这与当时党的文艺政策是密切相关的,丁毅在《歌剧〈白毛女〉创作的经过》①中比较详细地介绍了这个歌剧的产生过程,其中最直接的影响就是毛泽东的《在延安文艺座谈会上的讲话》。在他看来,《白毛女》主题的确定、形象塑造的定型,乃至取得的成功,正是对马克思列宁主义和毛泽东著作不断学习和实践的结果。周扬说:"《白毛女》、《血泪仇》,为什么能够突破从来新剧的纪录,流行如此之广,影响如此之深呢?其主要原因就在:它们在抗日民族战争时期尖锐地提出阶级斗争的主题,赋予了这个主题以强烈的浪漫的色彩,同时选择了群众所熟习的所容易接受的形式。《白毛女》是在秧歌剧的基础上,创造新型歌剧的一个最初的尝试。"②

王淑明的《〈白毛女〉奠定了中国新歌剧的基础》,可以说是

---

① 丁毅:《歌剧〈白毛女〉创作的经过》,《中国青年报》,1952年4月18日。
② 周扬:《新的人民的文艺》,见中华全国文学艺术工作者代表大会宣传处《中华全国文学艺术工作者代表大会纪念文集》,第76—77页,新华书店,1950年版。

这一时期对《白毛女》研究的具有总结性质的文章。在这篇文章里，作者从《白毛女》对新歌剧发展的意义角度，对这部歌剧进行了学理性的分析。他认为《白毛女》之所以产生如此大的影响力，是形式和内容相结合的成功，这也正是文艺座谈会以来一直强调的文艺创作方向。在形式上，《白毛女》充分使用了具有民族特色的音乐、语言、演出形式。民众对这些是极为熟悉的，所以，这种喜闻乐见的形式首先就得到读者和观众的喜爱，也就更容易被接受和被传播。在内容上，通过对"白毛女"形象的塑造，成功揭示了中国封建社会最基本的阶级矛盾，表达了劳动人民强烈的阶级斗争意识。歌剧中以黄世仁为代表的地主阶级的丑恶和狰狞，以杨白劳为代表的老一辈农民阶级所遭受的苦难，以喜儿和大春为代表的新生的农民阶级形象，都是广大群众所熟悉的，乃至就是"他们自己"。所以，这部歌剧极为容易获得读者和观众的共鸣，也更激发了他们争取自己的权利、推翻地主阶级的统治、做自己的主人的热情。这也是这部歌剧所产生的现实意义。在他看来，这部歌剧不仅揭示了农民与地主阶级的矛盾，更提出了解决的办法，那就是农民斗争和无产阶级领导的结合。王淑明认为，这是新现实主义创作和旧现实主义创作的重要区别，因此他评价《白毛女》："这是一篇描写和歌颂农民对地主斗争胜利的真实的史诗，这又是中国新文艺作品在新歌剧创作应用新现实主义创作方法的最初一次巨大成功。"[①]可以说，《白毛女》对民族形式的使用、对阶级斗争主题的明确为中国新歌剧的发展奠定了基础。这部作品当时的成功以及对新歌剧创作的影响对今天我们创作具有中

---

① 王淑明：《〈白毛女〉奠定了中国新歌剧的基础》，《文艺报》，1952年第11—12期。

第二章　文艺发展与评论中的破和立:1949—1957年的延安文学研究

国精神和中国气派的文艺作品都有着深刻的启发意义,只有继承和发扬具有民族特色的文艺创作传统,才能在世界文学之林中绽放出独特的光彩。

王瑶在《新文学史稿》"歌剧与话剧"一节中,是这样总结的:"就这一时期的戏剧创作说,确乎是'百花齐放'状态,各种面貌不同的新的歌剧和话剧都出现了;而内容上则完全表现了人民革命胜利过程中的各种丰富动人的事迹和场面。在基本精神上,国统区作品和解放区作品是完全相同的,都是以表现人民的生活及其斗争为中心。这不只是'戏',也是人民的战斗和胜利的画面。"①

2. 对《王贵和李香香》的研究

《王贵与李香香》的演出是这一时期影响力较大的另外一部歌剧作品。该剧是一首以信天游形式写成的民歌体叙事长诗,后来改编为淮剧现代戏。这首诗以王贵和李香香为代表的儿女英雄的命运与当时时代变幻紧密地联系在一起,歌颂了新社会和新人物,暴露了地主阶级的罪恶。这首诗歌的问世开辟了解放区叙事长诗的新时代,不仅确立了李季在诗歌领域的地位,更是诗歌领域实践文艺工农兵方向最初和最重要的成果之一。《王贵与李香香》1946年9月22日在《解放日报》发表后,就受到了热烈的好评,茅盾、郭沫若和陆定一等都撰文推荐这首诗歌,从内容和形式上都给予了充分的肯定。对于这首诗歌改编为歌剧演出,当时比较重要的评论和研究文章有《关于〈王

---

① 王瑶:《新文学史稿》,第752页,上海文艺出版社,1982年11月版。

贵与李香香〉的演出》①、《评〈王贵与李香香〉》②、《音乐的戏剧 戏剧的音乐》③、《评歌剧〈王贵与李香香〉的音乐》④。这些文章都从歌剧音乐的角度对《王贵与李香香》的演出给予了相应的肯定和积极的建议。马可在《评歌剧〈王贵与李香香〉的音乐》中,由《王贵与李香香》的演出谈到了如何采用民歌的问题,他详细地谈了民歌的优势,他认为:"民歌,是人民大众的集体创作,它凝结了人民的生活、思想、情感,它积累了无数歌手们的心血,它有着典型的代表性,它又有着曲调的集中性和平易性,这种集中性和平易性,常常是深深感动观众的重要因素,也常常是我们所写的曲调中最感到缺乏的一种因素。"⑤因此,他认为对于戏剧中民歌的使用来说,关键是秉持现实主义创作方向上对民歌的加工和提高。

四、赵树理与人民的文学

如果说20世纪40年代赵树理研究是对群众意识及其创作范式的初步确认,那么,到50年代以后,围绕作家与创作、作家与文本、文本与形式的诸问题的探讨则进入理论阐释阶段,

---

① 牧虹:《关于〈王贵与李香香〉的演出》,第31—32页,《文艺报》,1950年第2期。

② 章牧:《评〈王贵与李香香〉》,第35—36页,《文艺新地》,1951年第3期。

③ 李焕之:《音乐的戏剧 戏剧的音乐》,第18—20页,《人民音乐》,1951年第A1期。

④ 马可:《评歌剧〈王贵与李香香〉的音乐》,第12—20页,《人民音乐》,1951年第A2期。

⑤ 马可:《评歌剧〈王贵与李香香〉的音乐》,第12—20页,《人民音乐》,1951年第A2期。

第二章 文艺发展与评论中的破和立:1949—1957年的延安文学研究

而诸多阐释虽各有侧重,但实际上无不围绕文艺的人民性、文艺的时代性等问题展开。

1. 文学源泉:作家经历与艺术体验

赵树理创作的小说成为《在延安文艺座谈会上的讲话》发表后新型小说的旗帜,他自身成为实践毛泽东文艺指示的代表作家,成为在人民文艺的中国作风和中国气派上的杰出代表。当然,并非赵树理所有的创作都受到热捧,就创作体验和政治倾向而言,一些略有争议的作品无形中也在不断强化延安文艺界就人民性问题的共识。例如50年代,赵树理回到山西老家,创作出了第一部描写农业合作化运动长篇小说《三里湾》。这部小说一经出版就引起了极大的关注。评论《三里湾》的文章一篇接一篇地涌现,如车薪的《读〈三里湾〉随感》、俞林的《〈三里湾〉读后》、李伟的《反映农村新面貌的优秀小说——〈三里湾〉读后》、袁珂的《读〈三里湾〉》、王愚的《读〈三里湾〉中的人物描写》、刘秉鉴的《读〈三里湾〉》、康濯的《读赵树理的〈三里湾〉》、鲁达的《缺乏爱情的爱情描写——谈〈三里湾〉中的三对青年的婚姻问题》、傅雷的《读〈三里湾〉在情节处理上的特色》、高山的《傅雷评〈三里湾〉》、巴人的《〈三里湾〉读后感》。与此同时,《三里湾》被改编为评剧在国内上映,引起诸多评论,代表之作有巴人的《略谈赵树理同志的创作》。再如,1959年赵树理的小说《锻炼锻炼》发表,作者在这篇文章所表现的立场和态度问题引起的较为激烈的争论。《文艺报》开辟专栏发表多篇评论文章,《人民文学》、《北京文艺》、《火花》、《文艺红旗》等刊物也参与了讨论。代表性的文章有刘金的《也谈〈锻炼锻炼〉》、牛鸾卿的《怎样写落后现象——关于〈"锻炼锻炼"〉》和唐挚在《人民文学》上发表的《人物描写上的焦点——读了赵树理同志〈锻炼锻炼〉》。

2. 形式特征:喜闻乐见的说唱文学

随着赵树理方向的确认,有关其作品形式特征的讨论便陆续展开。陈荒煤评价赵树理时说:"他选择了活在群众口头上的语言,创造了生动活泼的、为广大群众所欢迎的民族新形式。"①赵树理对毛泽东文艺工农兵方向的实践成果是这一时期大多数评论文章的出发点,他们认为赵树理的创作是对"普及"的较为有效的实践方式,而这正是毛泽东《在延安文艺座谈会上的讲话》中提到的有关"提高和普及"的重要问题。例如,李普在《赵树理印象记》中对赵树理所说的要做"文摊文学家"时就谈道:"我至今认为这个意见十分精辟,至今深信这是新文艺的一条前途无限广阔的道路。我想,这就是在普及的基础上提高,在提高的指导下普及的意见。"②

在赵树理看来,提倡大众文艺,创作人民群众所喜闻乐见的文艺作品,主要的就是"能说会唱"的文学。在中国人民政治协商会议上接受记者参访,谈到如何开展大众文艺的问题时,他就谈道:"应该先从改造鼓词、戏剧这方面着手,因为戏剧这一种形式在中国说来,为百分之九十以上的群众所享受的精神食粮,而我们在这一方面所做的工作还非常不够。"③这与他作为农民出身的作家的生活经历和创作经验有着紧密的联系。在人民群众刚刚获得解放的根据地,他们的文化接受水平相对较低,甚至大部分都是不识字的文盲,因此,利用传统的、人民

---

① 陈荒煤:《向赵树理方向迈进》,《人民日报》,1947年8月10日。
② 李普:《赵树理印象记》,《长江文艺》,1949年6月第1卷第1期。
③ 荣安:《人民作家赵树理》,《天津日报》,1949年10月4日。

第二章 文艺发展与评论中的破和立:1949—1957年的延安文学研究

群众所熟悉的说唱方式来创作和演绎文艺作品,就会很快地被接受和传播。因此,赵树理方向的形成,最初的支撑或许就来自于读者,也就是人民群众的喜好。换言之,对赵树理创作的进一步阐释某种程度上已经超越了作家的经历和审美体验,而将创作者、接受者、作品纳入到更为广阔的社会和时代需求中,将之与文学作品的形式联系起来,将其与文学的精神价值、时代意义联系起来。

不久,吴调公的《人民作家赵树理》从赵树理创作核心特点和创作效应出发,分析了赵树理说唱文学的主要特点,在他看来,赵树理说唱文学的魅力就来自于丰富的人民情感、创造精神、形象的生动和音节的铿锵。他谈到赵树理小说对人民生活产生的具有现实意义的影响,比如:"小二黑给人的映像太深。这个故事感动了、教育了群众,从那时起,真正的自由结婚就逐渐多了起来。"①他对当时赵树理作品的改编作了较为详细的统计,比如被改编最多的《小二黑结婚》,如何借助电影、快板、歌剧、连环画等形式,加以传播,影响人民大众的生活。在教材选用方面,作者说道:"大学、中学的语文课本都选用了他的作品。小学国语课本也曾用节略的方式选用了他的《小经理》那篇。"②谈到对作家创作的影响方面,吴调公认为,当时古峪的《新事新办》、马烽的《结婚》、马烽和西戎的《吕梁英雄传》、柯蓝的《洋铁桶的故事》、王希坚的《地覆天翻记》、孔厥和袁静的《新儿女英雄传》等都在内容或者形式上受到了影响,也因此在实践毛泽东文艺指示的道路上取得了一定的成绩和成果。同

---

① 吴调公:《人民作家赵树理》,第26—34页,四联出版社,1954年版。
② 吴调公:《人民作家赵树理》,第26—34页,四联出版社,1954年版。

时,吴调公对赵树理作品在海外的影响也作了比较详细的统计和梳理,甚至于对赵树理《李家庄的变迁》在苏联借书台上借阅的次数都作了统计。

3. 文学史意义:新文学与经典化

如果说以上是对赵树理的发现和赵树理方向的提出的话,那么1949年到1955年间,对赵树理的评论和研究则是对赵树理方向的进一步确立,它体现为赵树理以"新文学"的代表,进入文学评论和学术研究领域。王瑶在他的《中国新文学史稿》的"新型的小说"一节中,就首先谈到了赵树理。在他看来:"在解放区的小说中,主题和人物都出现了新的面貌。新的主题是中国共产党领导下的抗日战争、人民解放战争和反封建的阶级斗争以及巩固边区、建设边区的生产运动;新的人物是经过民主改革翻身做了新社会主义的工农兵群众。"①而他之所以首先谈到了赵树理,是因为他认为赵树理的作品足以代表解放区小说的一般特点。与此类似,丁易在他的《中国现代文学史略》中,将赵树理列入"反映各种群众斗争及劳动生产的文学作品"(第十一章第一节)之开篇。丁易总结说:"赵树理的成就在中国现代文学史上是具有很大的意义的,这意义在于他忠实地按照了毛泽东文艺路线从事创作实践,较早地取得了成绩,而这成绩又十分具体生动地证明了毛泽东文艺思想在创作实践上地胜利。"②值得注意的是,两位文学史编撰者都不约而同引用了周扬在其《论赵树理的创作》中对赵树理小说的评价,因

---

① 王瑶:《中国新文学史稿》,第650页,上海文艺出版社,1982年版。

② 丁易:《中国现代文学史略》,第397—426页,作家出版社,1955年版。

第二章 文艺发展与评论中的破和立:1949—1957年的延安文学研究

此,可以将其看作延安文艺界"赵树理方向"的延续。

将赵树理的创作确定为新文学类型的还有国外研究者,大多以社会动态观察为视角,又以赵树理代表作品介绍为主,如《小二黑结婚》和《李家庄的变迁》等。美国的西里尔·贝契写过《共产党中国的小说家——赵树理》,就对赵树理创作的《小二黑结婚》、《李有才板话》、《李家庄的变迁》、《福贵》、《传家宝》依次进行了简单的介绍。① 苏联和捷克学者或作家也发表了相关的文章对赵树理进行评价和介绍。此时,海外一些从事赵树理研究的相关学者认为,阅读和了解赵树理的作品,是这一时期了解中国农村、了解中国农民乃至了解中国共产党文学的最可靠的途径。他们认为赵树理的出身和生活经历足以使他成为中国传统农民的代表,他作品里所描述的农村生活习俗和风土民情是比一些科学著作更真实,他作品里使用的民族特色的语言是中国农民最朴素、最典范、最纯洁而最具有表现力的语言方式。捷克著名的汉学家雅罗斯拉夫·普实克在1951年捷克版的《李有才板话》的后记里曾说:"不论是谁若要了解中国北方农民的思想,他就不能忽略赵树理的作品和他创造的那些性格特点鲜明的形象。研究赵树理的珍品比研究科学著作等有教益。"②对于50年代出现的海外研究解放区文学的高潮,有学者认为:"二战之后,西方国家的民主知识分子们大都对人类的未来感到渺茫,亟须在可信的'异域'中探寻'自

---

① [美]西里尔·贝契:《共产党中国的小说家——赵树理》,彭小苓译,《新墨西哥季刊》,1955年2、3合刊。
② [捷克]雅罗斯拉夫·普实克:《李有才板话·后记》,1951年版,转引自黄修己《中国文学史资料全编·现代卷·29赵树理研究资料》,第457页,知识产权出版社,2010年版。

我'。"①但不论出自于何种原因,这一时期,赵树理及其作品乃至解放区文学在西方世界的传播和影响都是中国文学史传播史上显著的成绩。

在这一时期海外研究赵树理及其作品的热潮中,日本学者或作家发表的相关文章不仅数量上最多,而且在研究深度和广度上也最为突出,对文学的人民性或人民文学问题的阐释也进入新的境地,具有代表性的文章有鹿地亘的《赵树理和他的作品》、竹内好的《新颖的赵树理文学》、洲之内彻的《赵树理文学的特色》和今村与志雄的《赵树理文学札记》。综合起来,日本学者的赵树理研究已经从简单的译介进入中外文学史的讨论高度。其核心问题如下所述。

(1)文体的革新。竹内好指出:"一般认为,个人英雄支配着他周围的一切。可是,实际上他们是被周围的一切所支配的,个人所有的行为都由自己负责,个人的一切都受周围的影响,这种影响又通过自身表现出来。"②他以此来讨论赵树理作品中的人物形象。竹内好认为赵树理作品中的人物形象往往是和作品所呈现的背景完美地融合在一起的。比如《李家庄的变迁》中的小常和铁锁,竹内好认为:"使他们成为英雄,并非是因为他们具有个性,而是因为他们是作为一般的或者说是具有代表性的人物出现的。(在这一点上,他们具有与叙事诗的主人公阿伽留斯、奥德赛相通的东西)"③据此,竹内好认为,从构

---

① 宋绍香:《在异质文化中探寻"自我"——国外汉学家中国解放区文学译介、研究管窥》,《文学理论与批评》,2006年第2期。
② [日]竹内好:《赵树理文学的新思想》,晓浩译,严绍熙校订,《文学》,1953年第21卷第9期。
③ [日]竹内好:《赵树理文学的新思想》,晓浩译,严绍熙校订,《文学》,1953年第21卷第9期。

第二章 文艺发展与评论中的破和立:1949—1957年的延安文学研究

成赵树理文学特色的重要因素文体来看,赵树理的文学创作有着文学革命的新颖性。关于新颖性,竹内好也在他的文章中做了简要的说明,他谈道:"我认为,把现代文学的完整和人民文学机械地对立起来,承认二者的绝对隔阂,同把人民文学与现代文学机械地结合起来,认为后者是前者单纯的延长,这两种观点都是错误的。因为现代文学和人民文学之间有一种媒介关系。更明确地说,一种是茅盾的文学,一种是赵树理的文学。在赵树理的文学中,既包含了现代文学,同时又超越了现代文学。至少是有这种可能性。这也就是赵树理的新颖性。"①竹内好彼时对赵树理的研究以及深入到作家本身与现代文学的关系角度是富有独特价值意义的。

作为日本赵树理研究的第一代学者,竹内好涉及相关主题研究中最为核心的问题,他认为:"如果要概括人民文学的特征,那就是个性寓于共性之中。个体并非不是从整体中选择出来的,但是,选择出来是为了服务于整体,因此,它只具有部分的意义。它不是独立于整体存在的,故它不是完整的个体,而最多只不过是一种类型,没有达到典型的标准。这就是不重视人的文学。并非整个人民文学都如此,但是可以指出,这种倾向占有相当的统治地位。"②竹内好还将赵树理小说创作的新颖性与现代文学的认识联系起来:"现代文学,特别是小说,要求一个固定的坐标。固定坐标就意味着一种无形的约束。所谓坐标是指人生观或美的意识等等。有人认为这种框框如果中途移动,作品的世界就无法达到最高的境界,这成了一种不

---

① [日]竹内好:《赵树理文学的新思想》,晓浩译,严绍熙校订,《文学》,1953年第21卷第9期。
② 釜屋修:《赵树理研究》,载中国作家协会山西分会《赵树理学术讨论会纪念文集》,第234页,1982年版。

容置疑的前提。按理说,现代文学从它刚开始出现时,就应该破除以往一切的束缚,大胆地前进。然而,现代文学是现代社会的产物。由于这一局限性,使其在任何情况下都摆脱不了这一束缚。现代文学的大前提,是作者和读者被隔离开了。看上去小说似乎是自由的,不受约束。而实际上,它为自己限定了一个框框,还自以为这个框子里的自由是无限的。可是,作为前提的作者和读者的关系如果改变的话,那这个框框和古典剧的创作方法一样,成为不自由的桎梏了。"①由此他认为,赵树理的小说文体的革新意义正是基于他深刻理解了他作为作家自身与当时当地的读者的关系。从而,赵树理才能在改造自己认识的基础上,实现对现代文学的超越。以上也时竹内好认为的理解赵树理文学意义的关键。

(2) 作品朴素明朗的乐观主义。洲之内彻在这方面作了具有日本学者普遍共识性的概括。他认为:"赵树理的世界是一元化价值的世界。不具有人和社会对立的价值。总的说来,具有社会的历史的价值。有意义的是历史,由于人物站在正确的历史的立场上,而他的意义和人物本身是一个东西。赵树理的乐观主义就是建立在这种一元论之上的。"②他认为赵树理呈现在作品中的这种乐观主义无疑是他的作品成为优秀作品的重要因素,同时也有着赵树理本身无意识的虚无主义。

(3) 赵树理经典作品的比较视野。赵树理作品在国内广受好评,在海外的引介和翻译日渐增多,1952年,日本学者鹿地亘在翻译《李有才板话·前言》中,曾拿赵树理的作品与果戈

---

① [日]竹内好:《赵树理文学的新思想》,晓浩译,严绍熙校订,《文学》,1953年第21卷第9期。
② 黄修已:《中国文学史资料全编·现代卷29·赵树理研究资料》,第306页,知识产权出版社,2010年版。

第二章 文艺发展与评论中的破和立:1949—1957年的延安文学研究

里的《钦差大臣》《鼻子》等作品相提并论,他认为:"果戈里最大胆地抓住了俄罗斯当时的现实,而赵树理则是最大胆地抓住了中国当时的现实。"①今村与志雄则在《赵树理文学札记》中说道:"《李有才板话》以说明村子里现状的快板开始,又以歌唱土地改革后的欢乐的快板结束。如同莎士比亚悲剧以合唱团的讽刺诗开始,最后以歌唱以色列人推出埃及来结束一样。"②在他们看来,即便赵树理的创作中存在着无意识的虚无主义,存在着人物形象脸谱化的缺陷,也存在着情节安排上的有意识地简单化等瑕疵,却并未影响赵树理作品的优秀。有学者认为,日本50年代出现的对中国解放区文学译介和研究的高潮,最深层的原因是:"归根到底是日本的社会需要和日本文学发展的需要,是他们希图重新认识中国与中国关系的愿望。"③如果从这个角度来看的话,那么日本学者对赵树理及其作品的重视和赞誉或许正是他们重新认识中国文学和中国文化的一个良好的开端。

回顾20世纪40—50年代,来自人民、描写人民、服务于人民的文学不仅是无产的大众和党政建设的内在需求,也是时代的精神召唤。从赵树理作品研究我们可以看出,文学的人民性是从创作实践和理论争鸣中逐步确立的,表面上,赵树理等人的作品反映的是解放区大众的生活,体现的是毛泽东《在延安文艺座谈会上的讲话》的精神;实质上,经过国内外学者的理论

---

① 黄修己:《中国文学史资料全编·现代卷29·赵树理研究资料》,第398页,知识产权出版社,2010年版。
② 黄修己:《中国文学史资料全编·现代卷29·赵树理研究资料》,第415页,知识产权出版社,2010年版。
③ 严绍璗、王晓平:《中国文学在日本》,第404页,花城出版社,1990年版。

阐释，人民性特征逐渐获得美学价值、形式创造、经典互文等多元意义，从而为文学的人民性赋予深厚的人文精神和时代意义，不仅将其确认为一种新文学，而且成为一种可以为中国社会变革代言的新经典。即使当时学者们的努力今天已经被人淡忘，或被新的文学活动和现象遮盖，但将文学创作、作家、读者纳入到时代潮流中、纳入到世界文学视野中的做法依旧是我们理解中国现代文学的一个重要方法和理论基础。

第四节　另类批评与旧象革除

与经典确立相对应的是对不合时宜的文艺创作和文艺作品的批评与讨论以及对文艺创作中旧艺人、旧文艺的利用和改造的思考。这两个问题自延安文艺起步以来便是文艺研究中的两个焦点（参见第二章第一、二节），不仅牵涉作家和作品，更与文艺政策、文艺创作的观念和方法有关，因此，无法在短时间内完成。事实上，这两个问题贯穿20世纪40—70年代的延安文艺研究，我们可以将其看作文艺发展进程中相互依存的两个方面：破旧与立新。

一、另类作品批评与工农兵文学批评标准

被规范化的文艺观随着政治色彩的浸染由指导思想层层渗透到文艺研究的各个层面。延安时期，如何处理知识分子与工农兵的关系是一个焦点问题。到了新中国成立之初，大批文艺工作者进入城市，延安时期所确立的"知识分子"与"工农兵"

第二章 文艺发展与评论中的破和立:1949—1957年的延安文学研究

的关系转变为"城市"与"农村"的关系。

萧也牧的短篇小说《我们夫妇之间》发表于《人民文学》1950年第1期,正是"延安文学"进城过程中所产生的。

陈涌首先对其提出了批评:"有一部分文艺工作者在文艺思想或者创作方面产生了一些不健康的倾向。这种倾向实质上也就是毛主席在延安文艺座谈会讲话中已经批判过的小资产阶级倾向。"①陈文以一种较为冷静的态度针对《我们夫妇之间》人物形象的描写进行了详细的分析,认为作者通过对"李克"和"张同志"的描写,把"知识分子和工农干部之间两种思想斗争庸俗化了"。但历史证明,这样的批评也陷入了"庸俗社会学"的窠臼,或许可以说陈涌是最早以"庸俗社会学"的眼光对《我们夫妇之间》提出批判的评论家。

不久,时任《文艺报》主编的丁玲发表了致萧也牧的公开信《作为一种倾向来看》。这篇批评可以看作这一阶段对《我们夫妇之间》批评的总结。对《我们夫妇之间》的批评也逐渐延伸到了萧也牧的其他作品,如《海河边上》、《爱情》、《锻炼》等作品。

时代不同,对同一部作品的解读也不同。然而,在那个时候,对《我们夫妇之间》的批评研究正是工农兵文艺标准不断强化的过程。而另一方面,50年代前期,继延安文艺传统的影响,大量作家进行了各种形式的自我反省和自我批评,并在创作的"工农兵方向"上不断努力。但是可惜的是,即便他们有着反映新生活、描写新人物的热情和积极性,却因着本身长期的生活经验和文艺观念的影响,始终徘徊于政治标准和艺术标准的夹缝之中。这种状态导致他们既不能在当时的文艺上有极

---

① 陈涌:《萧也牧创作的一些倾向》,《人民日报》,1951年6月10日.

为出色的成绩,又遗失了他们本身具有的文艺积淀优势,而导致他们在很长的时期里,沉浮于文艺运动的浪潮,很难进行系统而独立的反思与创作。

二、新歌剧与旧文艺改造问题

1. 新旧歌剧的替代

随着解放战争的胜利,大批文艺工作者进入城市。随着生活的稳定以及文艺发展的内在要求,他们开始对延安时期以来的文艺活动进行反思和总结。戏剧可以说是延安时期一直都很活跃的文艺形式,并在延安文艺座谈会讲话之后,最先获得较多成果,也因此产生极大的影响力。

在第一次文代会上,旧剧与旧艺人的改造和利用问题已经得到国家领导人、文化部门领导和代表的重视,对延安时期戏剧工作的总结和反思是这一时期对戏剧批评研究的一个重点。其具有代表性的是张庚的《解放区的戏剧》①。在这篇文章里,他从苏区戏剧活动谈起,将其看作解放区戏剧的萌芽。在他看来,在毛泽东延安文艺座谈会讲话之前,戏剧工作者的文艺思想是不明确的,例如,演出与解放区有隔阂的外国戏和大戏等。但是,由于从上海、北京等大城市前往解放区的戏剧工作者的努力、大量农民青年和农村知识分子的加入,解放区的戏剧还是在反映现实、宣传和教育功能上取得了一些成绩,比如马健翎的《查路条》和《十二把镰刀》等。对于延安文艺座谈会讲话

---

① 张庚:《解放区的戏剧》,《中华全国文学艺术工作者代表大会纪念文集》,第185—197页,新华书店,1950年3月版。

第二章 文艺发展与评论中的破和立:1949—1957年的延安文学研究

之后的戏剧概况,张庚主要谈了新秧歌运动的蓬勃发展。

张庚在对解放区戏剧发展概况总结的基础上,也提出了反思的建议。第一个是创作问题,他强调了戏剧的现实主义创作原则,提倡集体创作。第二个是改造旧形式、创造新形式的问题,他认为改造旧形式和创造新形式,都是为了更好地表现新的人民生活,因此应该是被同样重视的,这一点是被当时的文艺工作者认同的,马健翎在西北文学艺术工作代表大会上的报告中也提出:"改造旧文艺与创造新文艺不但不是对立的,而且是分不开的。改造旧文艺为的是创造新文艺,创造新文艺,从改造旧文艺着手,也是重要方法之一。"①

马健翎在西北文学艺术工作者代表大会上作的这个报告和张庚的《解放区的戏剧》一样,都是先总结概况再提出需要改进的问题。不同的是,马健翎谈的不是整个解放区,而是主要针对西北地区的戏剧发展情况。以西安为例,在对西北戏剧改进概况介绍的基础上,马健翎提出了对旧艺人的改进问题。他认为,虽然全中国解放后,西北的戏剧的改进工作取得了骄人的成绩,但却存在着"有些同志甚至厌恶旧戏曲、瞧不起旧艺人"②等问题。所以在谈到今后应注意的重点中,他首先谈道:"戏曲改进的中心问题,是团结、改进、教育旧艺人,与旧艺人共同审定修改旧戏曲,编写新曲,以及改革旧戏班的不合理制度与旧作风。"③

---

① 西北文学艺术工作者代表大会秘书处:《西北文学艺术工作者代表大会纪念文集》,第44页,1951年12月版。
② 西北文学艺术工作者代表大会秘书处:《西北文学艺术工作者代表大会纪念文集》,第39页,1951年12月版。
③ 西北文学艺术工作者代表大会秘书处:《西北文学艺术工作者代表大会纪念文集》,第40页,西北文学艺术工作者代表大会,1951年12月版。

2. 旧艺人的改造途径

新中国刚刚建立,需要大批的文艺工作者从事文化建设工作。因此,在中国共产党的领导下,在马列主义和毛泽东文艺思想的指导下,对旧社会从事文艺活动的艺人进行改造,使他们为新的文艺服务,成为新中国文艺阵营的有力支援,成为这一时期文艺理论工作者的重心。

沙科夫在谈到华北戏剧运动和民间艺术改造工作时,也重点谈了民间艺人的改造问题。在他们看来,在旧社会,民间艺人绝大多数都是被地主阶压迫剥削的贫苦大众。他们从事民间艺术活动,大多为了生存,或者成为地主阶级取乐的工具。所以,新中国对旧艺人改造,首先使他们获得被尊重的权利。代表了旧艺人的郜怀林在《我的改造》①中就谈到了旧艺人的翻身过程。郜怀林出身贫农家庭,幼年丧父,跟着母亲和寡妇姐姐乞讨卖唱,受尽颠沛流离之苦。但是,他喜欢画画,历经艰辛,拜师学艺。但由于受封建迷信思想的毒害,他甚至为了修得来世的福报,坚持七天七夜不吃饭地画庙,在日本军队进攻华北时疯掉。新中国成立后,郜怀林作为民间艺人受到了党的生活上的关怀和艺术上的指导,他的疯病渐渐好了,重新开始画画。"他积极创作了大量歌颂工农兵内容的木板年画,有'兄妹开荒'、'建立新中国'等作品,深受美术界的好评,并由晋冀鲁豫边区新华出版社出版。"②作为对他的表彰,郜怀林还被邀请参加了新中国第一次文学艺术工作者代表大会。这一切在

---

① 郜怀林:《我的改造》,《北平解放报》,1949年7月2日。
② 中国人民政治协商会议山东省聊城市委员会文史资料研究委员会:《聊城文史资料选辑·第7辑》,第63页,1995年10月。

第二章 文艺发展与评论中的破和立：1949—1957年的延安文学研究

郜怀林看来，都是在旧社会无法想象的。因此，他发出："我生活这三四十年，受了千万遍的魔难，吃斋念佛，烧香叩头，都不中用，今天得到了这样的光荣，穷艺人真翻身了，这真是我从来未有的喜事。"①郜怀林从乞丐画家到新中国文艺工作者，代表了千千万的民间艺人的转变历程，而这个过程不仅仅是名称的转变，更是在中国共产党的领导下，从思想、态度和创作实际等方面具体的学习和转变。郜怀林的经验成为这一时期文艺理论工作者探讨旧艺人改造的重点参考依据。

在改造旧艺人的问题上，如何使民间艺人和知识分子结合是一个难题。有的知识分子认为民间艺人的艺术活动都是旧社会的，是要被淘汰的；有的民间艺人认为知识分子的那一套都是洋玩意儿，是不会被民众所喜爱和接受的。沙科夫在《华北农村戏剧运动和民间艺术改造工作》中谈到对民间艺人和民间艺术的改造的时候，提出了解决的办法。他认为："要使知识分子能批判地吸收民间艺术的精华，丰富自己的创作，使写作手法通俗而接近群众。要使旧艺人改变老一套的技术，学习新的写法、唱法、画法，以及戏剧的表演，那就要两者很好的（地）合作。"②新凤霞是演出《刘巧儿》、《祥林嫂》等群众认可剧作的演员。她在《评剧〈刘巧儿〉的创作过程》③中谈到自己演出经历，就曾说，作为演员，对戏剧有很多理解偏差的地方，是通过与新的文艺工作者的结合，才使得他们的演出日渐完善和被群

---

① 郜怀林：《我的改造》，《北平解放报》，1949年7月2日。
② 沙可夫：《华北农村戏剧运动和民间艺术改造工作》，见中华全国文学艺术工作者代表大会宣传处《中华全国文学艺术工作者代表大会纪念文集》，第358页，新华书店，1950年版。
③ 新凤霞：《评剧〈刘巧儿〉的创作过程》，《戏剧报》，1955年2月号。

众所喜爱的。韩冰在《我的演剧生活》①中以自己的亲身经历为例,具体谈了知识分子和民间艺人的结合。韩冰是一个旧知识分子出身的演员,一开始看不上秧歌剧,他认为秧歌剧是粗糙、低级、庸俗的。但是,在中国共产党文艺政策的指导下,他逐渐打破自己喜好的学院派演剧理论,逐渐亲近群众,并在演出中学习使用他们的语言和肢体动作,直到熟悉他们看待事物的方法、处理人际关系的态度和他们热烈奔放的思想感情,才改造了自己小资产级的思想和缺点,成为被群众所喜爱的演员。

3. 民间艺术形式的利用与改造

知识分子和民间艺人结合中,存在着如何认识和对待民间艺术的形式和内容的问题,这是改进旧剧、改造旧艺人过程中要解决的另外一个具体问题。有些人就以为,旧社会里旧的艺术形式呈现的内容往往带着封建、迷信的色彩,所以就认为旧的形式也是不好的,也是应该被淘汰的。这个时期,亟须解决的是全中国解放后文化的普及问题,而民间艺术的接受群体是以受苦受难的劳苦大众为主的,所以具有形式上简单明快、内容上通俗风趣的特点,更能贴切地表现劳动人民日常生活的质朴和战斗经历激烈感情,也更能被大众接受和喜爱。因此,对旧形式的改进和利用无疑是文化普及工作中一个重要的环节。周扬在《新的人民的文艺》中说:"一时一刻不能忘记,展开群众文艺运动,主要是为了教育工农兵群众,提高他们的政治觉悟、战斗意志和生产热情,决(绝)不是为了群众文艺而群众文艺。文艺脱离了当前的政治任务与群众的需要,是既不能普及又不

---

① 韩冰:《我的演剧生活》,《北平解放报》,1949年7月2日。

第二章 文艺发展与评论中的破和立:1949—1957年的延安文学研究

能提高的。"①同时,他又指出:"戏剧上各种形式应该让它们同时并存,共同发展的。任何艺术形式,只要它是能够反映人民大众的现实生活和斗争与历史的革命内容的,都应当让其存在,促其发展。艺术上各种形式的同时并存,或互相交替,决定于社会的条件,群众的需要,最后的判断者是群众,是历史。我们的任务,只是将各种艺术形式引导到一个共同正确的方向,而同时使之互相配合,各尽所长。"②

对待旧形式的改造,当时的文艺工作者的态度高度一致,那就是以内容为主的内容和形式的和谐结合。例如,张庚在谈到秧歌剧时就提出:"新秧歌剧的创造,不怕广泛采取各种不同手法而怕不能正确的(地)表现生活。"③马健翎在谈到对戏曲改进工作的认识时也明确提出:"我们应该着重在政治思想上看问题,也就是说以内容为主的(地)看问题,一边克服'公式主义'、'教条主义',一边克服'形式主义'、'技术至上主义'、'为艺术而艺术'的偏向。"④他在谈到对地方剧的看法时更加明确地表示:"有些人认为运用地方剧表现新内是低级的,这是不对

---

① 周扬:《新的人民的文艺》,见中华全国文学艺术工作者代表大会宣传处《中华全国文学艺术工作者代表大会纪念文集》,第86页,新华书店,1950年版。

② 周扬:《表现新的群众时代——看了春节秧歌以后》,原载于1944年3月21日,《解放日报》。另见刘增杰、赵明、王文金等:《抗日战争时期延安及各抗日民主根据地文学运动资料》(上册),第284—285页,山西人民出版社,1983年版。

③ 张庚:《解放区的戏剧》,见中华全国文学艺术工作者代表大会宣传处《中华全国文学艺术工作者代表大会纪念文集》,第195页,新华书店,1950年版。

④ 马健翎:《对于戏曲改进工作应有的认识》,选自西北文学艺术工作者代表大会秘书处《西北文学艺术工作者代表大会纪念文集》,第46页,1951年12月版。

的,高级低级,要以思想内容的深刻与否和艺术的高下而定,不能形式主义的(地)看问题"①

在这种强调内容甚于形式的文艺批评影响下,当时的戏剧内容和当时的政治运动紧密地结合在一起,展现着在中国共产党的领导下,全中国的人民积极开展生产和战斗、勇于改造长久以来的封建思想的过程。

而这些戏剧的演出,一方面发挥了对党的文艺政策的宣传、对翻身做主人的中国劳苦大众的教育功效,另一方面又完成了自身形式与内容的变革,诚如茅盾所说:

> 从达尔文主义到马克思主义,从易卜生到高尔基,从"实验主义"到辩证法,从批判的现实主义到社会主义的现实主义,从无条件地搬演欧洲近代的文艺形式到提出民族形式这一课题——三十年来,这道路是迂回曲折的,但却不是循环往复而是步步前进,步步在作两条战线的斗争。到今天,"三十年为一世",马列主义的中国化,毛泽东思想,正如已在政治军事上取得伟大的胜利一样,在文化战线上也已得到了决定性的胜利了。②

---

① 马健翎:《我对地方剧的看法》,《文艺报》,1949年第10期。
② 原载于1949年5月4日《人民日报》。另见茅盾:《茅盾全集》,第23卷,第18页,人民文学出版社,1996年第1版。

第三章 无产阶级文艺特征的强化：1957—1966年的延安文学研究

这一阶段的延安文学研究，一方面延续和强化着既有的研究方法和思路，另一方面又因文艺界"反右派运动"而出现新的特征。"反右派运动"从1957年开始，但从延安文学研究新问题、新特征的出现来观察，则能回溯到1956年下半年开始的理论争鸣。

1956年，中国的社会主义改造基本完成，国民经济得到了极大的恢复和发展，在外交上也确立了中国的国际威望，社会制度、经济发展日趋稳定；文艺方面，自延安文艺到国家文艺的身份转换与基础夯实也初告完成，这意味着延安文艺研究也将出现新的任务和趋势。在双百方针的指导下，出现了众多的研究文章，具有代表性的有《百花齐放，百家争鸣》(社论)、王瑶的《笔谈"百家争鸣"》、丰子恺的《谈"百家争鸣"》、刘白羽的

《走向自由竞赛的道路》、《百花齐放、百家争鸣》(社论)等。①在这种社会环境相对稳定、学术氛围较为和谐的状况下,知识分子们似乎迎来了他们的春天。另一方面,1956年,国际上赫鲁晓夫对斯大林进行批判,停止对斯大林的崇拜;国内对新制度的不适应使有些人产生了对社会主义制度的质疑。上述的这些情况在文艺上的一个重要表现就是,有些作家、学者对《讲话》所提出的文艺思想的质疑,以及由此引发的对《讲话》的再讨论。进而,这种倾向引发围绕《讲话》展开的文艺思想规训。

第一节 围绕《讲话》研究看理论争鸣

文艺界关于现实主义、政治与文艺关系、群众路线等问题的讨论与争鸣,一方面反映了文艺界对社会主义改造初告完成时对文艺路线、文艺观念、研究任务等的积极思考,另一方面又体现出新中国文艺发展初期出现的一些波动。

一、现实主义、文学与政治关系之争议

秦兆阳是在马克思主义熏陶下成长起来的作家、文艺理论家。他在《人民文学》1956年9月号上发表了题名《现实主

---

① 《百花齐放,百家争鸣》(社论),《解放日报》,1956年7月15日。王瑶:《笔谈"百家争鸣"》,《光明日报》,1956年7月15日。丰子恺:《谈"百家争鸣"》,《解放日报》,1956年7月19日。刘白羽:《走向自由竞赛的道路》,《人民日报》,1956年10月7日。《百花齐放、百家争鸣》(社论),《文艺报》,1956年第5期。

第三章 无产阶级文艺特征的强化:1957—1966年的延安文学研究

义——广阔的发展道路》的文章。在这篇文章里,他主要对《讲话》中所谈到的"文艺为政治服务"的观点和创作方法上的现实主义进行了探讨。秦兆阳认为当时文艺创作上的公式化、概念化,最主要的原因就是对毛泽东的"文艺为政治服务"的教条主义理解。他认为"文艺为政治服务"应该是一个长远性的目标性的总的要求,而不应该是对当时当地的政策的宣传。因此,在他看来,对文艺作品的评价,首先应该是看它的艺术性,只有首先具备了艺术性,才能成其为文艺作品,也才能更好地发挥文艺的武器性和战斗性。与之相反,如果首先强调文艺作品的政治性,那么就会造成作家从抽象的政治概念出发,文艺作品也就成为图解政治的传声筒。所以他在文中谈道:"如果说文艺创作上带普遍性的公式主义倾向,不是文艺思想上带普遍性的教条主义倾向有关系,那是说不通的。那末,我们怎样可以不正视这个问题呢?为什么不可以解除这些思想上的束缚呢?"①可以看出,在对这个问题的论述上,最后的落脚点,秦兆阳是呼吁当时的文艺界解除思想上的束缚。而这个"思想上束缚"是什么呢?不言而喻就是对《讲话》的教条主义的理解和具有偏差性的执行。秦兆阳的文章对现实主义的论述可以说是对《讲话》所提出的文艺创作方向的有力的冲击。《讲话》中所提出的文艺创作方法上的现实主义,毋庸置疑,是毛泽东在马列主义的基础上,借鉴苏联文艺的经验,再结合中国文艺的具体情况提出的。因此,秦兆阳针对苏联作家协会第一次代表大会章程中关于社会主义现实主义的定义谈了他不同的见解。他认为"艺术描写的真实性和历史具体性"是应该水乳交融地

---

① 秦兆阳:《现实主义——广阔的发展道路》,《人民文学》,1956年9月号。

体现在作家的作品中,而不应该是强加到作家的创作思想中;另一方面他认为文艺作品对社会主义精神的体现和教育劳动人民任务的实现,也应该是在尊重文艺的艺术真实性的基础上自然而然呈现出的效果。在此基础上,他不但具体地阐述了文学的现实主义,还提出,不应该对社会主义现实主义下一个简单硬性的规定,在社会主义时代,应该容许多种多样的文艺创作方法的存在,并提出了社会主义现实主义和社会主义时代的现实主义区别的观点。

虽然后来的研究者对秦兆阳以及他的《现实主义——广阔的发展道路》给予了客观的评价,认为在当时的文艺背景下,他对现实主义的探讨具有高度的学理性和科学性,是饱含着一个文艺理论家对文艺炽热的真诚和热情的,但是,在当时的政治和文艺环境中,秦兆阳这篇文章的出现对庸俗社会学产生了极大的冲击。《现实主义——广阔的发展道路》也被认为是修正主义文艺思想的系统性纲领性的文章。

尽管秦兆阳对《讲话》的质疑引起了诸多批评的声音,依旧有作家学者对他的理论进行了支持。周勃在1956年第12期的《长江文学》上发表题名为《论现实主义及其在社会主义时代的发展》的文章,旁征博引了古今中外的文艺思想论点,对秦兆阳的现实主义理论给予了强有力的补充。周勃认为,当时文艺理论上教条主义盛行,正是因为当时的文艺理论建设中缺乏对现实主义准确、科学、具体的阐释。基于这种观点,他从现实主义核心问题的典型化角度,为秦兆阳对苏联作家协会章程规定的"现实主义"定义提出的质疑观点进行了补充。周勃在《论现实主义及其在社会主义时代的发展》中就明确谈道:"现实主义艺术创作的中心问题、灵魂问题是典型化的问题,现实主义艺术家是只能(有)通过对于典型环境中的典型性格的描写,才能

第三章 无产阶级文艺特征的强化：1957—1966年的延安文学研究

反映他所要反映的客观现实生活。历史发展的逻辑在现实主义艺术中只有通过典型性格发展的逻辑体现出来。可以说，这是现实主义艺术创作中一条颠扑不破的客观真理。无论在任何时代，无论时代如何变化，创作的某些条件如何改变，但现实主义艺术认识、反映客观世界的方法不会从根本上有所改变。古代的现实主义艺术家们在自己的创作中不断追求的，是如何凝注着自己的心血，创造出一个不朽的艺术典型。艺术家对于复杂而广阔的现实生活的概括，都是靠这个典型的塑造来完成的。在我们社会主义时代，虽然时代条件有所发展变化，但现实主义艺术仍然只能通过塑造社会主义时代的典型人物来反映这个时代的生活。"①刘绍棠是一名青年作家，在当时被誉为是神童作家，他在1957年发表的《现实主义在社会主义时代的发展》和《我对当前文艺问题的一些浅见》在文艺界也引起了广泛的讨论。他说："毛主席的《在延安文艺座谈会上的讲话》，包含着两个组成部分。一个是指导当时文艺运动的策略性理论；一个是指导长远文学艺术事业的纲领性理论。"②这一点与秦兆阳的观点是不谋而合的。他认为，在延安时期，因为抗日战争的需要和国民党反动统治的压迫，需要类似《兄妹开荒》这样对一时一地政策进行宣传的作品，因此当时的文艺为政治服务就具体的表现为文艺为政策条文服务上。第二点，在普及和提高的问题上，由于延安时期的工农兵群众的艺术欣赏水平比较低，所以自然是重视普及甚于提高。在社会主义改造基本完成的时代，刘绍棠认为《讲话》中的这些文艺观点都已经过时了，

---

① 周勃：《论现实主义及其在社会主义时代的发展》，《长江文学》，1956年第12期。

② 刘绍棠：《我对当前文艺问题的一些浅见》，《文艺学习》，1957年第5期。

他提出"再沿用过去的领导方式和理论思想来督促和指导作家的创作,势必只能起到'促退'而不是'促进'的作用了"、"公式化概念化的根源,就在于教条主义者机械地、守旧地、片面地、夸大地执行和阐发了毛主席指导当时的文艺运动的策略性理论"①等观点。之后,他对《讲话》中对创作题材的引导、文艺批评的政治标准和艺术标准、作家思想的改造问题等都一一进行了质疑性的陈述。秦兆阳、周勃、刘绍棠从理论思想和具体观点的角度对《讲话》质疑,陈涌、徐懋庸、于晴、姚雪垠、黄秋耘也从不同的角度对他们的观点给予支持和补充,形成了这一时期对《讲话》质疑的浪潮。

对于这些对《讲话》质疑的批评甚至批判,就成为这一时期对《讲话》研究的另外一个特点。作为当时文艺工作领导人之一的林默涵对秦兆阳的文艺理论观点进行了全面的驳斥。他在1960年第1期的《文艺报》上发表题名为《更高的(地)举起毛泽东文艺思想的旗帜!》的文章,并于1960年2月以单行本的形式由上海文艺出版社出版。在这篇文章里,林默涵秉持着一个坚定的马列主义战士情绪,系统阐释了《讲话》的文艺思想的内涵、历史地位以及在新时期的发展。因此,他认为以秦兆阳为代表的作家和文艺理论家对《讲话》的质疑根本上是错误的,是为了阻止和破坏《讲话》影响的扩大,是为了攻击社会主义新制度和新社会。对以秦兆阳为代表的对《讲话》质疑的观点进行驳斥的具有代表性的还有:何其芳的《回忆、探索和希望——纪念毛泽东同志在延安文艺座谈会上的讲话十五周

---

① 刘绍棠:《我对当前文艺问题的一些浅见》,《文艺学习》,1957年第5期。

第三章 无产阶级文艺特征的强化:1957—1966年的延安文学研究

年》①分别对刘绍棠、秦兆阳、周勃等人的观点进行了反驳;以群的《论文艺的政治性和艺术性》②针对刘绍棠的质疑观点进行了论述;彭继昌的《正确地理解毛主席的"在延安文艺座谈会上的讲话"的意义:评刘绍棠同志的一些论点》③针对刘绍棠发表在《文艺学习》1957年第5期的《我对当前文艺问题的一些浅见》提出了反对的意见,他认为刘绍棠提出的"《讲话》包含策略性理论和纲领性理论两部分"、"延安时期人民的艺术欣赏水平低"、"产生公式化概念化的根源是对毛主席《讲话》精神机械、教条、守旧的理解"等论点都是错误的。

  洪子诚认为:"《讲话》的基本理论方法,是一组对立的矛盾关系的展开。政治与艺术,世界观和创作方法,现实和理想,主观和客观,人性和阶级性,知识分子和工农大众,光明和黑暗,歌颂和暴露,普及和提高……这种理论叙述,在对立项的关系上,在侧重点的确立上,留下许多'空隙'。"④因此,不同的历史阶段对《讲话》就有着不同的解读和研究;相同的历史时期内,不同的研究者对《讲话》的学习和研究也各不相同。1957年是《讲话》发表十五周年,1959年是中华人民共和国成立十周年,1961年是中国共产党建党四十周年。在这样一段时期内,对《讲话》的重新解读和研究是一个热潮。1956年到1957年初,在"双百方针"和"鸣放运动"的影响下,出现了对《讲话》阐释

---

  ① 何其芳:《回忆、探索和希望——纪念毛泽东同志在延安文艺座谈会上的讲话十五周年》,《文学研究》,1957年第2期。
  ② 以群:《论文艺的政治性和艺术性》,《文汇报》,1957年6月13日。
  ③ 彭继昌:《正确地理解毛主席的"在延安文艺座谈会上的讲话"的意义:评刘绍棠同志的一些论点》,《文艺学习》,1957年第8期。
  ④ 洪子诚:《中国当代文学史》,第45页,北京大学出版社,2007年6月版。

的不同声音,并在文艺理论建设上出现了对社会主义现实主义的热烈讨论,对文艺批评标准、作家创作题材、文艺工作的领导问题都进行了探讨。但是,随着反右派斗争的开展以及国际形势的恶化,对《讲话》的科学性和学理性探讨很快中断了,又再次陷入一种单一、机械的研究模式中。

二、新文艺的群众路线问题

从1959年到1961年,这三年是中国人民在探索社会主义建设中受到极大挫折的三年。外部环境的恶化和内部矛盾的加剧,再加上自然灾难,导致中国国民经济出现严重困难,自然也无暇顾及文化建设。这三年,中国人民从生理到心理都遭受了重创。值得庆幸的是,中国共产党在这样困难的时候力挽狂澜,通过一系列的政策调整,到1962年底,国民经济形势开始好转。这一年,正好是毛泽东《在延安文艺座谈会上的讲话》(以下简称《讲话》)发表二十周年。

这时,出现了很多纪念《讲话》发表二十周年的文章。文章之多,难以胜数,在总结二十年文艺发展的基础上,对毛泽东文艺思想伟大的赞颂是主要研究思路。但具体的历史环境变了,文艺和文艺批评研究的具体内容自然也会发生变化。比如,文艺为工农兵服务的内涵在这一时期延伸成为社会主义国家最广大的人民群众服务。延安时期,研究者的关注的重点是,在《在延安文艺座谈会上的讲话》提出的文艺新方向的指导下,文艺在很大程度上发挥了巩固统一战线、坚定广大人民群众的革命胜利信心的功效。中华人民共和国成立后,延安时期的文艺批评传统在文化建设中是被延续的,只不过重心调整为文艺在建设社会主义的伟大事业中的地位。

第三章 无产阶级文艺特征的强化:1957—1966年的延安文学研究

因此,虽然纪念《讲话》发表20周年的文章仍然是在马列主义唯物辩证法和相关文艺理论的基础上,对《讲话》中提出的重要的文艺理论观点的再阐释,但在新的社会主义建设时期,这些对《讲话》的再解读也有着新的时代烙印。在这些文章中,对走"与群众结合"路线,依然是对《讲话》再阐释的重点。

延安时期,毛泽东在《讲话》中谈到歌颂和暴露的问题时就提出:"对于革命的文艺家,暴露的对象,只能是侵略者、剥削者、压迫者及其在人民中所遗留的恶劣影响,而不能是人民大众。人民大众也是有缺点的,这些缺点应当用人民内部的批评和自我批评来克服,而进行这种批评和自我批评也是文艺的最重要的任务之一。"[①]在当时具体的历史环境下,敌我矛盾占主要地位,因此《讲话》更强调如何暴露敌对阶级与无产阶级的矛盾。在社会主义建设的新时期,虽然还存在着思想上的敌我矛盾,但人民内部的矛盾已经取代敌我矛盾处于首要地位。那么,人民内部矛盾都包括什么呢?1957年2月27日,毛泽东在最高国务会议上发表了题名为《关于正确处理人民内部矛盾的问题》的讲话,作了具体的表述。他说:"在我国现在的条件下,所谓人民内部的矛盾,包括工人阶级内部的矛盾,农民阶级内部的矛盾,知识分子内部的矛盾,工农两个阶级之间的矛盾,工人、农民同知识分子之间的矛盾,工人阶级和其他劳动人民同民族资产阶级之间的矛盾,民族资产阶级内部的矛盾,等等。"[②]这一时期的主要矛盾与文艺批评有着紧密的关系,它从政策理论上规定了这一时期文艺批评的政治标准的具体内容。

---

① 毛泽东:《在延安文艺座谈会上的讲话》,第35页,人民出版社,1975年版。

② 毛泽东:《关于正确处理人民内部矛盾的问题》,《人民日报》,1957年6月19日。

那么,这一时期的政治标准是什么呢？毛泽东同志在《关于正确处理人民内部矛盾的问题》中作了明确的指示:(1)有利于团结全国各族人民,而不是分裂人民;(2)有利于社会主义改造和社会主义建设,而不是不利于社会主义改造和社会主义建设;(3)有利于巩固人民民主专政,而不是破坏或者削弱这个专政;(4)有利于巩固民主集中制,而不是破坏或者削弱这个制度;(5)有利于巩固共产党的领导,而不是摆脱或者削弱这种领导;(6)有利于社会主义的国际团结和全世界爱好和平人民的国际团结,而不是有损于这些团结。① 1942年毛泽东《在延安文艺座谈上的讲话》提出了政治标准第一,教育最广大人民群众团结抗日、坚定革命是当时的政治标准的内容。新的历史时期,毛泽东在1957年提出的这六条内容也是新的具体的政治标准,这也是对《讲话》在新的具体的历史条件下新的阐释之一。

三、重温《讲话》与思想体认

还有一些文章对《讲话》的背景和对文艺题材的规范角度进行了新的讨论。从理解毛泽东《在延安文艺座谈会上的讲话》的背景来看,二十年后,研究者与当时的具体历史环境拉开距离,就能够以一种更为客观和更为全面的眼光来看待这个问题。因此,二十年后的研究者再重新认识《讲话》的背景时,就不再只是把眼光放在某些个人身上,如王实味、丁玲等。不可否认,这些个人的文艺活动在当时如一块块巨石,砸在延安文艺平静的湖面,产生了极大的波动。因此,也吸引了绝大多数

---

① 毛泽东:《关于正确处理人民内部矛盾的问题》,《人民日报》,1957年6月19日。

第三章 无产阶级文艺特征的强化：1957—1966年的延安文学研究

的研究者的注意力。虽然，对这个特殊的个人活动的研究是对延安文艺运动研究中的重要问题，但是，对这些个人活动对文艺运动所产生的推动力的关注却也很大程度上影响他们对延安文艺的整体状况的了解，也就不能更全面地把握《讲话》的背景和文艺产生的深刻影响。在整风运动和《讲话》发表之前，延安文艺界的工作者还是做了很多有益的工作的，比如，戏剧方面有民众剧团的新秦腔创作，文学方面有报告文学创作上的很多优秀作品，文艺刊物方面《文艺战线》在国统区产生了极大的震动等。这些成绩也是知识分子对革命的热情、对根据地的生活体验的结果。这些正面的文艺创作经验的积累和文艺素养的形成才能使得文艺工作者准确地把握《讲话》提出的文艺新方向，才能很快地调整思路和方法。这也是在《讲话》之后，延安文艺工农兵文艺创作和根据地文化建设出现繁荣的重要原因。因此，对《讲话》背景的重新认识和把握，是在新的历史情境下对《讲话》精神准确把握和实践的重要环节。时隔二十年，虽然对《讲话》的背景研究已经开始意识到这个问题，但可惜的是由于种种限制，他们仍然流于一直以来的研究思路中，如王燎荧的《〈在延安文艺座谈会上的讲话〉的历史背景问题》[①]。林志浩的《工农兵方向在现代文学史上的伟大意义》则对《讲话》对文艺创作题材的规范表达了他新的理解。在文中他认为："文艺为工农兵服务的方向，给文艺创作开辟了一条异常宽广的道路，因此任何把工农兵方向作狭隘化的理解都是不正确的。文艺的工农兵方向，固然要求把工农兵作为主要的表现对象，使他们在文艺作品中取得应有的主人公的地位，但工农兵

[①] 王燎荧：《〈在延安文艺座谈会上的讲话〉的历史背景问题》，《文学评论》，1962年第3期。

方向又不仅是写工农兵的问题。"①这也是在适应新的"百花齐放、百家争鸣"的政策、社会主义建设事业不断发展、广大人民群众的生活日益丰富和文化需要的多样化、文艺创作多样化的基础上对《讲话》创作题材规范性更为全面的阐释。

纪念《讲话》发表二十周年出现的大量对《讲话》研究的文章是在社会主义建设的新时期对毛泽东文艺思想的重要解读。这些文章里的观点在今天看来,似乎有着这样那样的局限,但放在当时具体的历史环境里看,却与当时政治和文艺政策有着完美的契合,并对当时的文艺创作产生了文艺理论纲领性的影响。《人民日报》发表社论《为最广大的人民群众服务——纪念毛泽东同志〈在延安文艺座谈会上的讲话〉发表二十周年》②对这个问题进行的再阐释是具有代表性的文章,比较重要的文章还有《红旗》杂志社论③、《论作家与群众的结合》④等。还有文章对《讲话》中提到文艺批评标准进行了新的解读。刘绥松的《马克思主义的文艺批评准则——纪念毛泽东同志〈在延安文艺座谈会上的讲话〉发表二十周年》⑤是具有代表性的文章。毛泽东在《讲话》中对文艺创作明确提出,政治标准第一,艺术标准第二。这篇文章就是从这个理论出发,对新时代的文艺批

---

① 林志浩:《工农兵方向在现代文学史上的伟大意义》,《教学与研究》,1962年第3期。

② 《人民日报》(社论):《为最广大的人民群众服务——纪念毛泽东同志〈在延安文艺座谈会上的讲话〉发表二十周年》,《人民日报》,1962年5月23日。

③ 《红旗》杂志(社论):《知识分子前进的道路——纪念〈在延安文艺座谈会上的讲话〉发表二十周年》,《红旗》杂志,1962年第5期。

④ 唐弢:《论作家与群众的结合》,《文学评论》,1962年第3期。

⑤ 刘绥松:《马克思主义的文艺批评准则——纪念毛泽东同志〈在延安文艺座谈会上的讲话〉发表二十周年》,《武汉大学学报》,1962年第1期。

第三章 无产阶级文艺特征的强化:1957—1966年的延安文学研究

评的讨论。他认为,文艺批评也和文艺创作一样,是需要从符合工农兵群众的利益作为标准,坚持用政治标准作为衡量文艺作品的标尺,而文艺批评的政治标准的具体内容总是和党的当时具体的政策紧密相连的。

第二节 集体写作与成果简编

1958年3月3日,中共中央发布了《关于开展反浪费反保守运动的指示》,决定开展一场两个月到三个月的"双反"运动。"双反"运动目的是通过"反浪费"、"反保守",反掉"主观主义、官僚主义和宗派主义",打掉"官气、暮气、阔气、骄气和娇气",以"大跃进"的方式促进社会主义建设中各行各业的发展。表现在文艺、文化战线上,就成为通过"双反"运动,破除迷信、解放思想,培养出又红又专的干部,多快好省地促进社会主义文化建设事业的飞速发展。在这种社会和学术背景下,短时间内出现了一批集体编写的文学史。

一、"文学史"的形状与作者

文学史是编著者对某一时期文学现象和发展进程的历史描述。一方面,它力求透过特定阶段纷繁复杂、千头万绪的文学现象,反映相对客观的文学历史面貌;另一方面,它又是编著者对文学历史的理解和认识,带有相对的主观性,带有特定的历史观念和著史方法,通常在突出某种特征时,忽略另外的特征,使用某些材料时,放弃其他材料,从而无法真正还原历史原貌，也正是在这个意义上，贝奈戴托·克罗齐（Benedetto Croce）力图弥合"所有历史都是当代史"的矛盾。①

　　研究对象客观存在的无法全存和全知，研究者相对的主观认识，使得同一时期的文学史会出现面貌不一的文本。这些文本和它们的作者往往都声称自己秉持史学研究的客观性，观察不无真知，写作富于灼见，但诚如米歇尔·福柯（Michel Foucault）所说：

> 各种各样的作品，各处流传的书籍，所有这类属于相同的话语形成的本文——许多作者，他们彼此认识或不认识，相互批评、贬低、抄袭，而又在不知不觉中相互聚首，他们固执地将他们各自独特的话语交叉在不属于他们的，连他们自己也看不清它的整体并且难以测量它的广度的网络中——所有这些形态和这些各不相同的个体性在传递时不仅仅通过他们提出的命题的逻辑的连贯，主题的循环，某一被转让、被遗忘、被重新发现的意义的固执性；他们通过话语的实证性的形式进行传递。或者更准确地说，实证性的这种形式（和陈述功能实施的条件）确定着某个范围，而在这个范围中，一些形式的同一性，某些主题的连续性，某些概念的转移，某些论战的游戏也许可能得以展开。②

米歇尔·福柯所说的"范围"是所有同类文学史著作的共同"形状"：标注历史年代和分期，划分流派和阵营，区别名家和末流，探讨共同的史学命题，勾勒并赋予诸现象以关系和意义。

---

　　① ［意］贝奈戴托·克罗齐：《历史学的理论与实际》，傅任敢译，第2页，商务印书馆，1986年版。

　　② ［法］米歇尔·福柯：《知识考古学》，谢强、马月译，第163—164页，三联书店，1998年版。

第三章　无产阶级文艺特征的强化:1957—1966年的延安文学研究

在这个意义上,文学史及其作者是历史情境的产物,是文学史写作话语的某个环节。当我们反观1956—1966年间延安文艺研究的时候,最突出的印象是专业和非专业者写就的文学史、史料集大量出现,两者又以集体写作之名获得合法地位。

1. 集体作者与文学史文本

这一时期,文艺界倡导专业人员与工农兵相结合的集体创作模式,具体创作中,由工农兵出主题,选内容,把握思想性,专业人员出技术,这在美术、文学等领域都有大量例证。同样,在文艺研究中,专业人员与工农兵相结合的道路也有所贯彻。只是文学史编订,必须以相当的文化水平为基础。因此,与专家组合创作的只能是接受过一定文学训练的工农兵大学生。这样,在集体创作和集体研究的浪潮中,该时期文学史的"作者",便出现集体性质的专业研究院所、集体性质的工农兵大学生和专业研究院所与大学生集体组合三种形式。

据笔者不完全统计的1958年至1965年间出版的45本文学史著作{[1]中国人民大学新闻系文学教研室.中国现代文学史参考资料[C]:第1卷.北京:中国人民大学出版社,1958.[2]中国人民大学新闻系文学教研室.中国现代文学史参考资料[C]:第2卷.北京:中国人民大学出版社,1958,12.[3]北京师范大学中国语言文学系.中国现代文学史(初稿)[M]:第1编.北京:北京师范大学出版社,1958,12.[4]北京师范大学中国语言文学系.中国现代文学史(初稿)[M]:第2编.北京:北京师范大学出版社,1959,01.[5]北京师范大学中文系.中国现代文学史(初稿)[M]:第3编,上下.1959.[6]北京大学中文系.中国现代文学史当代文学部分纲要[M].北京大学中文系,1959.[7]中国现代文学史参考资料[C]:第3卷:1949—

1958.北京:高等教育出版社,1959.[8]华南师范学院中国现代文学史教研组.中国现代文学史[M].华南师范学院中国现代文学史教研组,1959,01.[9]中国现代文学教研室.中国现代文学史学习文件[C].1959,02.[10]北京师范大学中文系现代文学教学改革小组.中国现代文学史参考资料[C]:第1卷,上下.北京:高等教育出版社,1959,03.[11]北京师范大学中文系现代文学教学改革小组.中国现代文学史参考资料·中国革命文学的产生和发展(五四至1942)[C]:第1卷.北京:高等教育出版社,1959,03.[12]北京师范大学中文系现代文学教学改革小组.中国现代文学史参考资料·中国革命文学的新阶段(1942—1949)[C]:第2卷.北京:高等教育出版社,1959,03.[13]北京师范大学中文系现代文学教学改革小组.中国现代文学史参考资料·社会主义革命和建设时期的文学(1949—1958)[C]:第3卷,上下册.北京:高等教育出版社,1959,05.[14]北京师范大学中国语言文学系.中国现代文学史(初稿)[M]:第3编,上下册.北京:北京师范大学出版社,1959,04.[15]山东大学.山东大学中国现代文学史教学大纲(初稿)[M]:中文系用.济南:山东大学出版社,1959,04.[16]吉林师范大学中文系中国现代文学教研室.中国现代文学史学习资料[C].吉林师范大学中文系,1959,05.[17]复旦大学中文系现代文学组学生集体.中国现代文学史[M]:第1册.上海:上海文艺出版社,1959,07.[18]吉林师范大学中文系中国现代文学教研室.中国现代文学史[M]:第1—3分册.吉林师范大学出版社,1959,11;1960,01.[19]辽宁大学中文系现代文学教研室.中国现代文学史[M].1959年10月.[20]吉林师范大学中文系中国现代文学教研室.中国现代文学史[M]:第4分册.吉林师范大学函授教育处,1960,01.[21]江苏教育学院中国

第三章 无产阶级文艺特征的强化:1957—1966年的延安文学研究

语文系.中国现代文学史[M].江苏教育学院中国语文系,1959.[22]广西师范学院中国现代文学教研组.中国现代文学史[M].广西师范学院,1959,10.[23]北京大学中文系.中国现代文学史纲要[M].北京大学中文系,1959.[24]吉林大学中文系中国现代文学史教材编写小组.中国现代文学史[M]:第1册.长春:吉林人民出版社,1959,12.[25]吉林大学中文系中国现代文学教研室.中国现代文学史[M]:第5分册.长春:吉林文史出版社,1960.[26]杭州师范学院中文系.中国现代文学史(初稿)[M]:下.吉林大学,1960,08.[27]中国人民大学语言文学系文学史教研室.中国现代文学史讲义[M]:下.北京:中国人民大学出版社,1962.[28]吉林大学中文系中国现代文学史教材编写小组.中国现代文学史[M]:上,第2版.长春:吉林人民出版社,1962,07.[29]山东师范学院中文系.中国现代文学史[M]:第2册.长春:吉林人民出版社,1960,04.[30]开封师范学院中文系中国现代文学教研室.中国现代文学史(初稿)[M]:上卷.开封师范学院,1961,07.[31]开封师范学院中文系中国现代文学教研室.中国现代文学史参考资料[C]:上册.开封师范学院,1961,07.[32]开封师范学院中文系中国现代文学教研室.中国现代文学史(初稿)[M]:中卷.开封师范学院 1961,07.[33]北京电视大学.中国现代文学史讲义[M]:第2册.北京电视大学,1962,08.[34]中山大学中文系.中国现代文学史[M]:第1卷,1919—1927.广州:中山大学,1961.[35]华东师范大学中文系现代文学教研组函授教学小组.中国现代文学史简编[M]:上下册.华东师范大学,1961,01;1961,09.[36]吉林大学中文系中国现代文学史教材编写小组.中国现代文学史·下[M]:第2版.长春:吉林人民出版社,1962,08.[37]吉林大学中文系中国现代文学史教材编写小组.中国现代文学史·上下册[M].长春:吉林人民出版社,

1962.[38]北京电视大学.中国现代文学史讲义[M]:第一至二册.北京电视大学,1962,08.[39]唐弢等.中国现代文学史纲要(草稿).高等学校文科教材办公室《中国现代文学史》编写组,1962.[40]中国人民大学语言文学系文学史教研室.中国现代文学史讲义(上下)[M]:初稿.北京:中国人民大学出版社,1962.[41]中国人民大学语言文学系文学史教研室现代文学组.中国现代文学史[M].北京:中国人民大学出版社,1962.[42]北京电视大学.中国现代文学史讲义[M].北京电视大学,1962,08.[43]中国人民大学语言文学系文学史教研室现代文学组.中国现代文学史(上)[M].北京:中国人民大学出版社,1964,04.[44]中国人民大学语言文学系文学史教研室现代文学组.中国现代文学史(下)[M].北京:中国人民大学出版社,1964,06.[45]武汉师范学院中文系现代文学教研组资料室.中国现代文学史资料编目(1917—1964)[C].武汉师范学院中文系现代文学教研组资料室,1965},我们可以粗略感知其"形状"(如图3—1所示):由"图书出版折线图"可粗略看出,受"反右派运动"结束和"大跃进运动"开始的影响,1958—1959年是文学史集体著作出版的高峰期,随着极"左"思潮的继续演化,集体著史也渐趋停滞。

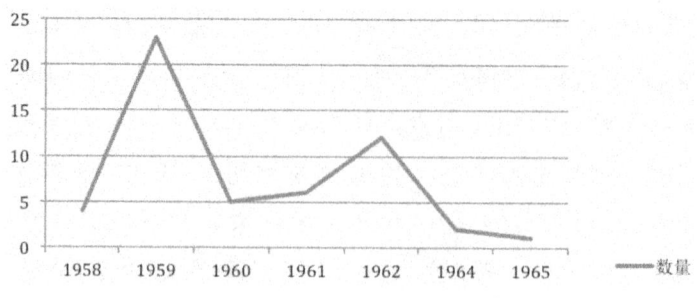

图3—1 图书出版折线

第三章　无产阶级文艺特征的强化：1957—1966年的延安文学研究

2. 图书出版来源

从"图书出版来源比例"（如图3－2所示）来看，中国人民大学出版社、北京师范大学出版社、北京高等教育出版社出版的图书占整体比例的1/3，反映了一些高校和研究机构是集体著史的主要承担者，并在十余年内不断修订，相沿而成传统。其中，北京、吉林、开封是三个研究重镇，体现了一定的区域特征。

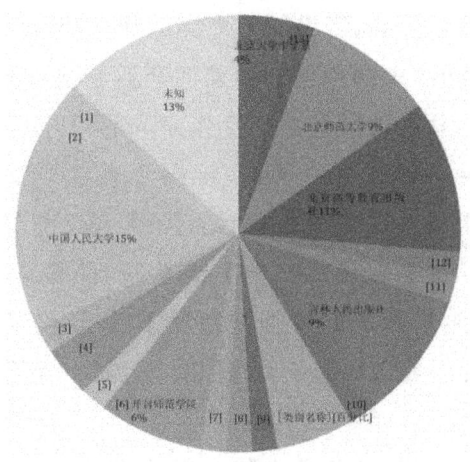

图3－2　图书出版来源比例

注：[1]中山大学2%；[2]中华书局2%；[3]武汉师范学院中文系现代文学教研组资料室2%；[4]上海文艺出版社4%；[5]山东大学出版社2%；[6]南京师范学院教务处2%；[7]江苏教育学院中国语文系2%；[8]吉林文史出版社2%；[9]吉林师范大学函授教育处2%；[10]吉林师范大学2%；[11]华南师范学院中国现代文学史教研组2%；[12]广西师范学院2%；[13]北京电视大学2%。

从"作者"层面看，这些著作大部分是由大中专院校现代文学教研室或文学组编订的，一些单位作为集体作者，还先后修订数次，版本上便有扩充；其次，50年代末到60年代，在"大批判"和"大跃进"的影响下，短时间内出现了一批大学生集体编写的文学史,如1959年3月出版的北京师范大学中文系现代文学教学改革小组编写的《中国现代文学史参考资料》、1959年7月出版的复旦大学中文系现代文学组学生集体编写的《中国现代文学史》、1959年10月辽宁大学中文系现代文学教研室编著的《中国现代文学史》、1960年7月出版的山东师范学院中文系编著的《中国现代文学史》(初稿)、1961年7月出版的开封师范大学中文系中国现代文学教研室编著的《中国现代文学史》(初稿)、1962年出版的中国人民大学语言文学系文学史教研室编著的《中国现代文学史讲义》(初稿)等。此外,还有一些著述是由专业教师和学生合作完成的,如中国人民大学语言文学系文学史教研室编著的《中国现代文学史讲义》(上下册)(初稿)(中国人民大学出版社,1962年2月),据其"后记"可以知道,这本《中国现代文学史讲义》初稿是1960年中国人民大学"原文学教研室的教师和新闻系1958年入学的全体同学集体编写的",是1960年10月以后经过约半年时间修改后的版本。

相比而言,此期署名个人的文学史非常少,目前可见的有同人著的《中国现代文学史资料丛书》(上海文艺出版社,1958)、上官艾明著的《中国现代文学史》(南京师范学院教务处,1959)。事实上,这些著作也往往是由学者出任主编、集体参编的结果。

二、集体声音中的"延安文艺"诸题

此处以1959年7月出版的复旦大学中文系现代文学组学生集体编写的《中国现代文学史》、1962年出版的中国人民大学语言文学系文学史教研室编著的《中国现代文学史讲义》(初

第三章 无产阶级文艺特征的强化：1957—1966年的延安文学研究

稿)、1962年中国人民大学出版的《中国现代文学史讲义》(上下册)(初稿)等几本著作为例,对核心研究问题予以分析。

1. 延安文艺与现代文学源流问题

1959年7月出版的复旦大学中文系现代文学组学生集体编写的《中国现代文学史》的"绪论"标题为"对中国现代文学史中几个基本问题的理解",包括"关于新文学运动的领导"、"关于新文学运动的性质"等六个问题。在绪论中,对这几个问题的认识可以说是这本文学史编著理念和思想的集中体现。在"新文学运动的领导"这个问题的叙述中,对于"五四文学",他们认为是像李大钊这样的中国共产主义者知识分子领导的、以共产主义世界观和方法论为基础的文学革命;对于"左翼文学",他们认为是在党的领导下,以1930年成立的左联为阵地的革命文学运动;对于"延安文艺",他们认为毛泽东《在延安文艺座谈会上的讲话》是马克思文艺理论的重大发展,是对中国二十年文学运动的总结,开创了中国现代文学史上的新阶段——文艺的工农兵方向。对于这"五四文学"、"左翼文学"、"延安文学"之间的关系,他们认为:"党对新文学的领导是一贯的,是包括思想上、组织上和道路上的全面指导。"[1]换言之,这本文学史的编纂者认为,延安文学是和五四文学、左翼文学一脉相承的,是随着中国革命的发展和马列主义在中国的进一步传播而不断进步、上升的结果,并着重强调了中国共产党的领导在文学运动发展中的重要作用。黄修已谈到这个版本的《中国现代文学史》的时候曾说:"'复旦本'让人们看到,老师们尽

---

[1] 复旦大学中文系现代文学组学生集体:《中国现代文学史》(上册),第2页,上海文艺出版社,1959年版。

力加强'政治性',学生们则进一步加强'党派性',即非常突出中国共产党在新文学史上的作用、地位。"①

2. 延安作家和作品的评述标准

关于现代作家、作品的评价,他们的认识是:"从马克思列宁主义文学批评标准出发,对中国现代文学史上各个时期的作家和作品作出正确的、全面的、历史的评价,是中国现代文学史工作者的一项重要任务。"②这里有两层含义:一是他们对现代文学史上的具体作家作品的批评标准,那就是符合马克思列宁主义的文艺观念和审美范畴;二是,在他们看来,对于文学史工作者来说,在当时是否采取马克思列宁主义的批评标准是立场、态度正确与否的重要因素。其后,他们又对马克思列宁主义的批评标准进行了具体的阐明,那就是要"正确掌握毛主席所提出的政治标准放在第一位,以艺术标准放在第二位,要求政治和艺术的统一,内容和形式的统一,革命的政治内容和尽可能完美的艺术形式的统一——马克思主义文艺批评的基本准则,才能不犯错误。"③这两点,其实也是这本文学史对延安文艺研究的批评标准和立场、态度。

3. 历史分期与体例

在"复旦本"中,把1942年至1949年的文学划分为第三时

---

① 黄修己:《中国新文学史编纂史》,第114页,北京大学出版社,2007年版。

② 复旦大学中文系现代文学组学生集体:《中国现代文学史》(上册),第13页,上海文艺出版社,1959年版。

③ 复旦大学中文系现代文学组学生集体:《中国现代文学史》(上册),第13页,上海文艺出版社,1959年版。

第三章 无产阶级文艺特征的强化：1957—1966年的延安文学研究

期,这是延安文艺座谈会召开后延安文艺在毛泽东提出的新的文艺方向的指导下重要的发展时期。他们这样划分的依据当然是因为1942年延安文艺座谈会的召开以及毛泽东《在延安文艺座谈会上的讲话》的重大意义。对这个问题的认识,他们直接引用了周扬在《坚持贯彻毛泽东的文艺路线》(《人民日报》1951年6月27日)中对毛泽东《在延安文艺座谈会上的讲话》的评价——"是继'五四'之后的第二次更伟大、更深刻的文学革命",基本准确把握了毛泽东文艺思想成形及文艺界阐释的过程。该书对延安文艺的叙述主要集中在书的第九章"文艺第一次与工农兵结合——苏区文艺运动及一九三七年至一九四二年抗日根据地文艺运动"。从这个标题中可以看出,编者把延安文艺的叙述与苏区文艺的发展紧密地联系在一起,揭示了苏区文艺在党的领导下所具备的为政治和战争服务的宣传性和战斗性,有着追本溯源的价值意义。其中,第四节"抗战前后党领导下的广大抗日根据地的文艺运动"主要的就是对以陕甘宁边区为中心,包括晋察冀边区的延安文艺的叙述。在这一小节中,编者对延安文艺中文艺大众化、文艺团体和刊物、街头诗运动等问题给予了简要的说明和概括,这其中又对诗人田间、柯仲平、绍子南等给予了评价,对《查路条》、《十二把镰刀》、《参加八路军》等具体戏剧作品给予肯定。

在中国人民大学语言文学系文学史教研室1962年2月编著的《中国现代文学史讲义》(上下册)(初稿)中,对五四时期和左联时期的文学运动的梳理依然是以强调中国共产党的红线、以与中国共产党关系的亲疏为歌颂性和批判性叙述的标准。其中,第十一章"革命根据地的文艺运动"列专题对苏区文艺运动作了简单的介绍。这部著作的下册虽然名为《中国现代文学史讲义》,实际上,在体例上,第二十章"抗日战争前期的革命文学和进步文学(下)"中分三个小节对张天翼、沙汀、艾芜的小说,夏衍的剧作,宋之的、于伶的剧作进行了介绍;第三十二章"国统区的革命文学和进步文学(下)"中分为四个小节对郭沫若、阳翰生等进步作家进行了介绍。除却这两章,其余十四个章节全部是对延安文艺运动及延安具体作家作品的介绍。关于毛泽东《在延安文艺座谈上的讲话》,就单独列了两章,对延安文艺座谈会召开的历史背景和《讲话》的内容和意义用了将近30页的篇幅进行了详细的介绍,并对毛泽东及其《讲话》给予了高度的评价。

4. 既有成果与研究效应

从著作类型来看,上文所列目录大部分是文学史,也有不少文学史料丛编;从编著意图上看,大部分著述主要用于教学,其次为少量的学术研究。当然,这个区分是相对的。因为,各种版本的文学史大体上都是对1956年以前延安文艺研究、新中国文艺研究的集成,不仅可供借鉴的范式已经初步奠定,并且,大家共识的作家、作品以及与之相关的史料也是此前便具备雏形的。在这个意义上,几十本体量不一、著作不一的文学史著作和史料丛编实际上就是此前文艺研究的一个历史整理而已,其中,又以延安文艺研究为主要参照——无论是理论观点,还是作品甄选,抑或是史料阐释。

1962年2月,中国人民大学出版由其语言文学系文学史教研室编著的《中国现代文学史讲义》(上下册)(初稿)。在该书中,在对延安具体作家的正面评价方面,明显受延安时期以来,尤其是第一次中国全国文学艺术代表大会上重要文艺、文化领导人的评价影响。第二十四章对赵树理作了专题介绍,大标题就是"赵树理的创作——贯彻毛泽东文艺思想的硕果",下

第三章 无产阶级文艺特征的强化：1957—1966年的延安文学研究

面分为三个小节，分别是"一个生根在劳动人民中的文学家"、"农村伟大变革的真实反映"、"中国作风、中国气派的艺术特色"。单单就这些标题，就完全是依照周扬对赵树理及其创作的评价来定的，并直接引用了周扬《论赵树理的创作》中的原文，评价赵树理："是一个在创作、思想、生活各方面都有准备的作家，一位在成名之前已经相当成熟了的作家，一位具有新颖独创的大众风格的人民艺术家。"[①]作为全章对赵树理进行介绍、评价的开始，在共9页的叙述中，对周扬这篇文章的引用就有5次。从整本书的体例上来讲，在这本《中国现代文学史讲义》（下册）中，赵树理是唯一一个被列了单章进行论述的作家，可见延安时期以来的"赵树理方向"对文学史叙述产生的影响之大。

对延安文艺中具体作品的积极评价，深受延安时期以来，尤其是新中国成立初期对延安文艺作品评价的影响。第二十五章对以《白毛女》为代表的，包括《刘胡兰》、《血泪仇》、《王秀鸾》、《赤水河》等歌剧给予了高度的评价；第二十六章的第一节对《王贵和李香香》的思想内容、艺术特色给予了详细的论述，认为这首诗歌的出现"以无产阶级的政治内容和中国作风、中国气派的优美和谐的艺术形式轰动了解放区的诗坛"，从而给予了极高的评价。而在本书中出现的被歌颂的延安时期的作品全部在新中国成立初期周扬主编的《中国人民文艺丛书》的范围以内。从这种集体写作的文学史对延安文艺作品的选择和评价可以看出，《中国人民文艺丛书》不但在新中国成立初期起到了使解放区文艺经典化的直接作用，更对之后延安文艺研究中对具体作品的选择和评价产生了重要影响。

---

① 周扬：《论赵树理的创作》，《解放日报》，1946年8月26日。

当然,对具体作家作品的批判,也表现为对文艺界反右运动中再批判的强化。在第二十一章的第二节《在延安文艺座谈会上的讲话》发表前文艺界状况和对托派分子王实味及其他反动思想的批判中,直接照搬了反右运动中对延安时期一些作家的判断和研究结论。例如,对丁玲的《三八节有感》、罗烽的《还是杂文时代》、艾青的《了解作家,尊重作家》、王实味的《野百合花》、萧军的《论同志之"爱"与"耐"》的批判,与文艺界反右运动中《文艺报》的再批判专辑的批判篇目保持一致。丁玲的《太阳照在桑干河上》和周立波的《暴风骤雨》是同年获得斯大林文学奖的,但由于反右运动对丁玲的再批判,使得对这两部作品的介绍产生很大的区别。在第二十七章的第一节中,对周立波的《暴风骤雨》用了八页多的篇幅进行了比较详细的论述,对丁玲的《太阳照在桑干河上》的叙述,却只用了一页半,从篇幅上就形成很大的差别。对作品的评价上,同样是写土地改革运动的作品,编者认为周立波是"继赵树理之后在小说方面实践毛泽东文艺思想有成就的作家之一"①,认为周立波在《暴风骤雨》中对肖祥、郭全海、赵玉林这类人民英雄形象的塑造"无论在作家创作道路上,还是在现代文学史上都有重大的意义",虽然在最后也指出了作品中存在的缺点,但基本都是正面的评价。然而,认为丁玲的《太阳照在桑干河上》是:"虽有一定的成就,但也是存在着严重缺点的作品"。"没有描写出党在这场斗争中的坚强领导。""对农民,主要强调他们落后的一面,这是不符合历史真实的。""小说展开的斗争规模也是比较小的。在人物刻画上叙述交代多,缺乏正面的描写。语言也较沉闷,不够

---

① 中国人民大学语言文学系文学史教研室:《中国现代文学史讲义》(下册)(初稿),第534页,中国人民大学,1962年版。

第三章　无产阶级文艺特征的强化:1957—1966年的延安文学研究

洗练。"①基本都是负面的评价。

将此前研究成果以材料、观点和特定对象呈现于文本中,并推广到学校教育和普通读者群中时,延安文艺研究的成果效应实际上也被放大到极致。以往只有文艺界专家才通晓的知识,此时被大中专院校的学生和文学爱好者广为接受,通过教育教学——包括在此基础上形成小学、中学教材,和文本"地图"的限定,延安文艺创作的面貌、作品优劣、作家认可度等都形成一套相对固定的看法。一定意义上,我们可以说,到"文革"前夕,学术界有关延安文艺的研究已经告一段落,尤其是对延安文艺的定位、对其与现代文学关系的理解、主要特征、作家与作品等,成为"文革"和20世纪80年代初延安文艺研究的既有前提。

三、文学史的学术考量

综上可以看出,不管是复旦大学中文系现代文学组学生集体编写的《中国现代文学史》,还是中国人民大学语言文学系文学史教研室编著的《中国现代文学史讲义》(初稿)(上下册),对延安文艺的叙述表现为以下几个特点:(1)弱化了延安文艺与五四文学、左翼文学的关系,强化中国共产党的领导;(2)《讲话》是对延安文艺进行文学史叙述的理论和观念指导;(3)对具体作家作品歌颂和批判,受延安时期以来,重要文艺、文化领导人和文艺批评家的影响极大,并与文艺界反右运动中再批判有着紧密的关系;(4)对具体作品的选择和评价被规约在新

---

① 中国人民大学语言文学系文学史教研室:《中国现代文学史讲义》(下册)(初稿),第542—543页,中国人民大学,1962年版。

中国成立初期编著的《中国人民文艺丛书》的范围以内。而在这两部现代文学史著作中呈现出的这些特点也是这一时期众多集体写作文学史所共有的特色。

这些集体写作的文学史大多急就成章,流于粗糙。例如,山东师范学院中文系编著的《中国现代文学史》(初稿)的"前记"中就写道:"《中国现代文学史》(初稿)是由我系部分教师和本四的同学在党直接领导下,用了两个多月的时间集体写的。"①而这些文学史中的延安文艺史叙述在作家和作品选取、史料处理及阐释等方面,或因袭前人,或堆砌抄录,而无统一的体例,没有富有价值的论证。这一方面是因为"著者"主体是大学生,是一个缺乏学术训练和判断的群体;另一方面,短时间内的"集体"著作若无系统合理的提纲和理路指引,难免粗糙,而著者的集体身份在突出治史者政治、阶级角色的同时,又不断弱化着文艺评判和价值阐述的个体与独立品格,政治化的集体发声削弱了对历史真实、艺术感知的客观传达,延安文艺由此被不同程度地简化。甚至,可以说,这种大学生集体编著文学史的做法一定程度上也使得以往渗透在社会各领域的文学创作、文学批评和文学教学等环节开始以大学校园为阵地,而有所简化或坍塌,这是纷繁活跃的艺术生产活动被简化的少有时刻,其代价是艺术生产动力的丧失环境的恶化和主体的流失。对于以青年学生为主要力量的集体写作所呈现出的种种弊端,黄修己在《中国新文学史编纂史》中是这样评价的:"反右运动中,周扬发表了《文艺战线上的一场大辩论》。说的当然不是周扬个人的意见,所以影响极大,此后所编的新文学史著,都把这

---

① 山东师范学院中文系:《中国现代文学史·前记:初稿》,山东师范学院,1960年版。

第三章　无产阶级文艺特征的强化：1957—1966年的延安文学研究

篇文章的观点作为指导。青年学生缺少历史知识的经验，当然很容易地成为追随者，他们也是受害者。"①

不过，将这一阶段与20世纪40年代以来延安文艺史著述历程联系起来，则它与意识形态化的萌芽、著述模式的定型之间的关系便逐渐清晰：它是前两个阶段的进一步深化。至此，文学史著述中的文学艺术评判已完全让位于政治价值的体现，虽然这种集体写作在今天看来并没有学术建树可言，但作为文学研究过程中的特殊的一个阶段，还是有其自身的意义。正如韦勒克·沃伦谈到文学史写作时所说："解决问题的关键在于把历史问题同某种价值或标准联系起来。只有这样，才能把显然无意义的实践系列分离成本质的因素和非本质的因素。只有这样，我们才能谈论历史进化，而在这一进化过程中每一个独立事件的个性又不能被削弱。"②

周维东在《延安文学研究的现状与深化的可能性》中指出："延安文学在解放区特殊的政治体制下，在民族战争、解放战争的大背景下，如何处理政治与文学的关系，如何建立一套文学制度，并催生出一套新的话语系统、新的审美系统，并如何或明或暗地承传到当前地（的）社会文化当中，不仅是极具价值地（的）研究课题，更是迫在眉睫地（的）研究话题。"③的确，延安文艺研究还有很多方面值得我们讨论。本书所述20世纪40—70年代的延安文学研究也是一个不断积累和发展的过程，

---

①　黄修己：《中国新文学史编纂史》，第116页，北京大学出版社，2007年版。

②　[美]韦勒克·沃伦：《文学理论》，刘象愚等译，第308页，江苏教育出版社，2005年版。

③　周维东：《延安文学研究的现状与深化的可能性》，第128—136页，《现代中国文化与文学》，2005年第2期。

时代的更迭和观念的更新催生了不同的学术生产模式。我们看到,在毛泽东的《讲话》及文艺方针指导下,文学史著作建构着一种新的知识体系,无论历史意识,抑或研究方法,都逐渐趋于定型,以论代史地完成了"歌颂加批判"的延安文艺史叙述模式,并且已经顺利地纳入当时的教学与学术生产机制,潜在地对当时文学作品的出版、文艺批评发生着影响,引导着人们对延安文艺乃至对历史与传统的理解,甚至影响着当时人们的阅读方式。

第三节 "再批判"活动:质疑作家与取证作品

20 世纪 50 年代下半时期是延安文艺研究一个重要转折时期。延安文艺的学术研究进入停滞,陷入了政治批判的泥潭,背离了政治标准和艺术标准统一兼顾的原则和方法。

前文已述,我们关注的延安文艺研究包含各时期的文艺批评。我们知道,文艺批评是批评家或接受者运用一定的原理和方法,对文艺家、作品、思潮、现象等所作的探讨、分析和评价,尽管它离不开各时期的政治、经济、文化、宗教等意识形态的影响,但其本质是审美活动之一种。而到这一时期,规范严谨的文艺批评已然淡化,相反,严肃苛刻的文艺批判却日益明显。批判,既指思想和内容错误、性质十分严重的作品,也兼及作家言论和行为。尽管 40—70 年代的延安文艺研究仍有相对严谨的文艺批评的声音(见本章第四节),但在某种程度上,批判的力量远远大于批评研究。本节以此期广受批判的丁玲、萧军为

第三章 无产阶级文艺特征的强化:1957—1966年的延安文学研究

主要案例,对"再批判"的几个层面予以观察。

一、丁玲:"爱羽毛的人"及其"名作"的浮沉

丁玲是延安文艺的干将,她的许多作品,除《在医院中》,大多也在延安文艺前20年中被确立为典范。但随着1957年反"右"斗争开始和"再批判"活动的开展,这些作品逐一受到质疑,丁玲再次成为被批判的焦点之一。在1957年《文艺报》、《光明日报》、《人民日报》等各大报纸上,单对丁玲及其相关作品的批判文章就有几十篇。

1.《在医院中》

《在医院中》是丁玲被批判的作品之一,具有代表性的依然是王燎荧。他在1957年《文艺报》第25期发表题名为《丁玲的小说〈在医院中〉的反动性质》。在这篇文章里,他再次批判了丁玲《在医院中》把延安的经济文化困难表现为黑暗而暴露,批判了作品主人公表现出的与集体主义相对抗的极端个人主义、反党思想。在王燎荧看来,丁玲的这篇小说在当时的延安,没有起到教育群众团结一致、积极革命的效果。与之相反的,延安时期,很多青年人把丁玲《在医院中》的结尾抄写下来贴在墙壁上,作为座右铭。王燎荧也据此认为,丁玲的《在医院中》对青年知识分子起到了挑拨离间的作用,使他们对党和组织、工农群众和干部产生了怀疑甚至抵抗的情绪,这些都产生了极其恶劣的影响。① 1958年,张光年发表《莎菲女士在延安——评

---

① 王燎荧:《丁玲的小说〈在医院中〉的反动性质》,《文艺报》,1957年第25期。

丁玲的小说〈在医院中〉》，是对丁玲及其《在医院中》批判性研究的另外一个代表。在这篇文章里，张光年不仅明确表明完全同意王燎荧对《在医院中》的评价，而且加大了批判的力度。张文把丁玲、莎菲、陆萍等同起来，说她们是有着"残酷天性"的女人，反复断章取义地引用《莎菲女士的日记中》的话语，对陆萍的塑造者丁玲进行了批判。

与把作家比作"人类灵魂工程师"的说法相对应，康濯把丁玲比作"人类灵魂的腐蚀师"。对于丁玲在延安时期产生过争议的作品，包括《在医院中》，康濯是这样说的：

> 她所写的小说《我在霞村的时候》和《在医院中》，也就不能不弥漫着一种委屈的阴暗的情感，而在前一作品中对一个在敌人面前失节的妇女充满同情，对群众给予这个妇女的冷淡则心怀怨恨；在后一作品中，对一个年轻的女共产党虽在个人利益和党的利益发生了冲突的时候，所表现出的种种苦恼和个人主义的错误，也流露了黯淡的不健康的哀怜。

周扬在《文艺战线上的一场大辩论》中对《在医院中》性质作了总结性的概括，他说："丁玲在1942年写的《在医院中》，更是集中地表现了她对工人阶级，对劳动人民的敌视。这篇小说是丁玲极端个人主义的反动世界观的缩影。"① 此外，对《在医院中》进行批判的文章还有左英的《从〈在医院中〉看丁玲的立场》、林音频的《丁玲笔下的延安——〈在医院中〉一文对革命组织的诋毁》、刘开扬的《丁玲的爱与恨：评〈三八节有感〉和

---

① 袁良骏：《丁玲研究资料》，第347页，知识产权出版社，2011年版。

〈在医院中〉》、孙穆的《以我的亲身经历斥丁玲的〈在医院中〉》等。①

2.《三八节有感》

丁玲的《三八节有感》最早发表在 1942 年 3 月 9 日《解放日报》副刊《文艺》上，是一篇对延安当时妇女生存状况进行反思的文章。虽然这篇文章末尾提出的四条对女人生存生活的建议（不要生病，要爱惜身体、珍视健康；使自己愉快，要坚持每天做一些有意义的事情使自己保持愉快的活力；用脑子，为保持理性的自己负责，而不随波逐流；下吃苦的决心，坚持到底，要做一个现代的、有觉悟的、勇敢与现实搏斗的新女性）在今天看来仍然有着积极的教育意义，但这篇《三八节有感》在发表伊始就引起过争议。

到了反右派斗争期间，《三八节有感》却也成为丁玲文艺创作历史上被批判的主要污点之一。对《三八节有感》进行批判的文章有凌晓华的《重读〈三八节有感〉》、菡子的《斥〈三八节有感〉》、罗琼和董边的《斥丁玲的〈三八节有感〉》、草明的《妇女永远拥护共产党——斥〈三八节有感〉》、王子野的《种瓜得瓜、种豆得豆——重读〈三八节有感〉》、凤子的《批判丁玲的〈三八节有感〉》、晓奇的《三八节重读〈三八节有感〉》、张鸿的《反动的〈三八节有感〉》、李仲民的《丁玲的〈三八节有感〉在延

---

① 左英：《从〈在医院中〉看丁玲的立场》，《热风》，1958 年第 1 期。林音频：《丁玲笔下的延安——〈在医院中〉一文对革命组织的诋毁》，《山东文学》，1958 年第 3 期。刘开扬：《丁玲的爱与恨：评〈三八节有感〉和〈在医院中〉》，《草地》，1958 年第 3 期。孙穆：《以我的亲身经历斥丁玲的〈在医院中〉》，《解放军文艺》，1958 年第 5 期。

安》、徐嘉瑞的《从今天的三八节批判丁玲的〈三八节有感〉》等。①

罗琼和董边的《斥丁玲的〈三八节有感〉》详细列举了当时延安妇女生活的具体事实，来反驳丁玲在《三八节有感》中对延安妇女生存状态的描述。在他们看来，当时延安的妇女，不论在学习上还是恋爱婚姻生活上，都得到了党的关怀和照顾，是被尊重和爱护的，并不像丁玲在《三八节有感》中描述的那样到处是黑暗，妇女得不到应有的权利和尊重。甚至在罗琼和董边看来，丁玲正是要通过《三八节有感》对极端个人主义进行宣扬，对革命方向进行歪曲，对革命统一战线团结进行破坏。

草明是有过延安生活经历的作家，又和丁玲同样是女性的身份，她在《妇女永远拥护共产党——斥〈三八节有感〉》(《人民文学》1957年第10期)中，以自己的亲身经历说明在边区生活中，妇女有着劳动被认可的光荣，有着选择爱人和职业的自由，有着各种被法律保护的权利，是中国几千年来都不曾有过的。

丁玲由此也变成反面教材。王子野在《种瓜得瓜、种豆得豆——重读〈三八节有感〉》(《文艺报》1958年第1期)中说：

我们从好文章去学"应该怎样做"，从坏文章就要去学

---

① 凌晓华：《重读〈三八节有感〉》，《人民日报》，1957年8月23日。菌子：《斥〈三八节有感〉》，《文艺报》，1957年第22期。罗琼、董边：《斥丁玲的〈三八节有感〉》，《人民日报》，1957年9月21日。草明：《妇女永远拥护共产党——斥〈三八节有感〉》，《人民文学》，1957年第10期。王子野：《种瓜得瓜、种豆得豆——重读〈三八节有感〉》，《文艺报》，1958年第1期。凤子：《批判丁玲的〈三八节有感〉》，《光明日报》，1958年3月7日。晓奇：《三八节重读〈三八节有感〉》，《工人文艺》，1958年第3期。张鸿：《反动的〈三八节有感〉》，《热风》，1958年第3期。李仲民：《丁玲的〈三八节有感〉在延安》，《红水河》，1958年第4期。徐嘉瑞：《从今天的三八节批判丁玲的〈三八节有感〉》，《边疆文艺》，1958年第4期。

第三章　无产阶级文艺特征的强化:1957—1966年的延安文学研究

"不应该怎样做",正面的老师教我们如何向善,反面的老师教我们如何避恶。在这意义上我们正是可以拿丁玲为"师"的,还是要用她的《三八节有感》来作"教材"的。①

3.《我在霞村的时候》

丁玲的《我在霞村的时候》发表在1941年6月的《中国文化》上,被认为是她中期的代表作品之一。《我在霞村的时候》讲了抗战期间,农村女孩儿贞贞不幸沦为日本军队的随军妓女,并利用这种特设的身份,多次为八路军送情报。后来,被解救后回到霞村,却因为这种特殊的经历,被人们所议论,甚至歧视的故事。改革开放后,研究者们认为,《我在霞村的时候》是在战争年代极少地表现出对妇女体验、充满女性主义色彩的作品,王德威在《做了女人真倒霉?——丁玲的"霞村"经验》中就曾说:"这个表面看来头头是道的小说,其实深具女性主义讯息。它的挑衅性不在于美化了妓女或丑化了民族正气,而在于根本摇撼了传统文化论述所视为当然的那套女性神话。"②

但是,在反右派斗争的当时,对《我在霞村的时候》的批判,也正是缘于后来被深刻挖掘而被认可的这一点上。周扬在《文艺战线上的一场大辩论》中就曾说:"《我在霞村的时候》这篇小说,把一个被日本侵略者抢去作(做)随营娼妓的女子,当作女神一般美化。"③当时,对这个小说进行批判的代表性的文章还

---

① 王子野:《种瓜得瓜、种豆得豆——重读〈三八节有感〉》,《文艺报》,1958年第1期。
② 人民文学出版社编辑部:《中华文学评论百年精华》,第638—639页,人民文学出版社,2004年版。
③ 袁良骏:《丁玲研究资料》,第347页,知识产权出版社,2011年版。

有陆耀东的《评〈我在霞村的时候〉》、华夫的《丁玲的"复仇女神"——评〈我在霞村的时候〉》。①

4.《太阳照在桑干河上》

《太阳照在桑干河上》是奠定了丁玲在解放区文学中地位的作品。这部作品在1951年获得斯大林文学奖,是一部给丁玲带来荣誉和身份的作品。新中国成立前夕,《太阳照在桑干河上》入选解放区作品经典集成的大型丛书《中国人民文艺丛书》,丁玲也凭借这种文学上的贡献和荣誉在文艺界占据了重要的位置。1950年,丁玲任文协党组书记、常务副主席和中央文学研究所(后改称中国作家协会文学讲习所)所长;1951年,调任中宣部文艺处处长;1952年,任《人民文学》主编……可见党和文艺界对丁玲的认可。然而,在反右派斗争中,《太阳照在桑干河上》也被批判,竹可羽的《论〈太阳照在桑干河上〉》②和王燎荧的《〈太阳照在桑干河上〉究竟是什么样的作品?》③是这方面的代表。

据王燎荧在《〈太阳照在桑干河上〉究竟是什么样的作品?》中所说,竹可羽对丁玲的《太阳照在桑干河上》的评价的异议是很早就存在的,竹可羽的《论〈太阳照在桑干河上〉》又是当时为反驳冯雪峰对《太阳照在桑干河上》的评价而作的。竹文主要批判《太阳照在桑干河上》人物形象的塑造,认为丁玲创作的过

---

① 陆耀东:《评〈我在霞村的时候〉》,《人民文学》,1957年第10期。华夫:《丁玲的"复仇女神"——评〈我在霞村的时候〉》,《文艺报》,1958年第3期。

② 竹可羽:《论〈太阳照在桑干河上〉》,《人民文学》,1957年第10期。

③ 王燎荧:《〈太阳照在桑干河上〉究竟是什么样的作品?》,《文学评论》,1959年第1期。

第三章 无产阶级文艺特征的强化:1957—1966年的延安文学研究

程中存在着讽刺工农群众、描写女性形象不正常等问题,驳斥了冯雪峰对《太阳照在桑干河上》中人物形象塑造成功的评价。例如,在谈到《太阳照在桑干河上》中积极分子形象的塑造时,竹可羽是这样说的:"这就是一群所谓的青年积极分子,但是,除了'积极分子'这个作者给他们的称号以外,我们还能看到什么内容呢?他们和这次土改斗争,和斗争钱文贵这个高峰,有多大关系呢?这群青年积极分子的形象,在他们父辈的形象前面不是显得黯然无光吗?怎么能象(像)冯雪峰那样说,这小说中每个人物都是生动的呢?"在对《太阳照在桑干河上》中妇联副主任周月英形象的塑造时,竹可羽又是这样说的:"这个人物的确是生动的,然而我总觉得这个人物在作者的笔调里,渗透着一种带点欣赏的讽刺的味道……"①同时,他认为:"作为一部描写中国土地改革的小说,它没有写出农民强烈的土地要求,它没有写出农民对地主阶级的仇恨,没有写出一个比较成功的新的农民形象,没有写出土改斗争中的党的领导形象,这不能不说是一种致命的缺点。"②由于竹可羽这篇文章并非作于反右派斗争时期,所以,后来的研究者也认为他的这篇文章还是具有文学争论的意义,能看到某种文学争论的客观性的。例如,竹可羽对丁玲在《太阳照在桑干河上》中以侯保忠为代表的老一辈中国农民形象的塑造给予了客观的肯定,他说:"这个人物形象,部分地道出了剧变中的农村社会,道出了中国农民一生曲折生活的真理。也使我们约略地看出共产党和农民的历史的内在联系。作者并不忙着作介绍,作分析,而是让人物

---

① 竹可羽:《论〈太阳照在桑干河上〉》,《人民文学》,1957年第10期。
② 竹可羽:《论〈太阳照在桑干河上〉》,《人民文学》,1957年第10期。

自己行动,让形象本身说话,没化(花)多少笔墨,把这个人物生动地写出来了。"①

王燎荧在《〈太阳照在桑干河上〉究竟是什么样的作品?》中,反对陈涌和冯雪峰对《太阳照在桑干河上》评价的立场,毫不掩饰地认为陈涌和冯雪峰对丁玲的《太阳照在桑干河上》的肯定是好朋友之间的献媚。尽管,在文章中,不管是否因为《太阳照在桑干河上》获得了斯大林文学奖,还是出于一个文学批评家本身的客观,王燎荧对这部小说不止一次表现了认可态度。例如,在文中的第二部分他说:"根据它的实际,我们得先肯定,它不是一无可取得坏作品,甚至还是丁玲较好的一部作品。……其次,它比丁玲早期的那些写农民革命的作品,看起来要现实些,艺术上也要高明些。"②但是,通过对《太阳照在桑干河上》中地主形象、农民形象、妇女形象塑造的具体分析,王文仍然反驳冯雪峰的观点,不认可丁玲在《太阳照在桑干河上》中"塑造了不可磨灭的典型"、"带了一定高度真实性的、史诗似地(的)作品"的观点。因此,他认为《太阳照在桑干河上》非但没有从现实主义出发,创造出典型的人物形象,反而是一部丑化工农群众和干部形象有着严重问题的作品。

当下的学者们对反右派斗争中对丁玲的《太阳照在桑干河上》的批判持有不同意见。有的研究者认为,在反右派斗争中对丁玲具体作品的批判性的政治解读,无可避免地掺杂着对作家本身历史问题的认识和判断,因此认为当时竹可羽、王燎荧等对丁玲《太阳照在桑干河上》的否定性评价有很大的消极影

---

① 竹可羽:《论〈太阳照在桑干河上〉》,《人民文学》,1957 年第 10 期。

② 王燎荧:《〈太阳照在桑干河上〉究竟是什么样的作品?》,《文学评论》,1959 年第 1 期。

第三章 无产阶级文艺特征的强化:1957—1966年的延安文学研究

响:"这种否定评价显然不是基于对作品的实事求是的艺术分析所得出的结论,而是基于一种斗争的需要从政治上上纲上线的结果。这样的结论是不能服人的,也不利于读者正确地认识这部作品的意义和价值。"①有的研究者从延安时期以来由于作家文学与政治身份的交错而对文学作品评价产生影响的角度,对王燎荧和竹可羽针对《太阳照在桑干河上》所作的解读给予不同的意见,他们认为:"王文虽然难脱政治批评的套路,结论未必合理;但他的分析较具体深入,持论较有分寸,个别论述有独到见解。像竹、王对《太阳照在桑干河上》可能早有他们的意见。但以丁玲的名声、地位,在缺乏百家争鸣的环境里,要想发表批评的意见,也并不容易。只有到了丁玲政治上倒了,可以'墙倒众人推'了,才可能打着批判的革命旗号说出自己的意见。因为本是早有的,不是专为批判而写,所以倒可能保留一些尚有学术意味的见解。"②

5. "爱羽毛的人"

马铁定把革命队伍中爱面子并为了自己的面子可以牺牲一切的人称作"爱羽毛的人"。他说:"然而,爱羽毛的人,并不以爱自己的羽毛为限。如果仅仅是爱自己的羽毛,那么,洗刷干净,涂上油漆,外加玻璃罩,均无不可。他们还要采取伪装、夸张、挪用的手法在观众面前故弄玄虚。乌鸦插上孔雀毛,自以为是孔雀,萤火虫站在太阳旁边,夸口说:'我们都是差不

---

① 于可训:《当代文学:建构与阐释》,第230页,武汉大学出版社,2005年版。
② 黄修己、刘卫国等:《中国现代文学研究史》(下册),第608页,广东人民出版社,2008年版。

多。'"①爱羽毛的人,以及乌鸦、孔雀、萤火虫的隐喻,说的就是丁玲。

关于丁玲"爱面子",同丁玲相识已久的老友茅盾说:"我想有一个问题,在她脑里占了很重要的位置,就是面子问题。她以为如果把这许多阴谋诡计都讲出来,她就从此不能作(原文如此)人了。这想法是错误的。这正是资产阶级思想!资产阶级是安于虚伪,习惯于虚伪的;他们心里一套,嘴上又是一套,有错误并不感到痛苦,反而心安理得地抵死不肯承认,不肯坦白,以为这就是保住了面子。"因此,茅盾发出"我们面前的丁玲同志的灵魂深处还有一个莎菲女士在"的叹息。②

吴伯箫提出丁玲是"一本书主义"的首创者,认为自获得了斯大林文学奖的《太阳照在桑干河上》之后,丁玲的作品都是充满着自我满足的具有腐蚀气味的,在《"一本书主义"》中他说:"就是这一本书'主义'的首创者本人,又何尝没有自食其果呢?《太阳照在桑干河上》这一本书,固然曾替她获得了斯大林奖金,但是也给她带来了骄傲和自满。说什么'我是靠苏联吃饭的'。说什么'你现在做多少工作都算什么呢?写东西才是自己的'。而'桑干河上'以后的作品,《粮秣主任》、《记游桃花坪》几乎篇篇中心都是一个"我"字。不是随便一个读者都闻得出那种腐蚀的气味么?"③

1980年,丁玲应徐州师范学院而写的一篇简短的自传中说道:"我有这样一个看法,我顽固地认为,一个写文章的人,只须(需)要写文章。写各种各样的人、事、心灵、感情,写尘世的

---

① 马铁定:《爱羽毛的人》,《文艺报》,1957年第20期。
② 茅盾:《洗心革面,过社会主义关》,《文艺报》,1957年第20期。
③ 吴伯箫:《"一本书主义"》,《文艺报》,1957年第21期。

第三章　无产阶级文艺特征的强化:1957—1966年的延安文学研究

纠纷,人间的情意,历史的变革,社会的兴衰;写壮烈的、哀婉的、动人心弦的,使人哭,使人笑,使人奋起,令人叹息,安慰人或鼓舞人的文章。总之,什么样的文章都可以写,只是不要絮絮叨叨地在读者面前表白自己,这是很乏味的。"①在整篇简短的自传中,这是唯一一段与生平无关的文字,这是一个经历了岁月变迁、人生磨砺的已走过76个年头的女性作家对于写作的一点看法。今天读来,这段浅浅淡淡的文字却有着历经人生苦难的平和从容,透露着一个女性作家的敏感、细腻、顽强和坚持。今天呈现在我们眼里的这样的丁玲,在那个特殊的年代,由极左文艺批判蔓延的政治批判中,被称作为"爱惜羽毛的人",被称作"一本书主义"首创者等等,令人叹息!

　　随着"文革"的结束,文艺界也逐渐开始了拨乱反正,开始为丁玲正名,重新评价丁玲在文学史上的地位。严家炎的《现代文学史上的一桩旧案——重评丁玲小说〈在医院中〉》一文就肯定了丁玲文学创作中的独特的价值意义。严家炎认为,丁玲《在医院中》创作时期的延安,在经济文化上比较落后,以及地域关系被小生产思想笼罩都是当时社会的客观现实;与之相对应的,是文艺创作中,大部分作家都把眼光集中在工农兵英勇抗敌、积极乐观的优秀品质上,而对与这些优秀品质同时存在的小生产者的缺点却都有所忽视,甚至是用这些反衬小资阶级知识分子思想感情上的不健康倾向。所以,严家炎说:"陆萍与周围环境的矛盾,究竟属于什么性质?真的是极端个人主义者与革命集体之间的矛盾吗?或者是主观上贪图安乐、害怕艰苦与客观上物质条件极端贫乏之间的矛盾吗?都不是!至少我

---

　　① 袁良骏:《丁玲研究资料》,第592页,知识产权出版社,2011年版。

们从作品中,看不到这些说法的客观依据。作品本身告诉读者,陆萍与周围环境之间的矛盾,就其实质来说,乃是和高度的革命责任感相联系着的现代科学文化要求,与小生产者的蒙昧无知、褊狭保守、自私苟安等思想习气所形成的尖锐对立。"①在这种分析的基础上,严家炎对《在医院中》所表现出的、丁玲作为作家的敏锐的文艺嗅觉和作为知识分子的高度责任感,从文学史的角度给予了肯定。他的这篇文章,不仅仅是为丁玲《在医院中》这篇小说的文学史评价的翻案,更是代表了改革开放后文艺研究者对丁玲及其作品研究开始回归理性。

二、萧军:"才子加流氓"及其思想的批判

1.《论同志的"爱"与"耐"》

萧军是延安时期就备受争议的作家。凭借《八月的乡村》一夜成名的萧军,又因与鲁迅的私交,虽年纪尚轻,却在革命文学领域负有盛名。盛名之下,是非也多,因东北特殊的地域文化和早年丰富的叛逆经历,萧军常与粗犷、豪爽、耿直、特立独行等字眼联系在一起。因缘际遇,他前后两次前往延安,第二次是1940年,一直到1945年冬末,萧军一直工作和生活在那里。但是,与当时对延安充满憧憬的许多青年知识分子不同的是,一向标榜自由的萧军,对当时的延安并没有特别的好感。而且,由于当时延安汇集了持有各种不同文艺思想和观念的知识分子,辩论和论证也是常有的事情,但对于有着文学青年常

---

① 严家炎:《现代文学史上的一桩旧案——重评丁玲小说〈在医院中〉》,见袁良骏《丁玲研究资料》,第420页,知识产权出版社,2011年版。

第三章 无产阶级文艺特征的强化:1957—1966年的延安文学研究

有的骄傲、清高而又性格乖戾的萧军来说,是难以忍受的,他在后来回忆延安时期的经历时就曾坦言:"抗日战争爆发,大后方和各个抗日根据地的文艺工作者,和一些满腔的青年纷纷投奔延安,大家一心想着救亡,想着革命,想着寻求真理,但因为从四面八方来,各有各的路数,各有各的观点,难免发生分歧,产生矛盾。我看不开,看不惯,便不想在延安待了。"①

后来,萧军写了一篇杂文《论同志的"爱"与"耐"》,发表在1942年4月8日的《解放日报》上。在这篇文章中,萧军借文学创作中的问题,表达了当时在延安的青年人,对延安的生活和工作环境不满,但为了革命,同志之间要有正确的批评和监督,要对革命战友真正地爱和关怀,而不是为了表面的虚荣的光明而戕害自己的同志;要对同志之间的错误有耐心的说服教育,而不是拿所谓的"权威"和"地位"去裁决。萧军的言论及其表达的情绪成为萧军人生命运的重大转折。

1958年1月,马铁丁的《斥〈论同志的"爱"与"耐"〉》对其进行了批判。马铁丁说:"极端的利己主义者,对革命怀有敌意的人,在伟大的革命集体中,总感到格格不入,如芒在背,他觉得他们的'同志'越来越少,'同志之爱的酒越来越稀薄,是理所当然的'。他不爱我们的革命集体,不爱我们革命的延安,不爱我们延安的革命同志,也是理所当然的。"

2.《文化报》和《生活报》论争事件

1946年,萧军回到了阔别已久的家乡哈尔滨,并先后担任了鲁迅艺术学院院长、鲁迅文化出版社社长、《文化报》主编等职务。也就是在他担任《文化报》主编的时候,发生了《文化报》

---

① 原载于《人民日报》,1987年5月11日。

和《生活报》论争事件。

周立波的《萧军思想的分析》作于1948年9月，发表在1949年第1期《新形式与文艺》上。同样是有过延安时期生活和工作经历的作家，周立波一方面通过对萧军发表在《文化报》上文章进行具体分析，认为萧军在《文化报》上的作品表现了他没有民族观点、没有历史唯物主义观点的逞个人英雄主义的落后思想；另一面，也对萧军在延安时期就曾被诟病的问题旧话重提，认为萧军1945年在延安作的《大勇者的精神》中引用鲁迅的话是利用鲁迅对新政府和新社会的攻击。周立波甚至认为，萧军正是通过文学创作对解放区的人和事投射着明枪、暗箭，他说："作者通过自己的阴暗埋汰的灵魂，在解放区的庄严的工作和生活上恶意地涂上污黑的颜色。解放区的翻天复（覆）地（原文如此）的土地改革，日新月异的工业建设，以及前方英勇卓绝的自卫战争，萧军和他的几个随从者是一向表示冷淡，甚至反感的。他们的文章的字里行间常常发出一种令人欲吐的僵尸的恶臭。"①

同时，对萧军的批判蔓延到整个哈尔滨文化界。据柳晨的说法，当时萧军在与《生活报》论争中所表现的态度"引起了广大读者的反感，陈学昭、草明、王坪、沙英等等都写了文章，指摘萧军的错误思想和分析他的思想根源。许多工人、学生、机关工作人员都写了信或文章给《生活报》，抨击萧军思想对于读者的毒害。有几期的《生活报》上，满满四版都是关于萧军的文章，在哈尔滨出版的《文学战线》上，也有立波、马加、胥树仁等

---

① 周立波:《萧军思想的分析》,《新形式与文艺》,1949年第1期。

第三章 无产阶级文艺特征的强化：1957—1966年的延安文学研究

等的批评文字"①。可见当时，东北文艺界对萧军及其思想进行批判之广泛。

1949年4月1日，中共中央东北局发文《东北文艺协会关于萧军及其〈文化报〉所犯错误的结论》中决定："在东北文艺界继续展开关于萧军及其《文化报》的思想批判，把封建地主和官僚资产阶级的反动思想，以及这种思想在自由资产阶级和小资产阶级中的翻版，从文艺战线上驱逐出去。"②4月2日又发文《中共中央东北局关于萧军问题的决定》，认为："萧军的反动思想不是一个偶然的现象。萧军是鲁迅先生所指出的中国文艺界中'才子加流氓'一型的人物之一。在他的文学活动中，萧军表现自己是一个自私自利的、惯于采取两面手法和敲诈手段的、无原则的野心家。他的带着封建色彩的资产阶级思想，妨碍他真正和人民群众站在一起。"③因此，东北局决定："在党内外展开对于萧军反动思想和其他类似反动思想的批判，以便在党内驱逐小资产阶级的、资产阶级的和地主阶级的思想影响，在党外帮助青年知识分子纠正同类错误观点。"④

1958年《文艺报》第七期发表了严文井、公木的《萧军思想再批判》，并特别加了编者按语：

> 本刊第2期《再批判》特辑中，用了一部分篇幅批判和展览了萧军的反动言论。萧军在延安时候的真面目，读者

---

① 柳晨：《哈尔滨文化界批评萧军的思想》，《新形式与文艺》，1949年第1期。

② 中共中央东北局：《东北文艺协会关于萧军及其〈文化报〉所犯错误的结论》，《东北日报》，1949年4月1日。

③ 中共中央东北局：《中共中央东北局关于萧军问题的决定》，《东北日报》，1949年4月2日。

④ 中共中央东北局：《中共中央东北局关于萧军问题的决定》，《东北日报》，1949年4月2日。

可以知道一个大概了。可是,萧军后来在东北干了什么名堂?10年前东北文艺界为什么针对萧军思想进行了批判?萧军当时的反动言行主要表现在哪些方面?很多读者还不太清楚。读者向我们提出了这个问题。因此这一期发表了严文井同志的文章,并且选载了萧军的三篇毒草作为附录,让大家看看这位"进步作家"在反共、反人民的道路上怎样越走越起劲;看看这个混(浑)身流氓气息的地主资产阶级的代言人,在蒋介石王朝灭亡的前夕,在东北土地改革的暴风雨中,阶级仇恨怎样使他的每一根血管都喷(贲)张了起来。知道这些,对于我们是大有好处的。至于萧军本人今后愿不愿意脱胎换骨,重新做人,那就要看他自己了。①

在《萧军思想再批判》一文中,严文井、公木对萧军自延安到哈尔滨的工作、文艺创作和生活进行了梳理式的批判,甚至说因反映抗日救亡而成名的《八月的乡村》"也充满着个人英雄主义的情调,显示出浓厚的小资产阶级观点、情感和立场,对人民斗争的歪曲描写也还是不少的"②。他们认为,东北文艺界对萧军的批判起到了辨明大是大非、制止了文艺界分裂的作用。对萧军《文化报》事件的重新梳理和批判,有化毒草为肥料、实现文艺界纯洁和团结的重要意义。

其他的批判文章还有吴光华的《痛斥萧军"尊敬"叛徒的谬论》、罗丹的《我所看到的萧军》等。③

---

① 刘芝明等:《萧军思想批判》,第68页,作家出版社,1958年版。
② 严文井、公木:《萧军思想再批判》,《文艺报》,1958年第7期。
③ 吴光华:《痛斥萧军"尊敬"叛徒的谬论》,《红水河》,1958年第4期。罗丹:《我所看到的萧军》,《处女地》,1958年第4期。

3.《萧军思想批判》的再版

刘芝明、张如心的《萧军思想批判》最早是1949年由大连东北书店出版,在反右派斗争中,于1958年10月由作家出版社再版①,是反右派斗争对萧军及其思想进行批判的各种文章的合集。这本书的内容大致可以分为四部分:第一部分,是东北文艺界关于萧军"《文化报》事件"的最终处理决定的《中共中央东北局关于萧军问题的决定》和《东北文艺协会关于萧军及其〈文化报〉所犯错误的结论》;第二部分,是当时以《生活报》为阵线对萧军及其主要思想阵地《文化报》的论争文章,共8篇《生活报》社论;第三部分,是选录的《文化报》和《生活报》论争时,包括刘芝明、草明、沙英等9位作家对萧军及其思想的批判文章,在这次再版的时候,又特意加入了在反右派斗争中严文井和李希凡对萧军的批判文章和刘芝明的《关于萧军及其〈文化报〉所犯错误的批评》,一同置于东北局和东北文艺协会关于萧军"《文化报》事件"处理决定的后面,共11篇;第四部分,选录萧军在《文化报》上刊登的有争议的文章,共27篇。

改革开放后,萧军回顾自己的文学生涯说:"我从事文学写作的动机和主要目的很简单,就是为了祖国的真正独立,民族彻底解放,人民确实翻身以至于能出现一个无人剥削人、压迫人的社会。除此之外,我没有任何别的目的了。至于那些已经出版的,已发表的各项文字,对于我自己所定的这一目的究竟能够起到多少有益的作用,或者是'有害'的作用,在我自己是无法得知,无法判断,也不可能判断,也不必判断。历史是无情的,现实是严峻的,人民的眼睛是亮的,人民的判断是公平的!

---

① 刘芝明等:《萧军思想批判》,作家出版社,1958年版。

真理是不能恃强霸占,也不能够恃众而劫持的。"①1980年,严家炎不仅写文章为萧军翻案,更表达了对这个有着粗犷气质的东北作家的钦佩。

三、艾青:1958年再批判中的反转

艾青是延安时期影响力较大的诗人之一,在改革开放后的研究者眼里,他是三四十年代中国自由诗的时代巅峰。与对丁玲及其具体作品的批判不同,对艾青的批判主要是对他早年间写的一篇杂文及其本人文学活动的批判,对他的诗歌还是持有肯定的态度的。而且有意思的是,对艾青及其作品的研究在1956—1957年间正走向不断深化和系统化:在大陆,出现了新中国成立后第一本对艾青及其诗歌艺术特色系统研究的专著——《生活的牧歌——论艾青的诗》②。在这本书中,作者分五章讨论了诗人抗战前、抗战初期、延安时期、解放战争时期到新中国成立初期、20世纪50年代初期的诗歌创作概况,褒贬分明地肯定了艾青诗歌创作的成就,批评了艾青创作中存在的问题和缺点。这本书被认为是新中国成立后对艾青及其诗歌创作进行评论研究的代表作,由于这本书是晓雪写于1956年,所以在1957年还能得以出版。在香港,1956年香港文学研究社出版了《艾青选集汇编》。

然而,反右派斗争很快打断了这种文艺研究的良好趋势,文艺界对艾青的评价也出现了180度的大转变,出现了很多对

---

① 萧军:《我的文学生涯简述》,《吉林大学学报(社会科学版)》,1979年第6期。

② 晓雪:《生活的牧歌——论艾青的诗》,作家出版社,1957年版。

第三章 无产阶级文艺特征的强化:1957—1966年的延安文学研究

艾青进行批判的文章,如徐迟的《艾青能不能为社会主义歌唱》、田间的《艾青,回过头来吧!》、晓雪的《艾青的昨天和今天》、李季和阮章竞的《诗人乎？蛀虫乎——评艾青》等。①1958年冯至的《驳艾青的〈了解作家,尊重作家〉》认为艾青是反党反社会主义的作家,产生了相当大的影响。甚至,后来晓雪的《生活的牧歌——论艾青的诗》也被当作"修正主义"的典型而被批判。

四、《再批判》专辑

1958年,《文艺报》编辑部专门出版了《再批判》②专辑,分为两辑,集中对以丁玲为代表的相关作家的"毒草"文章进行了再度研究和批判。

第一辑包括"编者按"在内共六篇文章:林默涵的《王实味的"野百合花"》、王子野的《种瓜得瓜,种豆得豆——重读〈三八节有感〉》、张光年的《莎菲女士在延安——读丁玲的小说〈在医院中〉》、马铁丁的《斥"论同志的'爱'与'耐'"》、严文井的《罗烽的"短剑"指向哪里？——重读〈还是杂文的时代〉》、冯至的《驳艾青的〈了解作家,尊重作家〉》。

第二辑四篇文章,是对丁玲及其创作的集中批判,分别是张天翼的《关于莎菲女士》、王燎荧的《丁玲的小说〈在医院时〉的反动性质》、华夫的《丁玲的"复仇女神"——评〈我在霞村

---

① 徐迟:《艾青能不能为社会主义歌唱》,《人民日报》,1927年9月29日。田间:《艾青,回过头来吧!》,《诗刊》,1957年第9期。晓雪:《艾青的昨天和今天》,《诗刊》,1957第12期。李季、阮章竞:《诗人乎？蛀虫乎——评艾青》,《文艺报》,1957年第23期。

② 《文艺报》编辑部:《再批判》,作家出版社,1958年6月。

的时候〉》、陆耀东的《评〈我在霞村的时候〉》。在这些文章里，集中批判了以丁玲为代表的"极端个人主义、反集体主义、反党思想"。

前面我们说过，在延安文艺研究中，批判"另类"作品和作家是与经典作品和代表作家的确立相伴而生的活动。按理，文艺界的批评起于作品，限于作品，止于作品，但在"再批判"活动中，"作品"这个处于马克思主义文艺生产活动系统核心地位的事物已经隐退或让位，批判活动往往起于作家，兼涉作品，且不止于作家和作品，而是将其与文艺的阶级属性、作家和作品的阶级意识联系起来。一定程度上，这种违背文艺批评两个标准的研究趋势在新中国成立初已初现端倪。例如，《东北文艺协会关于萧军及其〈文化报〉所犯错误的结论》中就明确提出："自从社会分裂为阶级以来，文学和艺术就不是什么别的东西，而是一种阶级斗争的工具，是社会上各种互相敌对的阶级借以表示自己的思想感情和意见，以反对自己的敌对阶级的一种工具。对于萧军的批评，正应当作为阶级斗争中的一种现象来进行，并由此而得到有益的教训。"①

1958年2月28日，《人民日报》发表周扬的《文艺战线上的一场大辩论》，对文艺界在反右派斗争中对丁玲等人的批判作了总结："这是文艺战线上的一场大是大非之争，社会主义文艺路线和反社会主义文艺路线之争。这场斗争，是当前我国无产阶级饿和资产阶级、社会主义道路和资本主义道路的斗争在文艺领域内的反映。"②这样，以阶级斗争为导向的文艺研究风

---

① 中共中央东北局：《东北文艺协会关于萧军及其〈文化报〉所犯错误的结论》，《东北日报》，1949年4月1日。
② 周扬：《文艺战线上的一场大论辩》，载袁良骏《丁玲研究资料》，第345页，知识产权出版社，2011年版。

向便进一步明确下来,进而成为"文革"结束以前的基本原则和方法。

有研究者认为:"当革命信念成为体制性的主流话语形态时,它本身的批判对象已经丧失,而其批判内涵逐渐演化为'空洞的仪式'。"①对以丁玲、艾青、萧军等延安时期作家作品的政治解读取代了文艺批评和研究对文艺进行文学性、科学性鉴赏的职能,是反右派斗争后十余年延安文艺研究的主要趋势,而这种"空洞的仪式",带来的不仅是作家和作品命运的浮沉,更造成对学术研究良知、风气和制度的伤害。

第四节 革命现实主义和革命浪漫主义的经典阐释

1957年至1966年,反右运动冲击下文艺界的再批判浪潮是这一时期延安文艺研究的主要表现之一。文艺界的批判性研究在社会历史的激荡中愈演愈烈,对少数延安时期作家作品的正面研究也多是套用已有的研究范式和判断评价,甚至出发点就是用来证明被批判对象的荒谬。当然,这一时期内也有零星、相对严谨的延安作家作品研究,显得弥足珍贵。本节分述如下。

---

① 贺桂梅:《转折的时代:40—50年代作家研究》,第286页,山东教育出版社,2003年版。

一、赵树理研究的推进

1. 传记和早期作品研究

这一时期对赵树理的研究多是从其生活和文学活动来谈他的传记性的文章,如《作家赵树理在高平》①、《太行山中访赵树理》②、《赵树理同志二三事》③等。其中,对赵树理延安时期作品进行研究的文章具有代表性的有《第一颗硕果——〈小二黑结婚〉》④、《略论赵树理同志的创作》⑤。

受 50 年代后期关于现实主义的讨论的影响,《第一颗硕果——〈小二黑结婚〉》从现实主义和典型性塑造的角度,对赵树理《小二黑结婚》中的主题格调和人物形象的塑造进行了分析。映白认为,《小二黑结婚》所呈现出的喜剧格调在以往的文学史中是不曾出现过的。并且认为赵树理在《小二黑结婚》中表现出独特的创作风格:"根植在最高度、最深刻的乐观主义精神基础上和严肃创作态度上的热情的幽默,有着严格分寸和高度原则性的讽刺。由于这种风格与生活的基调完全合拍,因而它不是削弱了,而是大大地加强了艺术表现的真实性、尖锐性、

---

① 牛随保:《作家赵树理在高平》,《山西日报》,1957 年 11 月 25 日。
② 水天生:《太行山中访赵树理》,《解放日报》,1958 年 9 月 30 日。
③ 史纪言:《赵树理同志二三事》,《火花》,1958 年 9 月 30 日。
④ 映白:《第一颗硕果——〈小二黑结婚〉》,《前哨》,1958 年 5 月第 5、6 期。
⑤ 巴人:《略论赵树理同志的创作》,《文艺报》,1958 年 11 月第 11 期。

第三章　无产阶级文艺特征的强化：1957—1966年的延安文学研究

明确性。"①作为对当时对赵树理创作中人物形象是否具有典型性的质疑，映白在这篇论文里作了直接回应，他说："我以为这种怀疑没有多少道理。所谓典型性是什么呢？无非是指艺术概括的幅度和深度。那末，小二黑、小芹这两个艺术形象概括的幅度和深度怎样呢？这个问题必须放在作品所产生的特定的时代背景上去考察。就是它的时代说，这两个形象是充分地典型的。"②

2. 革命浪漫主义和革命现实主义的创作体系阐释

1958年，毛泽东提出革命浪漫主义和革命现实主义的结合，11月《文艺报》组织了以此为主要讨论内容的座谈会。1960年，林默涵在谈到革命现实主义和革命浪漫主义的结合时，认为这种文艺的创作方法包括三个方面的内容："第一，要看到和反映生活中的新生的、革命的、有生命力的事物；第二，作者对这种事物要有高度的热情；第三，因此作品就能具有高度的强烈的鼓舞力量。"③

《略论赵树理同志的创作》就是一篇企图从革命浪漫主义和革命现实主义结合的角度，对赵树理的创作进行论述的文章。在这篇论文中，巴人通过对赵树理《小二黑结婚》、《李有才板话》、《李家庄的变迁》和《三里湾》等作品的比较，分析了赵树理随着现实生活的变化而表现出的创作过程的艺术变化。

---

① 映白：《第一颗硕果——〈小二黑结婚〉》，《前哨》，1958年5月第5、6期。
② 映白：《第一颗硕果——〈小二黑结婚〉》，《前哨》，1958年5月第5、6期。
③ 林默涵：《更高的（地）举起毛泽东文艺思想的旗帜》，《文艺报》，1960年第1期。

从主题思想上来看,巴人认为:同样是写农村的恋爱故事,表现农村青年男女通过对恋爱自由的向往、反抗封建礼教愚昧的主题,《小二黑结婚》中攻击的对象是以金旺兄弟为代表的横行乡里的封建恶霸,《登记》攻击的对象则是以民事主任为代表的封建落后意识;同样是表现农民阶级和地主阶级之间的斗争,从《小二黑结婚》到《李家庄的变迁》,"农民与地主阶级之间的斗争是以更广阔的画面和更长的历程来展开了"①,到了《三里湾》、《小二黑结婚》和《李家庄的变迁》中农民阶级和地主阶级之间的斗争,发展为集体主义和个体经济之间的矛盾,呈现出了在两种不同性质的革命时代中的农村斗争主题。

在人物塑造上,巴人认为:"赵树理同志本来是善于创造正面的积极的人物的,而且总是把这些正面的积极的人物的命运,同中国人民革命斗争的步调相结合,以取得胜利为结局。"②也就是说,赵树理塑造的这些正面的积极的人物形象,"同中国人民革命斗争的步调相结合"。在巴人看来,同样是正面的积极的农民形象,与《小二黑结婚》和《李家庄的变迁》中的小二黑和李有才等形象不同,《三里湾》里所刻画的农民形象已经开始摆脱具有农民阶级性格中的落后意识,呈现出了初步的工人阶级化。这是赵树理通过对社会主义现实主义创作方法的使用表现出的新的农民力量。也正因为"赵树理同志在他的作品中善于抓住时代跳动的脉搏,反映了农民群众的最带有普遍性的生活面貌和重要的斗争生活,并且创造出一系列有生气的人物形象,所以他能够得到中国最广大工农群众的喜爱,并

---

① 巴人:《略论赵树理同志的创作》,《文艺报》,1958年11月第11期。
② 巴人:《略论赵树理同志的创作》,《文艺报》,1958年11月第11期。

第三章 无产阶级文艺特征的强化:1957—1966年的延安文学研究

且转过来,成为鼓舞他们生活的力量"①。

在谈到赵树理作品的民族特色时,巴人采用比较研究的方法。例如,同样是表现中华民族勤劳勇敢、乐观坚定的精神气质,巴人认为:"《李家庄的变迁》较之其他的作品是少一些幽默的风趣和乐观主义的基调的,但依然是个胜利的结局。""杜鹏程同志的正面的积极的人物都有着一大段的辛酸的生活和艰苦的斗争,他们在生活的苦难的磨砺中带着沉重和积郁的心情成长起来,壮大起来。"通过这种具体作品的革命浪漫主义的比较,巴人认为:"如果说,杜鹏程同志笔下的人物是为一种理想追求而成长,或为一种理想的失却而衰退,那么赵树理同志笔下的人物则是循着生活的法则而成长和壮大的。所以在人物的精神气质和生活基调方面,据我看,是更富于民族的特色,也更易为工农群众所接受。在赵树理同志的作品中,确实表现了'那种'新鲜活泼的,为中国老百姓所喜闻乐见的'中国作风和中国气派'。"②

可以看出,在《略论赵树理同志的创作》中,巴人不仅敏锐地发现了在快速发展的社会主义建设中,农民日益工人阶级化,而工人日益成为社会主义建设的先锋队的历史事实,并且通过革命现实主义和革命浪漫主义结合的观念指导,有理有据地论述了赵树理作品中主题、农民形象的变化和发展。尽管映白和巴人对赵树理的评价和定位已然是前人框定的范围,但是,从他们的文章中可以看出,当时的文艺批评与社会现实极力结合的意图所在。尤其是巴人的《略论赵树理同志的创作》,

---

① 巴人:《略论赵树理同志的创作》,《文艺报》,1958年11月第11期。

② 巴人:《略论赵树理同志的创作》,《文艺报》,1958年11月第11期。

使用作家系列作品和他人作品的比较方法,研究了赵树理文艺创作的变化和发展,并对赵树理作品的民族形式作了更具现实力量的阐述。这是从延安时期以来,对赵树理批评研究的新的发展,也意味着有关赵树理创作的研究初步具备了相对完整的阐释体系。

3. 赵树理研究的专著

这一时期,还出现了几本关于赵树理研究的专著:

一是王中青的《谈赵树理的〈三里湾〉》,分四章对《三里湾》的主题思想、人物形象、艺术技巧和创作的成功经验作了详细论述。①

二是山东师范学院中国语文系编的《赵树理研究资料》,分赵树理的生平和创作两大块,主要对新中国成立后报刊发表过的研究文章作了梳理。②

三是方欲晓(即黄修己)的《赵树理的小说》,分为四章:赵树理的生平、小说创作概况、小说的思想意义和小说的艺术特色。"简明地介绍了赵树理的生平和创作概况,对小说反映农村阶级斗争的尖锐性、复杂性等深刻的思想意义,以及小说在艺术上的民族化、群众化的成就,着重进行了分析。"③

尽管难免研究思维的单一和固化,但在当时极"左"思潮愈演愈烈的浪潮里,这些著作的出现表现出了一些研究者深沉的学术态度,是难能可贵的。《赵树理研究资料》所做的研究资料梳理为之后的赵树理研究提供了材料依据;《赵树理的小说》表

---

① 王中青:《谈赵树理的〈三里湾〉》,上海文艺出版社,1959年版。
② 山东师范学院中国语文系:《赵树理研究资料》,载《中国现代作家研究资料索引》,山东师范学院,1960年版。
③ 方欲晓:《赵树理的小说·前言》,北京出版社,1964年版。

现出了对作家作品的综合研究思维,在某种层面上为之后赵树理的多元化研究拉开了帷幕。

二、围绕农村题材和群众路线的小说、诗歌研究

60年代初期,因为对文艺创作中农村题材的重新重视,对延安文艺的研究也开始关注在农村题材创作上有过突出成绩的作家作品的研究,主要是对赵树理和孙犁的小说、李季和田间的诗歌的研究。

1. 赵树理、孙犁小说中的农村题材和群众观点

对赵树理的研究具有代表性的是陈顺宣的《略论赵树理创作上的群众观点》①。陈顺宣以发展的眼光,对赵树理从延安时期以来农村题材创作中的群众观点进行了学术性的梳理。通过这种梳理,他突出强调了赵树理创作上的成功,正是正确地把握了《讲话》中的群众观点。另一方面,新中国成立后,政治中心的转移引起的文艺重心侧重的变化,出现对农村题材、农民描写的忽视。因此,在陈顺宣看来,对赵树理的重新认识和研究能够更好地促进文艺为农民服务,也才能更好地坚持文艺的工农兵方向。他认为:"赵树理在创作上的群众观点是他把握住文艺工农兵方向的灵魂与精髓所在的表现。群众的路线是我们党的根本政治路线和组织路线,群众路线归根结底也即是我们的阶级路线。毛主席提出来的文艺为工农兵服务的

---

① 陈顺宣:《略论赵树理创作上的群众观点》,《浙江师范学院学报》,1963年第1期。

方向,实质上就是党的阶级路线和群众路线在文艺上贯彻的具体表现。文艺工农兵方向本身就决定了只有树立坚定的群众观点,才能贯彻这个方针。"①陈文对赵树理及其作品的研究,最直接的目的就是为了证明一个作家的成功,最根本的是对《讲话》所提出的文艺观点的正确把握。以此提倡作家坚持群众观点,重视文艺上的普及工作,更好地把握文艺对人民的教育功能。类似的赵树理研究还有徐琪的《民主革命时期赵树理作品的艺术特色》②、刘泮溪的《赵树理的创作在文学史上的意义》③等。

与陈顺宣对赵树理的研究思路相似,黄秋耘的《关于孙犁作品的片段感想》也是以发展的眼光,简明扼要地论述了孙犁从延安时期到新中国成立后文艺创作的发展变化。虽然,在今天看来,孙犁后来的作品因为和政治结合过于紧密而丧失了一些原来的清新秀丽,但黄秋耘却认为孙犁从《白洋淀纪事》到《铁木前传》,因为作品思想内容的突出性,而呈现出浪漫主义和现实主义结合中现实主因素的进步和发展。因此,他认为孙犁的文艺创作是在毛泽东文艺思想指导下的进步。④

冉淮舟的《美的颂歌——孙犁作品学习笔记》对孙犁的革命现实主义和革命浪漫主义创作风格的特点给予详细论述。在文中,他极力赞美了孙犁作品中对新的人物、新的景色、新的

---

① 陈顺宣:《略论赵树理创作上的群众观点》,《浙江师范学院学报》,1963年第1期。
② 徐琪:《民主革命时期赵树理作品的艺术特色》,《北京大学学报》,1962年第1期。
③ 刘泮溪:《赵树理的创作在文学史上的意义》,《山东大学学报》,1963年第1期。
④ 黄秋耘:《关于孙犁作品的片段感想》,《文艺报》,1962年第10期。

第三章 无产阶级文艺特征的强化:1957—1966年的延安文学研究

环境描写的清新、明丽的风格,也肯定了孙犁作品中对新生活充满向往、对未来充满理想主义色彩的浪漫情怀;同时,又以一种严谨的论述证明了孙犁的成功。最根本的是《讲话》对孙犁创作成功的深刻影响,是通过对处于时代变幻中平凡儿女故事的讲述展现了新旧时代转换的现实和矛盾,展现了在中国共产党领导下妇女获得了真正的解放。①

文艺创作中农村题材的表现是一种专题研究的路径,在当时,还应有很多成果诞生,但我们看到,既有成果一方面集中在这两位作家身上,另一方面受时代的局限,思路单一、视野封闭、观点趋同的情况依然十分严重。而其他相关研究也大多仍旧停留在农民形象塑造以及语言特色、结构上的民族特色等机械性的研究层面。

2. 李季和田间诗歌的农村主题

诗歌领域对农村题材诗人及其作品的研究主要是对延安时期的诗人李季和田间的研究。

李季的《王贵与李香香》在新中国成立前就得到文艺界的认可(见第二章)。60年代初期,由于对创作农村题材的提倡,再次出现了对李季及其代表作《王贵与李香香》研究的热潮,代表性的文章有:孙克恒的《试论李季的诗歌创作》②,潘旭澜、曾华鹏的《中国作风和中国气派——重读〈王贵与李香香〉》③,王

---

① 冉淮舟:《美的颂歌——孙犁作品学习笔记》,《新港》,1962年第5期。
② 孙克恒:《试论李季的诗歌创作》,《甘肃文艺》,1962年第4期。
③ 潘旭澜、曾华鹏:《中国作风和中国气派——重读〈王贵与李香香〉》,《文汇报》,1962年5月20日。

敬文的《〈王贵与李香香〉的艺术特色》①,刘守华的《〈王贵与李香香〉和信天游》②。但是,除了更加明确地通过李季创作的成功证明《讲话》及毛泽东文艺思想的伟大外,对李季和《王贵与李香香》的批评和研究并没有出现研究新意。著作方面,1960年山东师范学院中文系编辑出版了《李季研究资料汇编》,是最早的李季研究资料汇编,为之后的李季研究提供了基本史料。

　　田间是被誉为抗日战争时期影响力较大的诗人之一,他被闻一多称赞为"时代的鼓手"。由于家庭环境的影响,田间受到了较为系统的教育,很早就开始创作诗歌,自1938年到达延安后,开启了他创作中灿烂辉煌的时期。他创作了《多一些》、《义勇军》等大量的街头诗,在当时对鼓舞人民抗战的斗志产生了很大的作用。因为当时的根据地大多在农村,所以,田间在延安时期的诗歌创作也大多和乡村、土地、农民有关,从这种意义上来看,田间也可以算是延安时期农村题材创作中有着突出成绩的诗人。比如,他1946年写成的长篇叙事诗《赶车传》描写了中国农民在中国共产党的领导下进行艰苦斗争的历程,塑造了石不烂这样一个个性鲜明的农民英雄形象。这一时期研究田间及其诗歌的代表性文章有:钟玲的《〈赶车传〉读后小记》③,陈传才、刘清涌、侯君岚的《革命的史诗——读长诗〈赶车传〉》④等。诚然,这一时期对田间及其作品的研究仍然关注其作品的思想性、战斗性,兼及诗歌的艺术特色研究,大体上,

---

　　① 王敬文:《〈王贵与李香香〉的艺术特色》,《哈尔滨师范学院学报》,1964年第2期。

　　② 刘守华:《〈王贵与李香香〉和信天游》,《民间文学》,1964年第2期。

　　③ 钟玲:《〈赶车传〉读后小记》,《河北文学》,1962年5月号。

　　④ 陈传才、刘清涌、侯君岚:《革命的史诗——读长诗〈赶车传〉》,《读书》,1960年3月。

第三章 无产阶级文艺特征的强化:1957—1966年的延安文学研究

仍旧规约在作品与政治关系的研究思路里,甚至在改革开放后看来,60年代对田间的一些研究是无效的,但在当时的历史和学术环境里,也不能完全否认当时研究者付出的努力和心血。同对与同期李季的研究深度和广度不同,除了1960年人民文学出版社出版了一本《田间短诗选》外,在60年代,对田间的研究还没有出现专门性研究论著或相对系统的资料汇编。

三、革命浪漫主义与《白毛女》的修订与研究

《白毛女》是延安文艺座谈会后歌剧发展的重大成就,被认为是《讲话》之后新歌剧的奠基之作,剧本完成后即广受好评。其后,随着演出,再次经过多次修改:1945年,《白毛女》一经上演,就在群众和领导意见的基础上,对黄世仁的结局进行了改写。1946年在张家口演出后,又增加了"大春参军"等情节。1949年、1950年又分别对剧本进行修改,其中在1950年的修改中删掉了喜儿在山洞中生活的情节。1952年再次对剧本修改,并由人民文学出版社出版。1954年的修改中删去了喜儿对黄世仁抱有幻想的一幕。1962年4月,重点修改了《白毛女》第四、五幕。该剧于毛泽东《在延安文艺座谈会上的讲话》发表二十周年时在北京演出。丁毅在谈《白毛女》的创作经过时就曾说:"在处理人物上我们也走过弯路。如喜儿这一主要角色,农民本来把最好的希望和理想寄托在苦难深重的喜儿身上,她聪明、美丽、坚强不屈。而在初稿中,由于我们从所谓的戏剧性出发,表现她从山洞出场时,给人一种阴森、恐怖、似神似鬼的感觉,把观众在前几场中对喜儿建立起来的深厚同情一

笔勾消(销)了。"①《白毛女》中的人物形象就是这样在群众的期待视野里,经过一遍一遍地修改成了今天的模样。

就剧本修改、人物形象的逐渐完善,也有数篇文章先后予以论证。方欲晓的《论〈白毛女〉中的喜儿》对《白毛女》中"喜儿"形象的形成给予了历史性的概括和总结。他认为,在革命的时代背景里,人民群众要求在文艺作品里看到劳动人民作为历史的创造者,通过对敌人的顽强斗争最终改变自己的命运。②茅盾曾对革命浪漫主义下过这样的定义:"旧浪漫主义无视人民创造历史的真理,歌颂了个人英雄主义。革命浪漫主义则以马克思列宁主义对社会发展的科学预见性为基础,充分发挥主观能动性,豪迈地高瞻远瞩地描绘共产主义的壮丽远景,歌颂我们这一代的创造历史、改造自然的群众的英雄。"③而且茅盾认为,《白毛女》就是革命现实主义和革命浪漫主义结合的杰出作品的代表之一。因此,方欲晓通过用革命浪漫主义和革命现实主义理论的分析,认为"喜儿"这个形象是在具体的历史环境和革命现实条件下,通过群众革命浪漫主义的要求,而被熔炼得更美、更纯粹、更理想的。可贵的是,方欲晓不仅阐释了"喜儿"形象的变化过程,而且还谈到了"喜儿"被形塑是与具体社会和政治有着密切的关系的。此外,马可的《关于〈白毛女〉的修改》对剧本音乐的修改进行了阐述④。

---

① 丁毅:《歌剧〈白毛女〉创作的经过》,《中国青年报》,1951年4月18日。
② 方欲晓:《论〈白毛女〉中的喜儿》,《北京大学学报(人文社会科学版)》,1963年第6期。
③ 北京师范大学中文系文艺理论教研室:《文学理论学习参考资料(下)》,第755页,春风文艺出版社,1982年9月第1版。
④ 马可:《关于〈白毛女〉的修改》,《文汇报》,1962年第18期。

第四章　文学研究的停滞与反思：
1966—1977年的延安文学研究

在激烈的阶级斗争和批判风潮下，"文革"期间的延安文艺研究不再像延安时期和新中国成立初期那样有大量优秀艺术作品和专业创作的涌现，也不再有作家、批评家、读者等群体的广泛参与，而是步入了经典作品不断悬置、专业创作和研究备受牵制、研究方法和观点高度趋同的境地。倘若说，"文革"时期的文学创作趋于停顿的话，那么，我们同样可以说，"文革"期间的文艺研究也陷入泥沼。

在反权威、反专业的口号下，文艺研究的成果一方面以学习、依托毛泽东《讲话》为名，而行新"权威"、新"专家"权力斗争之实，通过不断曲解《讲话》原意，增改内涵，强化1958年"再批判"形成的思维和模式，极度扩大政治对文艺的侵蚀和剥离，践踏文艺创作和研究的规律，进而导致文艺批评和研究真问题的止步或悬置。另一方面，高度紧张的文艺斗争空气使得此前的作家、批评家大多噤若寒蝉，从而失去学术研究的机会，自然也难以有持续、独立、富于卓见的成果出现；而不断涌现的新"专家"往往缺少专业能力，在"你方唱罢我登场"的轮番批斗中，大多留下政治口号、政治宣言、肢解作品式的空泛文本，陈陈相因，鲜有创见。

而这两种研究趋势自反右斗争以来便逐渐清晰。可以说，"文革"时期的延安文艺研究，无非是本文第三章所述几个方面的强化或退隐：政治批评标准的扩张和侵占，艺术标准的淡化和退隐，非专业人员集体写作模式及其阐释权力的进一步伸张，以及群众路线、主题思想、人物形象等论题的空泛检讨，等等。这一切，都使得"文革"时期的延安文艺研究浸染在政治场域的浓郁批斗色彩中，阴晴不定，闹剧百出，其破坏性远远大于积极性和建设性。

第一节 《讲话》文艺观的政治曲解与推演

这一时期的延安文艺研究主要表现在对《讲话》的学习和研究上，其中包含对当时的文艺批评方向、对文艺观念的具体解读、对文艺创作方向的引导以及对延安时期文艺工作者的态度和评价。

一、文艺标准的片面化与创作的样板化

"文革"中，对《讲话》中的政治与文艺、普及与提高、与工农群众结合等具体文艺观念出现了断章取义的"极左"解读。这种解读一方面用来证明以革命样板戏为代表的"文化大革命"期间的文艺的优越性，另一方面则是用来对其他各种文艺、文化的批判。

对于政治和艺术的关系，《讲话》中说："政治并不等于艺

第四章　文学研究的停滞与反思:1966—1977年的延安文学研究

术,一般的宇宙观也并不等于艺术创作和艺术批评的方法。我们不但否认抽象的绝对不变的政治标准,也否认抽象的绝对不变的艺术标准,各个阶级社会中的各个阶级都有不同的政治标准和不同的艺术标准……我们的要求则是政治和艺术的统一,内容和形式的统一,革命的政治内容和尽可能完美的艺术形式的统一。"①但是,"文化大革命"时期,文艺创作已经完全沦为政治任务。戚文德在《沿着为工农兵服务的方向继续前进——学习〈在延安文艺座谈会上的讲话〉》中就明确说:"革命文艺创作是严肃的政治任务……革命文艺是战斗的武器,这个武器越精良、越锋利,就越能发挥战斗作用。"②这样,《讲话》中的政治思想被极度放大,文艺思想则消弭于无形。

进而,戚文德认为,革命样板戏是实践《讲话》中关于文艺的艺术性和政治性观点的高水平的代表作,是应该被树立为榜样的。他说:"革命的样板戏就是从社会主义时代的战斗生活出发,从塑造工农兵英雄形象的需要出发,对京剧、芭蕾舞、交响乐等中国和外国古典艺术形式进行了大胆的革新,既保留了这些艺术形式特点,又形成了自己的鲜明的时代风格和阶级风格。我们应该进一步学习样板戏的宝贵经验,把社会主义文艺创作推向一个新的高潮。"③无疑,毛泽东"百花齐放,百家争鸣"的文艺思想和文艺发展理想也被简化为"样板",从而固化人们的思维,僵化文艺创作的活力。

---

① 毛泽东:《在延安文艺座谈会上的讲话》,第32页,人民出版社,1975年版。
② 戚文德:《沿着为工农兵服务的方向继续前进——学习〈在延安文艺座谈会上的讲话〉》,《红旗》,1973年第6期。
③ 戚文德:《沿着为工农兵服务的方向继续前进——学习〈在延安文艺座谈会上的讲话〉》,《红旗》,1973年第6期。

二、"普及与提高"的曲解及文艺的业余化导向

在"文革"时期,文艺斗争的核心任务是新权威的自我树立,与之相关的名号便是工农兵文艺权力的高度实现,通常又以《讲话》所述"普及与提高"理论为据。

秦言的《努力发展工农兵业余文艺创作》便从《讲话》中"普及与提高"观点出发,提出要努力发展工农兵文艺创作。他认为:"工农兵的业余文艺创作,短小精悍,新鲜活泼,大多采取为中国老百姓所喜闻乐见的民族形式,易于在广大人民群众中流传,为他们所迅速接受,并且鼓舞他们去进行革命斗争。"并例举了延安时期的革命歌曲《东方红》,认为这首歌曲就是延安时期农民业余作者创作的,具备他所说的那些特征,所以才广为流传。并提出:"我们应该把发展群众业余文艺创作提到执行毛主席无产阶级革命路线,发展社会主义文艺,占领思想文化阵地,巩固无产阶级专政的高度来认识。"①同样,戚文德的《沿着为工农兵服务的方向继续前进——学习〈在延安文艺座谈会上的讲话〉》也说:"我们要根据业余、小型、多样的方针,用通俗易懂的各种形式的革命文艺占领农村文化阵地,继续同剥削阶级腐朽的旧文艺的影响进行斗争。这种斗争是长期的。社会主义文艺的普及工作也是长期的。"②

粗看起来,他们引述"普及与提高"观点,论述似乎并不存

---

① 秦言:《努力发展工农兵业余文艺创作》,《红旗》,1972年第5期。
② 戚文德:《沿着为工农兵服务的方向继续前进——学习〈在延安文艺座谈会上的讲话〉》,《红旗》,1973年第6期。

第四章 文学研究的停滞与反思:1966—1977年的延安文学研究

在问题,但是,倘若我们回到《讲话》本文,则可以发现不同之处:

> 现在工农兵面前的问题,是他们正在和敌人作残酷的流血斗争,而他们由于长时期的封建阶级和资产阶级的统治,不识字,无文化,所以他们迫切要求一个普遍的启蒙运动,迫切要求得到他们所急需的和容易接受的文化知识和文艺作品,去提高他们的斗争热情和胜利信心,加强他们的团结,便于他们同心同德地去和敌人作斗争。对于他们,第一步需要还不是"锦上添花",而是"雪中送炭"。所以在目前条件下,普及工作的任务更为迫切。①

> 人民要求普及,跟着也就要求提高,要求逐年逐月地提高。在这里,普及是人民的普及,提高也是人民的提高。而这种提高,不是从空中提高,不是关门提高,而是在普及基础上的提高。这种提高,为普及所决定,同时又给普及以指导。就中国范围来说,革命和革命文化的发展不是平衡的,而是逐渐推广的。一处普及了,并且在普及的基础上提高了,别处还没有开始普及。因此一处由普及而提高的好经验可以应用于别处,使别处的普及工作和提高工作得到指导,少走许多弯路。②

显然,毛泽东所说的"普及与提高"针对的是革命与革命文化发展不平衡的现状,指出了很长一个阶段内,借助文艺作品提高人民大众文化水平的历史任务。但是,在他们看来,到"文革"时期,不仅这个任务似乎已经完成了,而且人民大众可以成

---

① 毛泽东:《在延安文艺座谈会上的讲话》,第21—22页,人民出版社,1975年版。
② 毛泽东:《在延安文艺座谈会上的讲话》,第22页,人民出版社,1975年版。

为文艺创作的主力,成为文艺批评的主力,他们既是普及的对象,又是提高的主体,甚至,他们将为文艺工作者做政治上的普及和提高。这种概念和逻辑上的替换正是对《讲话》文艺理论的主观误读和利用。其结果是:工农兵业余化创作的模式和效应被极度夸大,文艺工作者的工作权力被相应压制。

三、群众路线的推演与集体创作模式

在延安时期,文艺的创作倡导回到社会现实,解决现实问题;文艺的普及和提高注重群众基础,走群众路线。但是,这一切的前提是文艺家积极、主动、自觉地选择与亲近。毛泽东《讲话》说:

> 中国的革命的文学家艺术家,有出息的文学家艺术家,必须到群众中去,必须长期地无条件地全心全意地到工农兵群众中去,到火热的斗争中去,到唯一的最广大最丰富的源泉中去,观察、体验、研究、分析一切人,一切阶级,一切群众,一切生动的生活形式和斗争形式,一切文学和艺术的原始材料,然后才有可能进入创作过程。否则你的劳动就没有对象,你就只能做鲁迅在他的遗嘱里所谆谆嘱咐他的儿子万不可做的那种空头文学家,或空头艺术家。①

因此,毛泽东呼吁广大文艺工作者要深入、观察、分析工农兵生活,用工农兵的语言和思想感情创作出真正的工农兵文艺作品。到了"文化大革命"时期,深入工农兵并与之结合,甚至

---

① 毛泽东:《在延安文艺座谈会上的讲话》,第20页,人民出版社,1975年版。

第四章 文学研究的停滞与反思:1966—1977年的延安文学研究

压制文艺工作者的工作权限,进而由工农兵审核主题、确定形式、评判优劣,成为通行观念。文艺工作者只剩下技术的躯壳和配角身份,而这种论调仍以群众路线为据,在强调非专业的集体创作模式的同时,为批判专业文艺工作者寻找口实。

尽管他们口口声声说建立文艺队伍,实质上,这一时期,文艺创作和研究人才在斗争中普遍遭到重创,队伍建设也便停留在空泛的宣言层面上。专业人才的消沉和流失得成于新权威的意愿,但对中国现代文学创作和研究来说,便步入人才、知识和技能代际传承的困境,其负面影响今天依然可以看到。而"文革"期间大力张扬的群众观点和方法也使得文艺创作和研究的质量与规模停留在几乎业余的层面上,并且,既没有学术理想的风气,更没有学术研究的条件。黄修己说:"建国后的新文学史研究,从开始意欲编写无产阶级领导的新文学史,发展到编写无产阶级革命文学史,再到'文革'便没有新文学史,也没有无产阶级文学史了,成了五四以后无文学!"①

四、对赵树理及其作品的"质疑"

1970年下半年,《山西日报》、《光明日报》等报纸发表了大量批判赵树理及其作品的文章。以1970年《山西日报》批判赵树理文章为例,我们可以发现,这种批判几乎是有组织、有计划开展的结果,在半年时间内,扔向赵树理的"石头"和"鸡蛋"不仅高密度、全方位、针对性、集中性地涌现,而且体现了文艺研究由工农兵群众发声亮剑的观念导向。在《山西日报》批判赵

---

① 黄修己:《中国新文学史编纂史》,第117页,北京大学出版社,2007年版。

树理的六十多篇文章中,批判主体大致可分为三类:批判写作小组(15篇,直接署名"写作小组")、贫下中农组织(10篇)、个人(32篇)、其他(8篇,包含一些公社、小组及部队)。若作进一步的观察,批判写作小组、贫下中农组织、其他这三类其实都是集体执笔,它与个人批判文章一样,无论是自发的,还是政治斗争的应激反应,都表明这场针对赵树理的批判带有某种组织意味(如图4—1所示)。而文艺研究的阶级性和政治性问题也被放大到极致。对此,洪子诚说:"文学批评最流行的方法是组织写作小组,这显示了发言的阶级、政治集团性质(非个人性),以加强其权威地位。"①

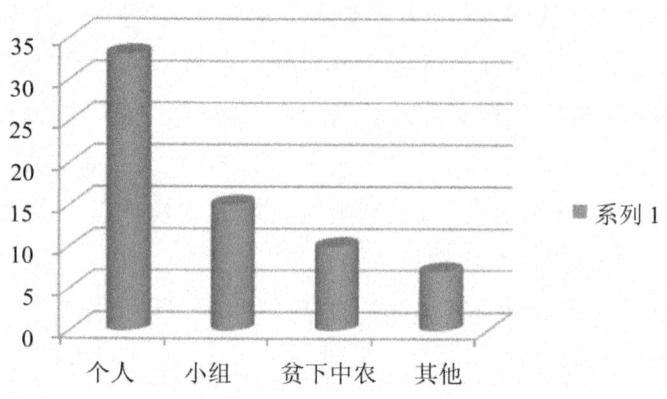

图4—1　1970年《山西日报》对赵树理批判的主体分类

1968年5月23日,于会泳在《文汇报》上发表题名为《让文艺舞台永远成为宣传毛泽东思想的阵地》的文章。于会泳提出文艺创作的"三突出"原则:"在所有人物中突出正面人物来;在正面人物中突出主要英雄人物来;在主要人物中突出最主要

---

① 洪子诚:《中国当代文学史》,第163页,北京大学出版社,2007年版。

第四章 文学研究的停滞与反思:1966—1977年的延安文学研究

的即中心人物来。""三突出"原则的提出,一方面规定了"文化大革命"期间极端的文艺创作模式,另一方面也成为对延安作家作品进行批判的参照标准。

对赵树理进行批判的焦点就是由作品中人物形象塑造衍生出文艺的阶级性问题。《彻底批判〈三里湾〉贩卖的"阶级斗争熄灭论"》中认为:"赵树理为了混淆视听,欺人耳目,硬给这些破坏农业合作化的阶级人披上'老贫农'、'老党员'、'老干部'或'劳动农民'的外衣,在他们的反动嘴脸上浓施粉黛,乔装打扮,把他们破坏农业合作化,向社会主义的猖狂进攻,轻描淡写地说成是什么'个人英雄主义'和'思想上'的'离心'倾向;把他们狂热地发展资本主义,归结为只是入社'慢'了一点,等等。"批判《三里湾》里所塑造的人物形象是"抹煞阶级斗争,混淆敌我矛盾"。① 《赵树理是贫下中农的死敌》中在论及赵树理塑造的人物形象时说:"他写的是什么呢?写的是所谓'中间人物',实际上都是些落后人物、反动人物。"② 《〈三里湾〉是对农业合作化运动的全面反动》批判赵树理丑化了贫下中农:"本来是满怀共产主义远大理想,积极走社会主义道路的贫下中农,却被歪曲成了在两极分化的假互助组里出卖劳力,为资本主义推波助澜的小丑;本来是在农村两条道路斗争中冲锋陷阵,同富农资产阶级坚决斗争的贫下中农,却成为脱离阶级斗争,钻在'真空管'里的庸人。歌颂是假,丑化是真。赵树理对贫农代

---

① 晋红兵:《彻底批判〈三里湾〉贩卖的"阶级斗争熄灭论"》,《山西日报》,1970年10月17日。
② 陈永贵:《赵树理是贫下中农的死敌》,《山西日报》,1970年7月25日。

表的所谓'歌颂',正是对贫下中农的肆意丑化、极大诬蔑!"①

赵树理是延安文艺座谈会召开后被树立起来的"样板"作家,是延安文艺创作"工农兵方向"的代表,在"文化大革命"极左文艺思潮中,却被描述成:"打着'农民作家'招牌,招摇撞骗几十年的反革命修正主义分子赵树理,果真是一个'农民作家'吗?一千个不是,一万个不是,他是一个地地道道的资产阶级反动作家。"②随着对"赵树理方向"及其作品典范性的否定,被颠覆的还有延安时期的"工农兵文艺"和新中国成立后的"新的人民文艺"。

"文化大革命"时期,出版业几乎陷入停滞。洪子诚《中国当代文学史》:"从1966年7月开始,全国的文学刊物相继停刊,这包括由中国作协和上海作协分会等主办的几份最有影响力的刊物:《文艺报》、《人民文学》、《诗刊》、《收获》、《世界文学》、《上海文学》、《文学评论》等。'文革'初期唯一继续出版的文学刊物《解放军文艺》,在1968年底也停刊。1972年前后,《解放军文艺》和许多省市的文学刊物陆续复刊,但《诗刊》、《人民文学》、《文艺报》、《上海文学》、《文学评论》、《收获》等则迟至1976年,或1976年以后才得以恢复。"③

---

① 太原市革命委员会大批判写作小组:《〈三里湾〉是对农业合作化运动的全面反动》,《山西日报》,1970年8月17日。
② 郭凤莲:《剥去"农民作家"的画皮》,《山西日报》,1970年7月29日。
③ 洪子诚:《中国当代文学史》,第163页,北京大学出版社,2007年版。

第四章 文学研究的停滞与反思:1966—1977年的延安文学研究

第二节 旧题新论:延安文学研究的历史与当代取向

"文化大革命"结束后,中国文学创作和研究进入新的局面。一时间,对"文革"极"左"路线的修正和西方现代文艺的引介,前后相接,经过近四十年的发展,中国当代文艺进入多元并存发展的格局,人们对延安文艺的研究(见"绪论")以及毛泽东文艺思想的把握也进入更为客观全面的境地。与此同时,在大繁荣、大发展的背后,文艺界的乱象也引发社会各界的关注与批评。

2014年10月15日,中共中央总书记、国家主席、中央军委主席习近平在北京主持召开文艺工作座谈会并发表重要讲话(以下简称"北京讲话")。围绕习近平文艺工作座谈会讲话精神,文艺界进行了广泛讨论①,至今,研究文章逾千篇。期间,人们再次回顾毛泽东《讲话》,再次重温自延安时期以来中国当代文艺发展历程和历史使命,在历史情境中寻绎、体悟和把握文艺创作和研究的方向。诚然,历史的车轮已过七十载,

---

① 如《美术》2014年第11期的《扎根人民,扎根生活,把最好的精神食粮奉献给人民——在京美术家座谈学习习近平总书记在文艺工作座谈会上的讲话》、《当代电视》2014年第11期张显的《发挥协会优势,为繁荣电视文艺创作而努力——学习习近平总书记在文艺工作座谈会上讲话精神的体会》、《舞蹈》2014年第11期的《舞出文艺新时代的真善美——中国舞协召开"舞蹈家学习习近平总书记重要讲话精神座谈会"》、《剧本》2016年第7期剧妍的《中国剧协举办首期专题培训研讨班深入学习贯彻习近平总书记文艺工作座谈上重要讲话精神》等。

延安和北京的两次讲话情境不同,任务也不同,并且,从文艺导向到具体的创作和研究,还需要大量文艺工作者付出持续的心力。然而,我们也能发现,两次讲话面对的核心文艺命题、持守的文艺观点却高度契合。

一、马克思主义文艺源流观与评判标准观的传承与再释

文艺源流和文艺批评标准是马克思主义文艺观的核心问题,关乎文艺创作的出发点和价值评判,从"延安文艺讲话"(见第一章)到"北京讲话",两个问题都贯穿始终,且有新的升华。

1. 文艺的源流及创作观

习近平"北京讲话"从两个方面来论证文学艺术的源流问题。一是强调现实生活之于艺术的源头问题。他指出:"人民是文艺创作的源头活水,一旦离开人民,文艺就会变成无根的浮萍、无病的呻吟、无魂的躯壳。"①二是抱着更为宽阔的视野,强调当前文艺界对艺术之流的学习与挖掘,重视对作品意蕴的深层把握。他说:"古往今来,文艺巨制无不是厚积薄发的结晶,文艺魅力无不是内在充实的显现。凡是传世之作、千古名篇,必然是笃定恒心、倾注心血的作品。"②又引古语:"取法于上,仅得为中;取法于中,故为其下。"明确探流寻宗的原则问题,这是对文艺创作深入生活和学习经典两个路径不可偏废观

---

① 中共中央宣传部:《习近平总书记在文艺工作座谈会上的重要讲话学习读本》,第17页,学习出版社,2015年版。
② 中共中央宣传部:《习近平总书记在文艺工作座谈会上的重要讲话学习读本》,第11页,学习出版社,2015年版。

第四章 文学研究的停滞与反思:1966—1977年的延安文学研究

念的进一步深入。同时,习近平还激励文艺创作者要志存高远,从渐进、渐悟达至渐成,注重个人艺境的塑造。

综合起来,习近平的论述充分关注了文艺与现实的联系,充分把握了中国文艺自古以来修身养性、陶冶情操、凝练人格的精神价值和内在传统,充分表达了对艺术家个体、时代精神、民族文化、国际视野四个维度的体认与珍视。倘若说"延安文艺讲话"旨在解决民族文艺革命的问题,着眼于特定时代下的艺术家和艺术作品的关系,"北京讲话"则进一步拓展了对这一问题的阐释深度,为当代艺术创作指明方向,也对中国马克思主义文艺观作了进一步提升。

2. 文艺评判观

"北京讲话"强调了文艺批评的两个标准。首先,习近平总书记指出了当前文艺创作中存在的不良现象:调侃崇高、扭曲经典、颠覆历史,丑化人民群众和英雄人物;是非不分、善恶不辨、以丑为美,过度渲染社会阴暗面;搜奇猎艳、一味媚俗、低级趣味,把作品当作追逐利益的"摇钱树"和感官刺激的"摇头丸";胡编乱写、粗制滥造、牵强附会,沦为文化"垃圾";追求奢华、过度包装、炫富摆阔,形式大于内容;热衷于所谓"为艺术而艺术",只写一己悲欢、杯水风波,脱离大众、脱离现实。① 习近平总书记指出的文艺弊端分别指向艺术作品的价值、趣味、形式与内容的关系、现实意义四个问题,在阐明艺术创作源流观的基础上,还充分关注了文艺的时代特征。他指出:"凡此种种都警示我们,文艺不能在市场经济大潮中迷失方向,不能在为

---

① 中共中央宣传部:《习近平总书记在文艺工作座谈会上的重要讲话学习读本》,第10页,学习出版社,2015年版。

什么人的问题上发生偏差，否则文艺就没有生命力。"①这些论断告诉我们，不同时期的文艺，不同国家的文艺，面对的是不同的问题，解决这些问题，必须着眼于时代，立足于自我的实际；他山之石可以远观把玩，却不能构造我们文化艺术的坚实大厦。

其次，他提出了更为全面的文艺批评观。即：坚持党领导文艺创作的方针，践行艺术为人民的思路，还要使用正确的文艺批评观念和方法，通过辨别、辩论，求得真理，即所谓"真理越辩越明"。习近平明确说："要以马克思主义文艺理论为指导，继承创新中国古代文艺批评理论优秀遗产，批判借鉴现代西方文艺理论，打磨好批评这把'利器'，把好文艺批评的方向盘，运用历史的、人民的、艺术的、美学的观点评判和鉴赏作品，在艺术质量和水平上敢于实事求是，对各种不良文艺作品、现象、思潮敢于表明态度，在大是大非问题上敢于表明立场，倡导说真话、讲道理，营造开展文艺批评的良好氛围。"②尤其值得注意的是，习近平总书记确立了四种批评观念和方法：历史的，人民的，艺术的，美学的。这四种方法是将中国实际情况与马克思辩证唯物主义和历史唯物主义结合后进一步的推演，并且将艺术与历史、艺术与现实、艺术与服务对象、艺术内在价值构建等问题暗含其中，具有广阔的政治、历史和文化视野，为我们正确认识文艺作品的价值观念、内容、形式提供理论依据，也为当前艺术批评的发展指明了方向。

---

① 中共中央宣传部：《习近平总书记在文艺工作座谈会上的重要讲话学习读本》，第10页，学习出版社，2015年版。
② 中共中央宣传部：《习近平总书记在文艺工作座谈会上的重要讲话学习读本》，第33—34页，学习出版社，2015年版。

第四章　文学研究的停滞与反思:1966—1977年的延安文学研究

二、中国马克思主义文艺理论的继承与升华

凡事有破方有立,有立必有破。破除旧疾顽症是改革,需要动大手术;确立新的事物,也必须将去旧和纳新同时进行,双管齐下。我们知道,各时期的文艺发展离不开自身的传统,也与社会历史的大环境有着密切的联系,因此,确立新文艺观、发展新文艺,要么破除文艺传统自身的一些因素,要么破除不利于它前行的一些外部条件,才有实现的可能。倘若说,毛泽东"延安讲话"是中国马克思主义文艺理论的第一次破立的话,那么,习近平"北京讲话"便是中国马克思主义文艺理论破除外部条件、优化内部传统的努力。

与毛泽东延安文艺座谈会讲话的历史情境和工作任务不同,习近平北京文艺座谈会讲话是对当前文艺创作内外因素的诊断,是民族文化复兴之路的具体方略。当下世界正处于大的变革和调整时期,中国的发展令世界瞩目,物质文明极大发展,广大人民群众在中国共产党的领导下怀揣着实现中华民族伟大复兴的梦想,坚定地走在中国特色社会主义道路上。这些都客观上对精神文明的发展提出了更高的要求。但从文艺创作内部而言,艺术家受社会浮躁风气的感染,文艺创作动力不足、思想混乱、态度不端、良莠不齐等现象丛生,艺术作品丰富性和混乱性并存的情况增多;就外部环境来说,文艺创作受制于市场效益而背离艺术的社会价值,在全球化时代,外来艺术的冲击力不断加强,民族传统文化艺术在国民中日益淡薄,不懂、不学甚至看不起民族文化的"假洋鬼子"层出不穷,固守传统而不努力发扬求新的保守派也大有人在,在国外,"中国威胁论"和

"中国灭亡论"等荒唐言行甚嚣尘上。习近平指出:"改革开放以来,我国经济发展很快,人民生活水平提高也很快。同时,我国社会正处在思想大活跃、观念大碰撞、文化大交融的时代,出现了不少问题。其中比较突出的一个问题就是一些人价值观缺失,观念没有善恶,行为没有底线,什么违反党纪国法的事情都敢干,什么缺德的勾当都敢做,没有国家观念、集体观念、家庭观念,不讲对错,不问是非,不知美丑,不辨香臭,浑浑噩噩,穷奢极欲。现在社会上出现的种种问题病根都在这里。这方面的问题如果得不到有效解决,改革开放和社会主义现代化建设就难以顺利推进。"①进而,他将文艺创作看作实现民族文化艺术伟大复兴、实现中国梦的重要内容,看作寻找时代精神、弘扬中国精神、凝聚中国力量的必要手段,对此,他提出了两个重要的原则:一是,文艺创作不仅要有当代生活的底蕴,而且要有文化传统的血脉,要坚守中华文化立场,传承中华文化基因,展现中华审美风范,不简单复古,辩证取舍,推陈出新;二是,在传承发扬自身传统的同时,不排斥学习借鉴世界优秀文化成果,要继续学习和借鉴世界各国人民创造的优秀文艺,洋为中用,开拓创新,做到中西合璧、融会贯通。

倘若说,"延安讲话"是中国马克思主义文艺观的确立,那么"北京讲话"就是中国马克思主义文艺观的升华;前者重在治病救国,后者重在匡疾兴国;前者出现于存亡之际,力求大刀阔斧,讲求实效,举大事而略小节,后者出现于中华民族崛起之时,兼顾国际视野、民族大义、文化传统和个体诉求,尽细微而致广大,重多元而循其理;前者可看作中国文艺自传统向现代

---

① 中共中央宣传部:《习近平总书记在文艺工作座谈会上的重要讲话学习读本》,第25页,学习出版社,2015年版。

第四章 文学研究的停滞与反思：1966—1977年的延安文学研究

转型的重要理论成果，后者可看作中国文艺由当前交融、过渡期走向未来光大发扬的宏大方略；前者奠定了中国马克思主义文艺理论的历史基础，后者提升了中国马克思主义文艺理论的文化高度。

将文艺事业看作中华民族伟大复兴、实现中国梦的重要环节，不仅仅是党和国家新时期的指导方针，也是每个国民学习、体认、继承、发扬民族文化艺术，不断充实信心，投身民族崛起进程时应有的心理基础。在这个意义上，"北京讲话"不仅针对文艺工作者的创作和研究，也针对我们对历史的把握和认知，针对当代所有国民。

对延安文艺研究来说，我们首先要还原历史情境，尤其是把握中国近代民族革命的历史文化语境，客观把握历史脉络和特征，对诸多命题的形成、发展进行理论阐释；其次，研究延安文艺，也是为了认识、促动、阐释我们今天的文艺，能够从中国文化、中国社会、中国艺术发展的自身逻辑上，找到方向，确立原则。在这个意义上，文艺研究便获得两个维度的价值取向：历史维度和当代维度。在两个维度中，我们都要解决和把握文艺与政治的关系，解决文艺创作的源流问题以及艺术批评的标准问题。

结　　语

　　延安文艺研究与延安文艺创作同步发生。作为 20 世纪中国共产党领导下抗战文艺、革命文艺，以至 1949 年以后新中国文艺中最具导向性、最富战斗力的部分，20 世纪 30－70 年代的延安文艺研究，一方面深刻反映党和文艺界对文艺现象和问题的即时认识、把握、反思和修正，进而通过"面向当下"的文艺批评和研究，又推动延安文艺界创作观念、创作方法的及时更新，促成文艺作品典范和作家楷模的应时确立；另一方面，自 1936 年以来，延安文艺研究各个时期的成果无不以作品选印、文学史阐释、教材选读等形式，成为下一阶段文艺创作和文艺研究的基础，并且也是文艺路线讨论、文艺方针确立的前提。正是在这个意义上，新中国成立前的延安文艺研究初步确立了新中国文艺发展的方向和批评标准，新中国成立后的延安文艺研究又在此基础上体认并深化了此前的文艺路径。回顾历史，中国共产党领导下的文艺从延安文艺"羽化"为新中国文艺，从新中国成立前的一个区域性支流，上升为新中国成立后的国家文艺主流，离不开各个时期、各类形式的延安文艺研究，而我们要真正理解中国现当代文学的源流，20 世纪 30－70 年代的延安文艺研究便是不可回绕的重要课题。

结　语

　　延安文艺研究是20世纪中国民族革命历史情境的产物，通过对30—70年代散布在报纸、刊物、文学史等著作中研究材料的历时性梳理，本书也力图将其阐述为一个不断确立延安文艺合法地位、求证文艺发展新路径的历史过程。笔者认为，这一过程因研究主体、核心理念、研究方法、整体取向及各时期的任务而体现出以下几个基本特征。

　　第一，延安文艺研究呈现多层次、多样化的主体，并具有较高的历史使命感和普遍的自觉性。自晚清以来，中国文艺志士就先后扛起救亡图存的文艺大旗，但限于时代和条件，文艺创作和研究虽动摇了社会文化的陈根旧土，但尚不能全面激发全国人民的革命热情和自觉性。因此，不无妥协性的五四新文化运动就难免殒损中途。随着中共红色根据地的建立和革命文艺的发展，文艺创作和研究的环境发生根本变化，文艺从城市和阁楼潜入"民间"或"农村"，根据地百姓的革命热情和思想觉悟是文艺之"的"，艺术家和艺术作品是这场革命的"矢"，是燎原之火的精神火种，这样，文艺的使命与责任，更是紧密地与国家、民族命运联系在一起。更为重要的是，与五四时期精英知识分子的参与不同，延安文艺界是由党政领导、文艺创作者、研究者，下及读者，甚至不识字的群众组成，他们也广泛参与文艺讨论和研究，从而使文艺研究出现多层次主体。文艺研究当然主要由专业人员承担，非专业的研究势必不能切近问题的本质，出现专业研究和非专业研究的层次差异，但我们必须看到，延安文艺和延安文艺研究一直有去专业化的倾向，与之相应的是调动工农兵的文艺热情：不仅让他们承担部分创作任务，而且要在文艺研究中发声，同时，专业研究者也必须从工农兵的文艺期待和经验出发，来确立、检验文艺创作和研究的方向与成果。基于这个共同的目标和原则，参与延安文艺研究的各类

· 237 ·

主体,普遍体现出相对较高的历史使命感和自觉性。在此意义上,延安文艺创作和研究才代表着先进的部分,成为五四新文化运动最重要的接力者,并为新中国文艺的确立奠定基础。

第二,延安文艺研究有较强的时效性。所谓时效性,即文艺研究与不同时期的政治文化任务关联,受相关政治文化活动的统摄,一定程度上,延安文艺研究的分期只能以政治形势的转折为依据。就此,本书将30—70年代的延安文艺研究分为四个时期:

1936年至1949年为第一期。延安文艺研究的主旨是革命现实主义文艺的论证和确立。其中,1942年毛泽东《在延安文艺座谈会上的讲话》的发表是一个重要节点,此前的六年中,延安文艺研究既有对五四新文化运动的延续,更有中国共产党和延安文艺界针对形势而做出的主动回应和探索;之后的七年,是延安讲话精神的贯彻,是革命现实主义文艺路线的初步形成;到1949年第一次文代会期间,这一路线及有关文艺研究的核心问题、经典文本成为文艺界的共识,从而完成地域性文艺到国家文艺的转变。

1949年至1955年为第二期。延安文艺汇入并引领国家文艺主流,此前已经形成的研究方法、基本理念和重大成果成为改造全国文艺思想和文艺创作的主要依据和经验,至此,20世纪中期的延安文艺研究也进入一个短暂的高潮,各类作家、作品的专题研究以及相关作品选集、文学史著述对此前的成果予以总结,在作品阐释、作家研究等方面也有新的推进。

1956年至1966年为第三期。此期的延安文艺研究一方面是既有路径中一些因素的延续或强化:将工农兵集体研究和写作加以推进,作家和作品的研究和样板化取向也从此前的革命现实主义原则发展到革命现实主义和革命浪漫主义相结合的原则，尽管成果不多，也有简单化、标签化的趋势，但就文艺研究的理念而论，仍有所拓展；另一方面，1958年反右倾、再批判活动开展以后，这一时期的延安文艺研究也出现了重大转折，尤其是已经确立的经典文本和作家楷模大多受到了批判，延安文艺研究逐渐进入了支离作品、悬置本体、质疑作家的停滞状态。

1967年至1977年为第四期。这一时期的延安文艺研究，在"文革"背景下发展，表面上看，毛泽东文艺思想、集体写作、样板化取向、群众路线、普及与提高、文艺改造等问题，一如此前，是文艺研究的核心论题。事实上，这些论题往往都建立在对"延安讲话"的曲解、主观阐释和利用上，建基于政治先行、批判和审查先导、作品本体悬置的方向下，因此，"文革"期间的延安文艺研究几乎不再出现专业研究者的身影，也没有对作家、作品、创作等问题的学术推进，而步入千人同声、百口一词的境地，不仅1940年以来先后确立的作家典范如赵树理、丁玲、周扬等陆续倒台，且新的典型也付之阙如，可以说，"文革"时期的延安文艺研究正因政治斗争中专业研究者的集体失语、文艺研究环境的极端恶化而出现破坏大于建设的情形。

第三，延安文艺研究有较强的政治性。在文艺服务时政、统一思想战线的任务指引下，文艺研究的观念、问题和方法与各时期的政治文化形势紧密关联，对作品主题、人物形象、语言形式，乃至对作家创作、接受效应的阐释，不可避免地突显出政治化特征。其中，毛泽东"延安讲话"中确立的政治标准第一、艺术标准第二、两者兼顾的批评原则是30—70年代延安文艺研究的基本立场，且政治标准和艺术标准的主次与兼用，或者说具体运用，也成为文艺研究和批评的论题之一。换言之，文艺研究的两个标准不仅贯通在对作品的阐释中，也贯通在作家、创作的批评领域，其中政治性一直是一个前设的原则。历史地看,1936—1957年间的延安文艺研究大体上还坚持两个标准的兼顾,至少没有失却对艺术本体的关照,艺术研究仍然围绕作品、作家、主题、语言、形象、环境等展开,对作家和作品的批评尽管也存在一些有失公允的批评案例,但整体取向仍然是客观和真实的。然而,1958年以后的反右倾和再批判,以至"文革"结束,延安文艺研究日益为政治批判所绑架,作品内容和形式、作家经历和表现往往只是"文艺研究"可供截取或求证的材料。笔者认为,在人类文化艺术长河中,政治标准是各时期、各国家文艺研究或隐或显的预设条件,因此,毛泽东依据国情提出的两个标准以及1958年以前它在延安文艺研究中的不断实践是历史情境的必然选择,它完成了历史赋予的文化艺术使命,因此它是积极和理性的;而1958—1976年间,文艺研究日益强烈的政治化倾向实质上已经背离了毛泽东所说的政治标准与艺术标准兼顾、两者缺一不可的原则,也没有根据社会变化、时代环境、文艺任务加以显隐调适,因此,是消极和非理性的。

第四,延安文艺研究的命题、理论和方法围绕"中国问题"展开,体现"中国经验"。基于自觉的探索,延安文艺研究必须解决中国当时的问题,因此,无法袭用古人和国外的经验,难以维持纯粹书斋和阁楼式的学术高蹈姿态,而必须切近社会现实,贴近群众基础。这样,群众路线、普及和提高的方向,文艺创作和研究的核心方法与标准——从革命现实主义到革命现实主义和革命浪漫主义的结合——便持续贯穿在延安文艺研究的始终,期间,马克思和恩格斯的著作,毛泽东《在延安文艺座谈会上的讲话》,苏联美学家的研究,成为几个重要的理论资源,其中,"延安讲话"又是讨论和解决中国问题的原典。换言之,20世纪30—70年代的延安文艺研究是中国文艺界以延安时期的文艺创作为研究对象,运用中国马克思主义文艺理论和方法，完成马克思主义文艺理论第一次中国化的一个主要部分。以至今天，群众路线、现实主义方法仍然被保留下来，构成中国马克思主义文艺理论的核心。

第五，破旧与立新是延安文艺研究的两个重要向度。中国共产党领导的革命文艺、新中国文艺都意在建立和发展一个新的文艺界，因此，先后对五四新文化运动以来的文艺、延安文艺内部、新中国文艺——以至1966年以后的"破四旧"（破除旧思想、旧文化、旧风俗、旧习惯）——进行了从思想到行为、从艺人到作品的全面改造，而旧艺人、旧形式、旧作品的改造以及新经典、新楷模的确立便成为相互依存的两个研究向度，贯穿在延安文艺研究的始终。破旧是为了立新，立新也必须除旧。尽管各时期对旧文艺的改造不无简单，对"另类作品"的批判亦有武断，对新经典的确立有过反复，对传统艺术的破除失之草率，但从文艺发展的整体趋势上来说，文艺创作和研究的旧思想和旧方法的确经过了几十年的涤洗，而与时代和国家相联系的新文艺取向也达到高度的集体共识——且不论这种共识包含多少合理的成分，体现多少远见卓识。而30－70年代的延安文艺研究是破除旧文艺、确立新文艺进程中至为关键的一个部分，并成为中国现当代文学创作和研究必须面对的历史基础。

延安文艺研究一直是中国现当代文学中最为重要的课题之一，本书对1937－1977年四十年间延安文艺研究的梳理力求站在百年来文学批评史视野下，客观呈现各时期相关的研究资料和观点，勾勒其主要线索，分析其转折和原因，探讨其价值和意义。由于资料过分庞杂，同时也限于学识和水平，本书没有探讨并比较延安作家群以外的案例，对一些具体作家和作品的材料引述和讨论也有待深入。

参 考 文 献

一、专著

[1]舒湮.边区实录[M].国际书店,1941.

[2]周扬.表现新的群众的时代[M].太岳新华书店,1946.

[3]李春兰.文艺的群众路线[M].冀鲁豫书店,1947.

[4]李春兰.《文艺的群众路线》(续编一)[M].冀鲁豫书店,1947.

[5]周扬.表现新的群众的时代[M].沈阳:东北书店,1948.

[6]中华全国文学艺术工作者代表大会宣传处.中华全国文学艺术工作者代表大会纪念文集[C].北京:新华书店,1950.

[7]西北文学艺术工作者代表大会秘书处.西北文学艺术工作者代表大会纪念文集[C].西北文学艺术工作者代表大会,1951.

[8]吴奔星.文学作品研究(第一辑)[M].东方书店,1954.

[9]吴调公.人民作家赵树理[M].上海:四联出版社,1954.

[10]丁易.中国现代文学史略[M].北京:作家出版社,1955.

[11]刘绶松.中国新文学史初稿[M].北京:作家出版社,1956.

[12]晓雪.生活的牧歌——论艾青的诗[M].北京:作家出版社,1957.

[13]江超中.解放区文艺概述[M].天津:百花文艺出版社,1958.

[14]《文艺报》编辑部.再批判[G].北京:作家出版社,1958.

[15]刘芝明等.萧军思想批判[C].北京:作家出版社,1958.

[16]王中青.谈赵树理的《三里湾》[M].上海:上海文艺出版社.1959.

[17]复旦大学中文系现代文学组学生集体.中国现代文学史(上册)[M].上海:上海文艺出版社,1959.

[18]山东师范学院中国语文系.中国现代作家研究资料索引[G].山东师范学院,1960.

[19][苏]列宁.列宁论文学与艺术[M].北京:人民文学出版社,1960.

[20]山东师范学院中国语文系.中国现代文学史[M]:初稿.山东师范学院,1960.

[21]方欲晓.赵树理的小说[M].北京:北京出版社,1964.

[22]毛泽东.毛泽东选集[M].北京:人民出版社,1967.

[23]毛泽东.在延安文艺座谈会上的讲话[M].北京:人民出版社,1975.

[24]刘少奇.刘少奇选集[M].北京:人民出版社,1981.

[25]王瑶.中国新文学史稿[M].上海:上海文艺出版社,1982.

[26]中国作家协会山西分会.赵树理学术讨论会纪念文集[C].太原:中国作家协会山西分会,1982.

[27]北京师范大学中文系文艺理论教研室.文学理论学习参考资料(下)[M].春风文艺出版社,1982.

[28]王文金等.抗日战争时期延安及各抗日民主根据地文学运动资料[M].太原:山西人民出版社,1983.

[29]蓝海.中国抗战文艺史[M].济南:山东文艺出版社,1984.

[30]《延安文艺丛书》编委会.延安文艺丛书[G].长沙:湖南人民出版社,1984.

[31]黄修己.赵树理研究资料[G].北岳文艺出版社,1985.

[32][意]贝奈戴托·克罗齐.历史学的理论与实际[M].傅任敢,译.北京:商务印书馆,1986.

[33][德]尧斯,霍拉勃.接受美学与接受理论[M].周宁,金元浦,译.大连:辽宁人民出版社,1987.

[34]艾克恩.延安文艺运动纪盛[M].北京:文化艺术出版社,1987.

[35]刘增杰.中国解放区文学史[M].开封:河南大学出版社,1988.

[36]屈毓秀等.山西抗战文学史[M].太原:北岳文艺出版社,1988.

[37]何沁等.中国革命史[M].武汉:武汉大学出版社,1991.

[38]艾克恩.延安文艺回忆录[G].北京:中国社会科学出版社,1992.

[39]赵超构.延安一月[M].上海:上海书店,1992.

[40]贺志强,杨立民等.《延安文艺概论》[M].西安:陕西人民出版社,1992.

[41]中国人民政治协商会议山东省聊城市委员会文史资料研究委员会.聊城文史资料选辑·第7辑[G].1995.

[42]刘增杰,王文金.迟到的探询[M].开封:河南大学出版社,1996.

[43]茅盾.茅盾全集(第二十三卷)[M].北京:人民文学出版社,1996.

[44]陈荒煤,黄修己等.赵树理研究文集[G].北京:中国文联出版公司,1996.

[45][法]米歇尔·福柯.知识考古学[M].谢强,马月,译.北京:三联书店,1998.

[46][德]伽达默尔.真理与方法[M].洪汉鼎,译.上海:上海译文出版社,1999.

[47]李大钊.李大钊全集[M].石家庄:河北教育出版社,1999.

[48]贺桂梅.转折的时代:40-50年代作家研究[M].济南:山东教育出版社,2003.

[49][德]恩斯特·卡西尔.人文科学的逻辑[M].沉晖,海平,叶舟,译.北京:中国人民大学出版社,2004.

[50]人民文学出版社编辑部,中华文学评论百年精华[G].北京:人民文学出版社,2004.

[51]刘备耕.人民是母亲[M].北京:中共党史出版社,2005.

[52]温儒敏.中国现代文学学科概要[M].北京:北京大学出版社,2005.

[53]於可训.当代文学:建构与阐释[M].武汉大学出版社,2005.

[54]丁帆,刘俊.中国现当代文学研究导引[M].南京:南京大学出版社,2006.

[55]袁盛勇.通向现代文学的本来[M].北京:中国文史出版社,2007.

[56]洪子诚.中国当代文学史[M].北京:北京大学出版社,2007.

[57]黄修己.中国新文学史编纂史[M]:北京:北京大学出版社,2007.

[58]黄修己,刘卫国等.中国现代文学研究史(下册)[M].广州:广东人民出版社,2008.

[59]艾克恩.延安文艺史(上下)[M].石家庄:河北教育出版社,2009.

[60]李士非等.中国文学史资料全编·现代卷27·李克异研究资料[G].北京:知识产权出版社,2010.

[61]李洁非,杨劼.解读延安——文学、知识分子和文化[M].北京:当代中国出版社,2010.

[62]黄修己.中国文学史资料全编·现代卷29·赵树理研究资料[G].北京:知识产权出版社,2010.

[63]刘增杰等.抗日战争时期延安及各抗日民主根据地文学运动资料[G].北京:知识产权出版社,2010.

[64]李华盛,胡光凡.周立波研究资料[G].北京:知识产权出版社,2010.

[65]袁良骏.丁玲研究资料[G].北京:知识产权出版社,

2011.

[66]袁盛勇.还原与重构——新的延安文学研究在崛起[M].重庆:重庆出版社,2012.

[67]陈忠实,李继凯等.延安文学档案[G].西安:太白文艺出版社,2013.

[68]任文等.永远的鲁艺(下册)[M].西安:陕西师范大学出版总社有限公司,2014.

[69]周维东.中国共产党的文化战略与延安时期的文学生产·民国文学史论(第6卷)[M].广州:花城出版社,2014.

[70]刘润为等.延安文艺大系[G].长沙:湖南文艺出版社,2015.

[71]习近平.在文艺工作座谈会上的讲话[M].北京:人民出版社,2015.

[72]杨德山,韩宇.中共党史简明读本[M].北京:华文出版社,2016.

[73][美]勒内·韦勒克,奥斯汀·沃伦.文学理论[M].刘象愚等,译.杭州:浙江人民出版社,2017.

二、文章

[1]李求实.告研究文学的青年[J].中国青年,1923,5.

[2]沈泽民.青年与文艺运动[J].中国青年,1923,9.

[3]郭沫若.革命与文学[J].创造月刊,1926,1(3).

[4]郭沫若.文艺家的觉悟[J].洪水,1926,2(16).

[5]徐迟.艾青能不能为社会主义歌唱?[N].人民日报,1957-9-24.

[6]雷铁鸣.戏剧运动在陕北[J].解放周刊,1937,1(8).

[7]沙可夫.延安文艺上的进步[J].解放杂志,1938,47.

[8]边区文协战歌社,西北战地服务团战地社.街头诗歌运动宣言[N].新中华报,1938-8-7.

[9]雷烨.谈延安工作的发展和现状[N].抗敌报,1939-1-16,18.

[10]鲁藜.目前的文艺工作者[J],文艺突击,1939,4.

[11]艾思奇.抗战文艺的动向[J].文艺战线,1939,1,创刊号.

[12]艾思奇.两年来延安的文艺运动[J].群众,1939,3(8,9).

[13]陈荒煤.鲁艺文艺工作团在前方[J].大众文艺.1940,1(4).

[14]梅行.论部队文艺工作[J].大众文艺.1940,1(4).

[15]周扬.文学与生活漫谈[N].解放日报,1941-7-(17-19).

[16]叶澜.文艺活动在延安[N].新华日报,1941-9-12.

[17]罗烽.漫谈批评[N].解放日报,1941-8-19.

[18]丁玲.什么样的问题在文艺小组中[J].中国文艺,1942,1.

[19]丁玲.三八节有感[N].解放日报(副刊).文艺,1942,98.

[20]艾青.了解作家、尊重作家——为《文艺》百期纪念而写[N].解放日报(副刊).文艺,1942,100.

[21]罗烽.还是杂文的时代[N].解放日报(副刊).文艺,1942,101.

[22]萧军.论同志之"爱"与"耐"[N].解放日报,1942-4-8.

[23]齐啸.读《野百合花》有感[N].解放日报,1942-4-7.

[24]杨维哲.从《政治家·艺术家》说到文艺[N].解放日报,1942-5-19.

[25]金灿然.读实味同志的《政治家·艺术家》后[N].解放日报,1942-5-26.

[26]丁玲.文艺界对王实味应有的态度及反省[N].解放日报,1942-6-16.

[27]艾青.现实不容许歪曲[N].解放日报,1942-6-24.

[28]非垢.偏差——关于《丽萍的烦恼》[N].抗战日报,1942-6-11.

[29]莫耶.非垢同志谈《丽萍的烦恼》[N].抗战日报,1942-6-16.

[30]萧军.杂文还废不得说[N].解放日报,1942-6-15.

[31]吴时韵.《叹息三章》和《诗三首》读后[N].解放日报,1942-6-19.

[32]叶石.关于《丽萍的烦恼》[N].抗战日报,1942-6-30.

[33]金灿然.间隔——何诗和吴评[N].解放日报,1942-7-2.

[34]沈毅.与莫耶同志谈创作思想问题[N].抗战日报,1942-7-7.

[35]贾芝.略谈何其芳同志的六首诗——由吴时韵同志的批评说起[N].解放日报,1942-7-18.

[36]王燎荧."人……在艰苦中生长"——评丁玲同志的《在医院中时》[N].解放日报,1942-6-10.

[37]周扬.王实味的文艺观与我们的文艺观[N].解放日

报,1942-7-(28-29).

[38]金灿然.论杂文[N].解放日报,1942-7-25.

[39]张庚.论边区剧运和戏剧的技术教育[N].解放日报,1942-9-11、12.

[40]陆定一.读了一首诗[N].解放日报,1942-9-28.

[41]周扬.致张棣庚的公开信[N].解放日报,1942-11-8.

[42]陆定一.文化下乡[N].解放日报,1943-2-10.

[43]凯丰.关于文艺工作者下乡的问题[N].解放日报,1943-3-28.

[44]陈云.关于党的文艺工作者的两个倾向问题[N].解放日报,1943-3-29.

[45]何其芳.改造自己,改造艺术[N].解放日报,1943-4-3.

[46]周立波.后悔与前瞻[N].解放日报,1943-4-3.

[47]解放日报社论.从春节宣传看文艺的新方向[N].解放日报,1943-4-25.

[48]中共中央宣传部.关于执行党的文艺政策的决定[N].解放日报,1943-11-8.

[49]严文井.评过去四期的《草叶》上的创作[J].草叶,1942,5.

[50]解放日报.特讯[N].解放日报,1943-3-27.

[51]解放日报.关于执行党的文艺政策的决定[N].解放日报,1943-11-8.

[52]王大化.从《兄妹开荒》的演出谈起[N].解放日报,1943-4-26.

[53]毛泽东.在延安文艺座谈会上的讲话[N].解放日报,

1943—10—19.

[54]林默涵.把眼光放远点[N].解放日报,1944—5—29.

[55]马健翎.我与《血泪仇》[N].解放日报,1944—6—21.

[56]周扬.《把眼光放远一点》序[N].解放日报,1944—9—15.

[57]姚仲明.《同志,你走错了路!》的创作介绍[N].解放日报,1944—12—15.

[58]周扬.表现新的群众的时代——看了春节秧歌以后[N].解放日报,1944—3—21.

[59]晋察冀日报.贯彻文化为工农兵服务的方针[N].晋察冀日报,1944—4—5.

[60]金灿然.论《三打祝家庄》[N].解放日报,1945—3—29.

[61]周扬.关于政策与艺术[N].解放日报,1945—6—2.

[62]郭有等.笔谈《白毛女》[N].解放日报,1945—7—17.

[63]陆定一.读了一首诗[N].解放日报,1946—9—28.

[64]孙犁.看过《王秀鸾》[N].冀中导报,1946—6—18.

[65]解清.刘巧团圆[N].解放日报,1946—9—4.

[66]周扬.论赵树理的创作[N].解放日报,1946—8—26.

[67]欧阳一.《春夜》说明什么[N].晋察冀日报,1946—7—15.

[68]亚君.《春夜》是怎样反映现实的[N].晋察冀日报,1946—7—16.

[69]仑泰.《春夜》读后感[N].晋察冀日报,1946—7—17.

[70]丁克辛.我是怎样写《春夜》的?[N].晋察冀日报,1946—7—23.

[71]黎辛.从《王贵与李香香》谈起[N].解放日报,1946—

9—(22—24).

[72]陈涌.三年来文艺运动的新收获[N].解放日报,1946—10—19.

[73]李克昇.网和地和鱼[J].东北文艺,1947,2(2).

[74]陈荒煤.向赵树理方向迈进[N].人民日报,1948—8—10.

[75]郭沫若.序《王贵与李香香》[N].华商报,1947—8—12.

[76]茅盾.再谈方言文学[J].大众文艺,1948,1.

[77]王春.赵树理是怎样成为作家的?[N].人民日报,1949—1—16.

[78]王亚平.介绍《新儿女英雄传》[N].人民日报,1949—5—25.

[79]萧也牧.向青年读者推荐一部好小说——《新儿女英雄传》读后感[J].中国青年,1949,27.

[80]李普.赵树理印象记[J].长江文艺,1949,1(1).

[81]康濯.在学习的路上[N].人民日报,1949—7—6.

[82]王仲元.《新儿女英雄传》给了我些什么[N].人民日报,1949—7—20.

[83]荣安.人民作家赵树理[N].天津日报,1949—10—4.

[84]杨俊.我所看到的赵树理[J].中国青年,1949,8.

[85]邰怀林.我的改造[N].北平解放报,1949—7—2.

[86]韩冰.我的演剧生活[N].北平解放报,1949—7—2.

[87]马健翎.我对地方剧的看法[J].文艺报,1949,10.

[88]周立波.萧军思想的分析[J].新形式与文艺,1949,1.

[89]柳晨.哈尔滨文化界批评萧军的思想[J].新形式与文

艺,1949,1.

[90]中华全国文艺工作者代表大会宣传处.中华全国文学艺术工作者代表大会纪念文集[C].北京:新华书店,1950.

[91]周而复.写在《王贵与李香香》诗后.(见周韦的《论〈王贵与李香香〉》)[G].上海:上海杂志公司,1950.

[92]丁玲.《陕北风光》校后记所感[J].人民文学,1950,6.

[93]陈涌.丁玲的《太阳照在桑干河上》[J].人民文学,1950,2(5).

[94]齐谷.也谈《太阳照在桑干河上》[N].光明日报,1950—12—23.

[95]蔡天心.从《暴风骤雨》里看东北农村新人物底成长[J].东北文艺,1950,(2).

[96]牧虹.关于《王贵与李香香》的演出[J].文艺报,1950,2.

[97]章牧.评《王贵与李香香》[J].文艺新地,1951,3.

[98]李焕之.音乐的戏剧 戏剧的音乐[J].人民音乐,1951,A1.

[99]马可.评歌剧《王贵与李香香》的音乐[J].人民音乐,1951,A2.

[100]陈涌.萧也牧创作的一些倾向[N].人民日报,1951—6—10.

[101]萧也牧.我一定要切实的(地)改正错误[J].文艺报,1951,1.

[102]冯雪峰.反对玩弄人民的态度,反对新的低级趣味[J].文艺报,1951,4(5).

[103]丁玲.作为一种倾向来看[J].文艺报,1951,4(8).

[104]柳青.毛泽东著作教育着我[N].人民日报,1951-9-10.

[105]丁毅.歌剧《白毛女》创作的经过[N].中国青年报,1951-4-18.

[106]周立波.《暴风骤雨》的写作过程[N].中国青年报,1952-4-28.

[107]人民日报.继续为毛泽东同志所提出的文艺方向而斗争——纪念毛泽东同志《在延安文艺座谈会上的讲话》发表十周年[N].人民日报,1952-5-23.

[108]丁玲.要为人民服务更好[N].人民日报,1952-5-24.

[109]周扬.毛泽东同志《在延安文艺座谈会上的讲话》发表十周年[N].人民日报,1952-5-26.

[110]王淑明.《白毛女》奠定了中国新歌剧的基础[J].文艺报,1952,11-12.

[111]老舍.毛主席给了我新的文艺生命[N].人民日报,1952-5-21.

[112]郭沫若.在毛泽东旗帜下长远做一名文化尖兵[N].人民日报,1952-5-23.

[113]茅盾.认真改造思想,坚决面向工农![N].人民日报,1952-5-23.

[114]夏衍.纠正错误,改进领导,坚决贯彻毛主席的文艺方针[N].解放日报,1952-5-23.

[115]张庚.在文艺整风中所体会到的几个问题[J].文艺报,1952,10.

[116]冯雪峰.《太阳照在桑干河上》在我们文学发展上的意义[J].文艺报,1952,10.

[117] [日]竹内好.赵树理文学的新思想[J].晓浩,译.严绍熙,校订.文学,1953,21(9).

[118] [美]西里尔·贝契.共产党中国的小说家——赵树理[J].彭小芩,译.新墨西哥季刊,1955,2、3合刊.

[119] "百花齐放,百家争鸣"(社论)[N].解放日报,1956-7-15.

[120] 王瑶.笔谈"百家争鸣"[N].光明日报,1956-7-15.

[121] 丰子恺.谈"百家争鸣"[N].解放日报,1956-7-19.

[122] 刘白羽.走向自由竞赛的道路[N].人民日报,1956-10-7.

[123] 百花齐放、百家争鸣(社论)[J].文艺报,1956,5.

[124] 萧也牧."百花齐放,百家争鸣"[J].人民文学,1956,7.

[125] 周勃.论现实主义及其在社会主义时代的发展[J].长江文学,1956,12.

[126] 刘绍棠.我对当前文艺问题的一些浅见[J].文艺学习,1957,5.

[127] 何其芳.回忆、探索和希望——纪念毛泽东同志《在延安文艺座谈会上的讲话》十五周年[J].文学研究,1957,2.

[128] 以群.论文艺的政治性和艺术性[N].文汇报,1957-6-13.

[129] 彭继昌.正确地理解毛主席的《在延安文艺座谈会上的讲话》的意义:评刘绍棠同志的一些论点[J].文艺学习,1957,8.

[130] 毛泽东.关于正确处理人民内部矛盾的问题[N].人

民日报,1957-6-19.

[131]王燎荧.丁玲的小说《在医院中》的反动性质[J].文艺报,1957,25.

[132]康濯.肃清"灵魂腐蚀师"丁玲的毒害[J].中国青年,1957,17.

[133]凌晓华.重读《三八节有感》[N].人民日报,1957-8-23.

[134]菡子.斥《三八节有感》[J].文艺报,1957,22.

[135]田间.艾青,回过头来吧![J].诗刊,1957,9.

[136]晓雪.艾青的昨天和今天[J].诗刊,1957,12.

[137]李季,阮章竞.诗人乎？蛀虫乎——评艾青[J].文艺报,1957,23.

[138]罗琼,董边.斥丁玲的《三八节有感》[N].人民日报,1957-9-21.

[139]草明.妇女永远拥护共产党——斥《三八节有感》[J].人民文学,1957,10.

[140]陆耀东.评《我在霞村的时候》[J].人民文学,1957,10.

[141]竹可羽.论《太阳照在桑干河上》[J].人民文学,1957,10.

[142]马铁定.爱羽毛的人[J].文艺报,1957,20.

[143]茅盾.洗心革面,过社会主义关[J].文艺报,1957,20.

[144]吴伯箫."一本书主义"[J].文艺报,1957,21.

[145]张天翼,艾芜,沙汀.你要不要重新做人[J].文艺报,1957,20.

[146]牛随保.作家赵树理在高平[N].山西日报,1957-

11—25.

[147]周扬.文艺战线上的一场大论辩[J].文艺报,1958,5.

[148]水天生.太行山中访赵树理[N].解放日报,1958-9-30.

[149]史纪言.赵树理同志二三事[N].火花,1958-9-30.

[150]映白.第一颗硕果——《小二黑结婚》[J].前哨,1958,5—6.

[151]巴人.略论赵树理同志的创作[J].文艺报,1958,11.

[152]马铁丁.斥《论同志的'爱'与'耐'》[J].文艺报,1958,2.

[153]张光年.莎菲女士在延安——评丁玲的小说《在医院中》[J].文艺报,1958,2.

[154]信涛.一个反党分子的自白书——读丁玲《在医院中》[J].北京文艺,1958,2.

[155]华夫.丁玲的"复仇女神"——评《我在霞村的时候》[J].文艺报,1958,3.

[156]左英.从《在医院中》看丁玲的立场[J].热风,1958,1.

[157]文艺报.《再批判》编辑按语[J].文艺报,1958,2.

[158]严文井,公木.萧军思想再批判[J].文艺报,1958,7.

[159]吴光华.痛斥萧军"尊敬"叛徒的谬论[J].红水河,1958,4.

[160]罗丹.我所看到的萧军[J].处女地,1958,4.

[161] 林音频. 丁玲笔下的延安——《在医院中》一文对革命组织的诋毁[J]. 山东文学,1958,3.

[162] 刘开扬. 丁玲的爱与恨:评《三八节有感》和《在医院中》[J]. 草地,1958,3.

[163] 孙穆. 以我的亲身经历斥丁玲的《在医院中》[J]. 解放军文艺,1958,5.

[164] 王子野. 种瓜得瓜、种豆得豆——重读《三八节有感》[J]. 文艺报,1958,1.

[165] 王慧敏. 丁玲揭起的一面反党黑旗——读《三八节有感》[J]. 北京文艺,1958,2.

[166] 凤子. 批判丁玲的《三八节有感》[N]. 光明日报,1958-3-7.

[167] 晓奇. 三·八节重读《三八节有感》[J]. 工人文艺,1958,3.

[168] 张鸿. 反动的《三八节有感》[J]. 热风,1958,3.

[169] 李仲民. 丁玲的《三八节有感》在延安[J]. 红水河,1958,4.

[170] 徐嘉瑞. 从今天的三八节批判丁玲的《三八节有感》[J]. 边疆文艺,1958,4.

[171] 杨启明. 丁玲的反党供词——斥《三八节有感》[J]. 文学青年,1958,3.

[172] 王燎荧.《太阳照在桑干河上》究竟是什么样的作品?[J]. 文学评论,1959,1.

[173] 林默涵. 更高的(地)举起毛泽东文艺思想的旗帜[J]. 文艺报,1960,1.

[174] 王燎荧.《在延安文艺座谈会上的讲话》的历史背景问题[J]. 文学评论,1962,3.

[175]林志浩.工农兵方向在现代文学史上的伟大意义[J].教学与研究,1962,3.

[176]《人民日报》(社论).为最广大的人民群众服务——纪念毛泽东同志《在延安文艺座谈会上的讲话》发表二十周年[N].《人民日报》,1962-5-23.

[177]《红旗杂志》(社论).知识分子前进的道路——纪念《在延安文艺座谈会上的讲话》发表二十周年[J].《红旗杂志》,1962,5.

[178]唐弢.论作家与群众的结合[J].《文学评论》.1962,3.

[179]刘绥松.马克思主义的文艺批评准则——纪念毛泽东同志《在延安文艺座谈会上的讲话》发表二十周年[N].武汉大学学报,1962,1.

[180]徐琪.民主革命时期赵树理作品的艺术特色[J].北京大学学报,1962,1.

[181]黄秋耘.关于孙犁作品的片段感想[J].文艺报,1962,10.

[182]冉淮舟.美的颂歌——孙犁作品学习笔记[J].新港,1962,5.

[183]孙克恒.试论李季的诗歌创作[J].甘肃文艺,1962.4.

[184]马可.关于《白毛女》的修改[J].文汇报,1962,18.

[185]陈顺宣.略论赵树理创作上的群众观点[J].浙江师范学院学报,1963,1.

[186]刘泮溪.赵树理的创作在文学史上的意义[J].山东大学学报,1963,1。

[187]方欲晓.论《白毛女》中的喜儿[J].北京大学学报(人

文社会科学版),1963,6.

[188]王敬文.《王贵与李香香》的艺术特色[J].哈尔滨师范学院学报,1964,2.

[189]刘守华.《王贵与李香香》和信天游[J].民间文学,1964,2.

[190]秦言.努力发展工农兵业余文艺创作[J].红旗,1972,5.

[191]辛文彤.必须到群众中去[N].人民日报,1972-5-6.

[192]戚文德.沿着为工农兵服务的方向继续前进——学习《在延安文艺座谈会上的讲话》[J].红旗,1973,6.

[193]萧军.我的文学生涯简述[J].吉林大学学报(社会科学版),1979,6.

[194]艾克恩.延安文艺运动纪盛[M].北京:文化艺术出版社出版,1987.

[195]唐弢.关于重写文学史[J].求是,1990,2.

[196]严绍璗,王晓平.中国文学在日本[M].广州:花城出版社,1990.

[197]纪桂平.建国前中国解放区文学研究述评[J].文艺理论与批评,1993,5.

[198]纪桂平.建国后中国解放区文学研究述评[J].河北师范学院学报,1994,1.

[199]刘增杰.批评的偏执——近年来的解放区文学研究[J].中国现代文学研究丛刊,1997,1.

[200]刘增杰.一个被遮蔽的文学世界:解放区另类作品考察[J].文学评论,2003,6.

[201]周维东.延安文学研究的现状与深化的可能[J].现

代中国文化与文学,2005,2.

[202]袁盛勇.延安文学及延安文学研究刍议[J].文学评论,2005,1.

[203]宋绍香.在异质文化中探寻"自我"——国外汉学家中国解放区文学译介、研究管窥[J].文学理论与批评,2006,2.

[204]王荣.论《王贵与李香香》的版本的变迁与文本修改[J].复旦学报(社会科学版),2007,6.

[205]刘忠."延安文艺座谈会"召开原因考辨[J].社会科学战线,2008,9.

[206]黄擎则."大批判"文艺批评模式与对王实味的两次批判[J].中国现代文学研究丛刊,2011,7.

[207]黎辛.延安文艺座谈会相关的人与事[J].新闻学史料.2012,3.

[208]周维山.大众审美经验与文化领导权的建构——论《在延安文艺座谈会上的讲话》的当代价值[J].文艺理论与批评,2012,2.

[209]卢燕娟.《在延安文艺座谈会上的讲话》与人民文化权利的兴起[J].中国现代文学研究丛刊,2012,6.

[210]李祖德."人民性"与"人民国家"的主体想象[J].重庆师范大学学报(哲学社会科学版),2014,4.

[211]严红兰.新时期文学"人民性"价值取向的嬗变[J].南昌师范学院学报(社会科学),2016,4.

[212]李杨."右"与"左"的辩证:再谈打开"延安文艺"的正确方式[J].中国现代文学研究丛刊,2017,8.

[213]陈灵强.延安文学与十七年文学话语模式之辨析[J].中国现代文学研究丛刊,2017,9.

后　　记

本书在我博士学位论文的基础上修订完成，算是十余年专业学习、硕博期间专业研究的一个小结。

像所有青年学子一样，我的博士生活也充满了激情与忙乱，回首来路，百感交集：图书馆查阅资料时的昏天暗地，论文写作和书稿修订过程中的灰头土脸，往返西安和开封之间的车马劳顿，挣扎在写作和照顾幼儿之间的身心疲惫……此间种种，还历历在目。然而，这些都不及写作完成带给我的欢愉和思考。

拙著出版之际，我想再次感谢引领、帮助我探寻学术研究门径，督促我进步，见证我成长的李继凯教授、王荣教授；感谢河南大学文学院刘增杰、武新军、刘进才、张先飞、张清民等诸位老师的指导和帮助；感谢刘勇教授、周燕芬教授、赵学勇教授、程国君教授、田刚教授、袁盛勇教授，他们都为本书的修改提供了有益的建议；感谢周珩帮博士、王培峰博士的帮助和鼓励；感谢同门兄弟姐妹们，尤其是师弟冯超的辛劳；感谢我无私、尽心的父母和爱人邢涵博士，有他们的默默付出，我才能静心完成该书的写作。

感谢河南大学文学院对本书出版的大力支持。

最后，感谢出版社的老师们，他们为本书的出版做了许多繁琐辛苦的工作。

因作者学力所限，本书一定还存在诸多问题，敬请师友、读者不吝指正。

卢美丹
2019 年 11 月